Até que tenhamos *rostos*

Tradução:

Jorge Camargo
Ana Paula Spolon

Até que tenhamos *rostos*
A releitura de um mito

C. S. LEWIS

Edição *especial* |

Título original: *Till We Have Faces*

Copyright ©1956 by C. S. Lewis Pte. Ltd. Copyright renewed in 1984
by C. S. Lewis Pte. Ltd.
Edição original por HarperCollins *Publishers*. Todos os direitos reservados.
Copyright de tradução © Vida Melhor Editora LTDA., 2021

Todos os direitos desta publicação são reservadores por Vida Melhor Editora LTDA.

Os pontos de vista desta obra são de responsabilidade de seus autores e colaboradores
diretos, não refletindo necessariamente a posição da Thomas Nelson Brasil, da
HarperCollins Christian Publishing ou de sua equipe editorial.

Gerente editorial	*Samuel Coto*
Editor	*André Lodos Tangerino*
Preparação	*Daila Fany*
Revisão	*Gabriel Braz*
Diagramação	*Sonia Peticov*
Capa	*Rafael Brum*

Dados Internacionais de Catalogação na Publicação (CIP)
(BENITEZ CATALOGAÇÃO ASS. EDITORIAL, MS, BRASIL)

L652

Lewis, C. S., 1898-1963

Até que tenhamos rostos: a releitura de um mito / C. S. Lewis; tradução de
Jorge Camargo, Ana Paula Spolon. — 1. ed. — Rio de Janeiro: Thomas Nelson
Brasil, 2021.
320 p.; 13,5 x 20,8 cm.

Tradução de: *Till we have faces: a myth retold.*

ISBN 978-65-56894-72-0

1. Ficção inglesa. I. Camargo, Jorge. II. Spolon, Ana Paula. III. Título.

08-2021/83   CDD: 823

Índice para catálogo sistemático:
1. Ficção: Literatura inglesa 823

Bibliotecária responsável: Aline Graziele Benitez CRB-1/3129

Thomas Nelson Brasil é uma marca licenciada à Vida Melhor Editora LTDA.

Todos os direitos reservados à Vida Melhor Editora LTDA.
Rua da Quitanda, 86, sala 601A — Centro
Rio de Janeiro — RJ — CEP 20091-005
Tel.: (21) 3175-1030
www.thomasnelson.com.br

Até que tenhamos *rostos*

Clive Staples Lewis (1898-1963) foi um dos gigantes intelectuais do século XX e provavelmente o escritor mais influente de seu tempo. Atuou como professor e tutor de Literatura Inglesa na Universidade de Oxford até 1954, quando foi unanimemente eleito para a cadeira de Inglês Medieval e Renascentista na Universidade de Cambridge, posição que manteve até a aposentadoria. Lewis escreveu mais de 30 livros, o que lhe permitiu alcançar um vasto público, e suas obras continuam a atrair milhares de novos leitores a cada ano.

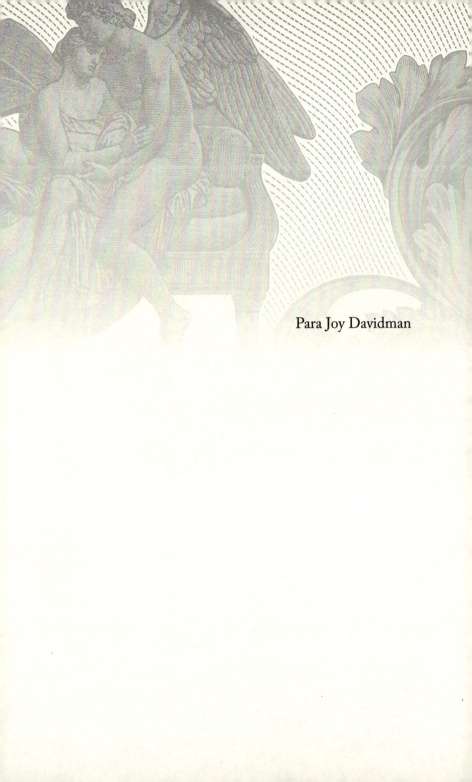

Para Joy Davidman

O amor é jovem demais para reconhecer o que é a consciência.

SUMÁRIO

PARTE I

Um	15
Dois	25
Três	37
Quatro	46
Cinco	54
Seis	66
Sete	76
Oito	86
Nove	97
Dez	111
Onze	125
Doze	138
Treze	148
Quatorze	161
Quinze	174
Dezesseis	183
Dezessete	196
Dezoito	208
Dezenove	220
Vinte	231
Vinte e um	242

PARTE II

Um	257
Dois	272
Três	285
Quatro	297
Nota	313

Parte I

Parte I.

Um

Agora sou velha e nada tenho a temer em relação à fúria dos deuses. Não tenho marido, nem filhos, tampouco um amigo a quem eles possam usar para me machucar. Meu corpo, este cadáver magro que ainda precisa ser lavado, alimentado e coberto com muitas mudas de roupas dia após dia, este eles podem matar assim que quiserem. A sucessão já está arranjada. Minha coroa passa para meu sobrinho.

Estando, por todas essas razões, livre do medo, vou escrever neste livro coisas que ninguém que seja feliz se atreveria a escrever. Vou acusar os deuses; especialmente o deus que vive na Montanha Cinzenta. Em outras palavras, vou contar tudo que ele fez a mim desde o começo, como se estivesse apresentando minha queixa perante um juiz. Mas não há juízes entre deuses e homens, e o deus da montanha não me responderá. Os terrores e as pragas não são resposta. Escrevo em grego, como meu mestre me ensinou. Pode acontecer de, algum dia, um viajante das terras gregas se hospedar de novo neste palácio e ler o livro. Então, falará dele em meio aos gregos, junto a quem há muita liberdade de expressão até mesmo sobre os próprios deuses. Talvez os sábios dentre

Até que tenhamos rostos

esses homens venham a saber se minhas queixas estão certas ou se esse deus teria condições de se defender se ele tivesse dado uma resposta.

Eu era Orual, a filha mais velha de Trom, Rei de Glome. Para o viajante que vem do sudeste, a cidade de Glome ergue-se na margem esquerda do rio Shennit, a não mais que um dia de viagem a partir de Ringal, o último vilarejo ao sul que pertence às terras de Glome. A cidade está construída tão longe do rio quanto uma mulher pode andar em um terço de hora, já que, na primavera, as margens do Shennit transbordam. No verão, havia barro seco em ambas as margens, além de junco e muitas aves aquáticas. Tão longe do vau do Shennit quanto a distância entre nossa cidade e o rio, fica a casa sagrada de Ungit. E, depois da casa de Ungit (seguindo sempre no sentido leste e norte), chega-se rapidamente ao sopé da Montanha Cinzenta. O deus da Montanha Cinzenta, que me odeia, é filho de Ungit. No entanto, ele não mora na casa de Ungit, que vive lá sozinha. No recanto mais remoto de sua casa, onde ela fica sentada, é tão escuro que você mal consegue vê-la, mas no verão entra luz suficiente pelos buracos de ventilação no telhado, de modo que é possível vê-la um pouco. Ela é uma pedra negra sem cabeça, mãos ou rosto, e uma deusa muito forte. Meu velho mestre, a quem chamávamos de Raposa, dizia que ela era a mesma a quem os gregos chamam de Afrodite; mas eu escrevo todos os nomes de pessoas e lugares em nossa própria língua.

Começarei meu escrito pelo dia em que minha mãe morreu e cortaram o meu cabelo, como era o costume. A Raposa — embora naquela época não estivesse conosco — disse que tínhamos aprendido esse costume com os gregos. Batta, a ama-seca, cortou meus cabelos e os de minha irmã fora do palácio, em meio ao jardim que sobe íngreme em

Um

direção à montanha. Redival era minha irmã caçula, três anos mais nova que eu, e nós duas ainda éramos as únicas filhas.

Enquanto Batta usava a tesoura, várias outras escravas ficavam à nossa volta e, de tempos em tempos, lamentavam-se pela morte da Rainha e batiam no peito; mas, nos intervalos, comiam nozes e faziam piadas. Enquanto a tesoura brandia e os cachos de Redival caíam, as escravas diziam: "Ah, que pena! Lá se foi todo o ouro!". Elas não fizeram nenhum comentário parecido no momento em que meus cabelos foram cortados. Mas me lembro muito bem do frescor na cabeça e do sol quente batendo na nuca quando estávamos construindo casinhas de barro, Redival e eu, naquelas tardes de verão.

Nossa ama-seca, Batta, era uma mulher robusta, loura e enérgica, a qual meu pai havia comprado de mercadores que a trouxeram do norte. Quando reclamávamos de alguma coisa, ela dizia: "Esperem até o seu pai trazer para casa uma nova rainha para ser madrasta de vocês. Os tempos serão outros. Vocês vão ter de comer queijo duro em vez de bolos de mel e tomar leite diluído em vez de vinho tinto. Esperem e verão".

No fim das contas, ganhamos outra coisa antes de ganhar uma madrasta. Fazia um frio cortante naquele dia. Redival e eu estávamos de botas (em geral, ficávamos descalças ou usávamos sandálias), tentando esquiar no pátio dos fundos da parte mais velha do palácio, onde as paredes são de madeira. Havia gelo suficiente por todo o caminho desde a entrada do estábulo até a estrumeira, formado pelo congelamento de respingos de leite, poças e urina dos animais, mas estava áspero demais para que pudéssemos deslizar sobre ele. Então, Batta apareceu, com o nariz vermelho de tanto frio, chamando por nós:

Até que tenhamos rostos

— Rápido, rápido! Ah, suas imundinhas! Venham se limpar e depois venham ver o Rei. Vocês vão ver quem está lá esperando por vocês. Eu avisei! Será uma grande mudança para vocês.

— É a madrasta? — perguntou Redival.

— Ah, pior que isso, bem pior que isso; vocês vão ver — disse Batta, limpando o rosto de Redival com a ponta do avental. — Muita chicotada pra vocês duas, muito puxão de orelha, muito trabalho duro.

Então, fomos levadas para as alas novas do palácio, construídas com tijolos pintados, e havia guardas com armaduras, além de peles e cabeças de animais penduradas nas paredes. Na Sala das Colunas, nosso pai estava de pé em frente à lareira e, diante dele, havia três homens em trajes de viagem, que já conhecíamos bem: eram mercadores que vinham a Glome três vezes por ano. Eles estavam guardando suas balanças, então sabíamos que haviam sido pagos por algo, e um deles carregava um grilhão, o que nos levou a concluir que tinham vendido um escravo ao nosso pai. Havia um homem baixo e troncudo parado na frente deles, e nós sabíamos que este deveria ser o homem que haviam vendido, pois você ainda conseguia ver, em suas pernas, os hematomas no local em que as correntes estavam. Mas ele não era parecido com nenhum escravo que conhecíamos. Tinha os olhos muito brilhantes e sua barba e seus cabelos não eram grisalhos, mas avermelhados.

— Agora, greguinho — disse meu pai ao homem —, acredito que um dia gerarei um príncipe e tenho planos de vê-lo ser criado em toda a sabedoria do seu povo. Enquanto isso, vá treinando com elas — meu pai disse isso apontando para nós, crianças. — Se um homem é capaz de ensinar a uma menina, pode ensinar a qualquer um.

Um

Então, antes de nos mandar sair, ele disse:

— Especialmente a mais velha. Veja se consegue torná-la sábia. Essa é a única coisa em que ela poderá ser boa.

Não entendi aquilo, mas sabia que era algo parecido com as coisas que sempre ouvi as pessoas dizerem a meu respeito. Eu amava Raposa, que era como meu pai costumava chamá-lo, mais do que qualquer outra pessoa que já havia conhecido. Você deve imaginar que um homem que era livre na Grécia, e que foi capturado na guerra e vendido para bem longe, no meio dos bárbaros, fique abatido. E ele ficava às vezes, possivelmente mais vezes que eu, na minha criancice, poderia supor. Mas nunca o ouvi reclamar; e nunca o ouvi se gabar (como os outros escravos estrangeiros costumavam fazer) do grande homem que ele era em seu próprio país. Ele tinha toda sorte de ditados para se animar: "Nenhum homem pode ser um exilado quando lembra que o mundo todo é uma cidade", e "Tudo é tão bom ou ruim quanto nossa opinião o torna". Mas eu acho que o que realmente o mantinha motivado era sua curiosidade. Nunca conheci um homem tão questionador. Ele queria saber tudo sobre nosso país, nossa língua, nossos ancestrais e deuses, e até sobre nossas plantas e flores.

Foi assim que contei a ele tudo sobre Ungit, sobre as garotas mantidas em sua casa, os presentes que as noivas tinham de dar a ela e como, às vezes, em um ano ruim, tínhamos de cortar a garganta de alguém e derramar sangue sobre a deusa. Ele estremeceu quando eu disse isso e murmurou alguma coisa em voz inaudível; mas, logo em seguida, disse:

— Sim, não há dúvida de que ela é Afrodite, embora mais a babilônica do que a grega. Mas, venha, eu vou lhe contar uma história sobre a nossa Afrodite.

Então, ele aprofundou e cadenciou a voz e contou como a Afrodite deles, certa vez, se apaixonara pelo príncipe Anquises enquanto ele pastoreava as ovelhas do pai na encosta de uma montanha chamada Ida. Enquanto ela descia a verdejante encosta rumo à cabana do pastor, leões, linces e ursos, bem como todo tipo e toda sorte de animais, aproximaram-se dela, saltitando como cachorros, e foram todos, a partir dela novamente, em pares, para as delícias do amor. Mas ela apagou a sua glória, tornando-se como uma mortal, foi até Anquises, encantou-o e eles foram juntos para a cama. Acho que Raposa pretendeu parar por ali, mas a narrativa o havia dominado e ele continuou, contando-nos o que aconteceu a seguir; como Anquises acordou e viu Afrodite parada ao lado da porta da cabana não como uma mortal, mas em toda a sua glória. Então, ele soube que se deitara com uma deusa, cobriu os olhos e gritou: "Mate-me logo".

— Nada disso aconteceu de fato — disse apressadamente Raposa —, são só mentiras de poetas, mentiras de poetas, criança. Nada a ver com a natureza.

Entretanto, ele tinha contado o bastante para me fazer ver que, se a deusa era mais bonita na Grécia do que em Glome, ela era igualmente terrível em ambos os lugares.

Era sempre assim com Raposa; ele ficava envergonhado por amar poesia ("Tudo bobagem, criança") e eu tinha de me dedicar muito à leitura e à escrita e ao que ele chamava de filosofia para conseguir tirar um poema dele. Mas assim, pouco a pouco, ele foi-me ensinando muita coisa. *Virtude, perseguida pelo homem com trabalho árduo e labuta*, isso era o que ele mais prezava, mas nunca me deixei enganar por isso. A cadência genuína vinha à sua voz, e o brilho real, aos seus olhos, quando estávamos em *Leve-me para a terra das maçãs* ou

Um

A Lua se pôs, mas
Sozinho eu repouso.

Ele sempre cantava isso com muita doçura, como se, por alguma razão, sentisse pena de mim. Ele gostava mais de mim do que de Redival, que detestava estudar e o ridicularizava e importunava, instigando os outros escravos a pregar-lhe peças.

Ele trabalhava na maioria das vezes (durante o verão) no pequeno terreno gramado atrás das pereiras, e foi lá, um dia, que o Rei nos encontrou. Obviamente, todos nos levantamos, duas crianças e um escravo com os olhos cravados no chão e as mãos cruzadas sobre o peito. O Rei deu uns tapinhas entusiasmados nas costas de Raposa e disse:

— Coragem, Raposa. Ainda haverá um príncipe para você cuidar, se for da vontade dos deuses. E agradeça a eles também, Raposa, pois nem sempre cabe a um simples grego educar o neto de um rei tão grandioso quanto meu sogro haverá de ser. Não que você saiba disso ou se importe com isso mais do que um burro seria capaz de fazer. Vocês são todos mascates e andarilhos lá nas terras gregas, não é?

— Todos os homens não são de um só sangue, Mestre? — perguntou Raposa.

— De um só sangue? — interpelou o Rei, com um olhar firme e um sorriso cínico. — Eu lamentaria muito se fosse assim.

No fim das contas, foi o próprio Rei, e não Batta, quem nos contou que a Madrasta estava prestes a chegar. Meu pai fez um grande negócio. Ele desposaria a terceira filha do Rei de Caphad, que é o maior de toda a nossa parte do mundo. (Agora entendo por que Caphad desejou firmar uma aliança com um reino tão pobre quanto o nosso, e eu fico me perguntando

Até que tenhamos rostos

como meu pai não percebeu que o sogro dele já era um homem falido. O casamento, em si, era uma prova disso.)

Não se passaram muitas semanas até o casamento, mas, na minha memória, parece que os preparativos duraram quase um ano. Toda a construção de tijolos ao redor do grande portão foi pintada de escarlate, e foram providenciadas novas cortinas para a Sala das Colunas, e uma nova cama real, a qual custou ao Rei muito mais do que era prudente dar. Ela era feita de uma madeira oriental que, dizia-se, tinha tamanha virtude que quatro de cada cinco crianças nela concebidas seriam meninos. ("Tudo bobagem, criança", dizia Raposa. "Essas coisas acontecem naturalmente".) E, à medida que o dia ia se aproximando, tudo o que se fazia era confinar e abater animais — todo o pátio fedia por causa da pele deles —, para depois assá-los e cozinhá-los. Contudo, nós, crianças, não tínhamos muito tempo para ficar perambulando de cômodo em cômodo, espiando e atrapalhando, pois, de uma hora para outra, o Rei decidiu que eu, Redival e outras doze meninas, filhas de nobres, iríamos entoar o hino nupcial. E nada o satisfaria além de um hino grego, algo que nenhum outro rei das redondezas seria capaz de providenciar para um casamento.

— Mas, Mestre... — disse Raposa, quase com lágrimas nos olhos.

— Ensine a elas, Raposa, ensine — resmungou meu pai. — De que servem toda a comida e toda a bebida boa que coloco na sua pança grega se não posso ter um hino grego na noite do meu casamento? De que servem? Ninguém está pedindo para você ensinar grego a elas. É claro que elas não vão entender nada do que estão cantando, mas serão capazes de emitir os sons. Cuide disso, ou suas costas vão ficar mais vermelhas do que sua barba jamais foi.

Um

Era uma tarefa maluca, e Raposa disse mais tarde que ensinar o tal hino a nós, bárbaros, foi o que deixou grisalho o que restara de seu cabelo vermelho.

— Eu era uma raposa, mas agora sou um texugo — disse.

Quando alcançamos algum progresso em nossa tarefa, o Rei trouxe o Sacerdote de Ungit para nos ouvir. Eu tinha um medo daquele Sacerdote que era bem diferente do medo que eu sentia pelo meu pai. Acho que o que me apavorava (naquela época) era a santidade do cheiro que emanava dele — um cheiro litúrgico de sangue (na maioria das vezes, sangue de pombo, mas ele também havia sacrificado homens), gordura queimada, cabelo chamuscado e vinho e incenso velho. Era o cheiro de Ungit. Talvez eu também sentisse medo de suas roupas; todas aquelas peles das quais eram feitas, as vesículas ressecadas e a grande máscara, esculpida como uma cabeça de pássaro, pendendo sobre seu peito. Parecia que havia um pássaro nascendo de seu corpo.

Ele não entendeu uma única palavra do hino, nem a música, mas perguntou:

— As moças vão usar véu ou não?

— Precisa perguntar? — disse o Rei, dando uma daquelas de suas grandes risadas e apontando o dedo na minha direção. — Você acha que eu quero que a minha rainha se assuste? É claro que vão usar véus. E véus bem grossos.

Uma das meninas deu um risinho e eu acho que aquela foi a primeira vez que entendi de uma forma bastante clara que eu era feia.

Isso me fez temer a Madrasta mais do que antes. Eu achava que ela seria mais cruel comigo do que com Redival, por causa da minha feiura. Não me assustava apenas o que Batta havia dito; eu já havia escutado várias histórias sobre madrastas. E, quando a noite chegou e estávamos todas na varanda cheia de colunas, quase enceguecidas pelas tochas e fazendo um esforço enorme para cantar o nosso hino exatamente como Raposa nos havia ensinado — ele ficava franzindo o cenho, sorrindo e acenando enquanto cantávamos, e em dado momento ele apertou as mãos, horrorizado —, as imagens das coisas que faziam com as meninas, nas histórias, não paravam de passar pela minha cabeça. Então, vieram os brados lá de fora, e mais tochas e, em seguida, estavam ajudando a noiva a descer da carruagem. Ela usava um véu tão espesso quanto o nosso, e tudo o que eu consegui ver foi que ela era muito pequena; era como se estivessem carregando uma criança. Isso não diminuiu meus temores; "os pequenos são os mais cruéis", dizia o provérbio. Então (ainda cantando), nós a conduzimos até a câmara nupcial e lhe tiramos o véu.

Agora eu sei que a face que vi era bonita, mas naquele tempo eu não pensava dessa forma. Tudo o que percebi foi que ela estava assustada, mais assustada do que eu — na verdade, apavorada. Isso me fez ver como meu pai deve ter parecido para ela, um pouco antes, quando ela o viu pela primeira vez em pé para cumprimentá-la no pátio. Ele não tinha uma fronte, uma boca, um tronco, uma postura ou uma voz que aquietassem o medo de uma garota.

Tiramos seus trajes, camada por camada, o que fez com que ela parecesse ainda menor, deixamos na cama do Rei o corpo branco e trêmulo, com os olhos fixos, e fomos embora. Nós havíamos cantado muito mal.

Dois

Não posso falar muito sobre a segunda esposa do meu pai, pois ela não sobreviveu ao primeiro ano em Glome. Ela engravidou muito mais rápido do que qualquer um poderia esperar como algo razoável, e o Rei ficou em estado de êxtase, e raramente cruzava com Raposa sem dizer algo sobre o príncipe que estava prestes a nascer. Daquele momento em diante, todos os meses ele oferecia grandes sacrifícios a Ungit. O que acontecia entre a Rainha e ele, isso eu não sabia; a não ser por uma vez, depois de os mensageiros chegarem de Caphad, e eu ouvi o Rei dizer-lhe: "Está parecendo, moça, que levei minhas ovelhas a um mercado ruim. Eu soube agora que seu pai perdeu duas vilas — não, três, embora ele tente minimizar a questão. Eu lhe seria muito grato se ele tivesse me contado que estava afundando, antes de me convencer a embarcar nessa". (Eu estava com a cabeça apoiada no peitoril da janela, para secar o cabelo depois do banho, e eles estavam caminhando no jardim.) Independente da situação, era certo de que ela sentia muita saudade de casa, e eu acho que o nosso inverno era rigoroso demais para seu corpo sulista. Ela logo ficou pálida e magra. Percebi que não

Até que tenhamos rostos

havia nada nela que eu devesse temer. No início, ela sentia medo de mim; com o tempo, porém, tornou-se muito amável do seu jeito tímido, e mais uma irmã do que uma madrasta.

É claro que ninguém na casa foi dormir na noite do parto, pois isso, segundo diziam, faria com que a criança se recusasse a acordar para o mundo. Todos nos sentamos no grande salão entre a Sala das Colunas e o Quarto do Rei, sob o clarão avermelhado das tochas natalícias. As chamas balançavam e tremeluziam terrivelmente, pois todas as portas deveriam ficar abertas; fechar uma porta poderia fechar o útero da mãe. No meio do salão, ardia uma grande labareda. De hora em hora, o Sacerdote de Ungit dava nove voltas ao redor da labareda e atirava ali coisas próprias da ocasião. O Rei estava sentado em sua cadeira e não se moveu durante toda a noite, nem mesmo a cabeça. Eu estava sentada ao lado de Raposa.

— Vovô — sussurrei a ele —, estou com muito medo.

— Nós precisamos aprender, criança, a não temer nada que a natureza traz — murmurou ele de volta.

Depois disso, devo ter dormido, pois a próxima coisa de que me lembro foi o som de mulheres lamentando e batendo no peito, como eu as ouvi fazer no dia em que minha mãe morreu. Tudo havia mudado enquanto eu dormia. Eu estava tremendo de frio. A labareda havia baixado, a cadeira do Rei estava desocupada, a porta do Quarto do Rei fora finalmente fechada e os sons horríveis que saíam de lá haviam cessado. Também parece que foi feito algum sacrifício, pois havia aroma de abate e sangue no chão, e o Sacerdote estava limpando sua faca sagrada. Eu estava completamente atordoada pelo sono, pois comecei a ter uma ideia muito absurda: ir e ver a Rainha. Raposa me alcançou por trás antes mesmo de eu chegar à porta do Quarto do Rei.

Dois

— Filha, filha — dizia ele. — Agora não. Você está louca? O Rei...

Nesse exato momento, a porta se abriu e meu pai saiu. Seu rosto me acordou com um choque, pois ele estava em sua fúria pálida. Eu sabia que, em sua fúria vermelha, ele iria esbravejar e fazer ameaças, e isso não resultaria em nada, mas, quando ele ficava pálido, era mortal.

— Vinho — disse ele, não muito alto; e isso também era um mau sinal.

Os outros escravos empurraram à frente um dos meninos que era um dos seus favoritos, como fazem os escravos quando têm medo. A criança, lívida como o seu mestre e usando seu melhor traje (meu pai vestia muito bem os escravos mais jovens), veio correndo com o garrafão e a taça real, escorregou no sangue, cambaleou e derrubou uma coisa e outra. Rápido como um pensamento, meu pai sacou seu punhal e o apunhalou na lateral. O menino tombou morto em meio ao sangue e ao vinho, e a queda de seu corpo fez com que o garrafão saísse rolando, produzindo um som alto naquele silêncio; até aquele momento, eu não havia pensado que aquele chão fosse tão desnivelado (depois disso, eu o nivelei).

Meu pai ficou olhando o próprio punhal por alguns instantes, de um modo aparentemente estúpido. Então, ele ergueu os olhos calmamente para o Sacerdote.

— O que você tem a dizer para Ungit agora? — indagou, ainda com aquela voz baixa. — É melhor você recuperar o que ela me deve. Quando você me pagará por meus bons animais? — Então, voltou a falar após uma pausa: — Diga-me, profeta, o que aconteceria se eu martelasse Ungit até pulverizá-la e amarrasse você entre os martelos e a pedra?

O Sacerdote, no entanto, não sentiu nem um pouco de medo do Rei.

Até que tenhamos rostos

— Ungit está ouvindo, Rei, até mesmo neste momento — disse ele. — E Ungit irá se lembrar disso. Você já disse o bastante para suscitar juízo sobre todos os seus descendentes.

— Descendentes. Você fala de descendentes — disse o Rei, ainda em voz baixa, mas agora ele tremia. O gelo de sua fúria se partiria a qualquer momento. O corpo do menino morto capturou seus olhos. — Quem fez isso? — perguntou. Então, ele viu a mim e Raposa. Todo o sangue se concentrou em seu rosto, e agora, enfim, a voz saiu rugindo de seu peito, alta o suficiente para sacudir as paredes.

— Meninas, meninas, meninas — berrou ele. — E agora mais uma menina. Não há um fim para isso? Há uma praga de meninas no céu para que os deuses me enviem uma enxurrada delas? Você... você...

Ele me pegou pelos cabelos, chacoalhou-me de um lado para outro e me atirou de uma forma que caí imóvel no chão. Há ocasiões em que até mesmo uma criança sabe que o melhor a fazer é não chorar. Quando a escuridão passou e eu pude enxergar novamente, ele estava chacoalhando Raposa pelo pescoço.

— Aqui está um velho charlatão que está comendo meu pão há muito tempo — disse ele. — Para mim, teria sido mais lucrativo comprar um cachorro. Mas não alimentarei mais a sua preguiça. Alguém o leve para as minas amanhã. Talvez esses velhos ossos ainda rendam mais uma semana de trabalho.

E fez-se novamente silêncio mortal no salão. De repente, o Rei ergueu as mãos, bateu uma na outra e gritou:

— Rostos, rostos, rostos! O que vocês estão olhando? Isso deixaria um homem louco. Saiam! Imediatamente! Saiam da minha frente, todos vocês!

Então, saímos do salão o mais rapidamente que a porta nos permitiu.

Dois

Raposa e eu saímos pela porta pequena da horta, do lado esquerdo. O dia havia praticamente amanhecido e começara a cair uma chuva fina.

— Vovô — disse eu, soluçando —, você precisa fugir logo. Agora mesmo, antes que venham buscá-lo para levá-lo às minas.

Ele balançou a cabeça.

— Estou muito velho para fugir. E você sabe o que o Rei faz com escravos fujões.

— Mas as minas, as minas! Olhe, eu irei com você. Se você for apanhado, direi que o obriguei a ir comigo. Estaremos praticamente fora de Glome assim que atravessarmos aquilo — apontei para o cume da Montanha Cinzenta, agora escurecida, com a aurora branca que havia por trás dela, vista através da chuva oblíqua.

— Isso é bobagem, filha — disse ele, acariciando-me como a uma pequena criança. — Eles pensariam que eu a estaria roubando para vendê-la. Não; preciso fugir para mais longe. E você há de me ajudar. Descendo o rio; você conhece a pequena planta com os pontos roxos no caule. É da raiz dessa planta que preciso.

— O veneno?

— Ora, sim. (Criança, criança, não chore assim.) Já não lhe falei várias vezes que, para um homem, deixar a vida por livre e espontânea vontade, quando há uma boa razão para isso, é uma das coisas que estão em sintonia com a natureza? Devemos olhar para a vida como...

— Eles dizem que aqueles que escolhem esse caminho acabam rolando na imundície, lá embaixo, na terra dos mortos.

— Silêncio, silêncio. Você também ainda é bárbara? Na morte, nós somos separados em nossos elementos. Por acaso, aceitaria eu o nascimento e prantearia pela...

Até que tenhamos rostos

— Sim, eu sei, eu sei. Mas, vovô, você realmente não acredita, em seu coração, nas coisas que dizem sobre os deuses e sobre os que vivem lá embaixo? Não, você crê, você crê. Você está tremendo.

— Essa é a minha desgraça. O corpo está tremendo. Não preciso deixá-lo abalar o deus que há em mim. Já não carreguei esse corpo por tempo demais para, no fim, ele me fazer de tolo? Mas nós estamos perdendo tempo.

— Ouça! — disse eu. — O que é isso? — pois eu estava em uma condição em que me assustava com qualquer ruído.

— Cavalos — esclareceu Raposa, espiando por entre os ciprestes, com os olhos bem espremidos para ver através da chuva. — Eles estão vindo para o grande portão. Pela aparência, são mensageiros de Phars. E isso não vai melhorar o humor do Rei. Você poderia... Ah, Zeus, já é tarde demais.

Pois houve um chamado vindo do lado de dentro das portas: "Raposa, Raposa, Raposa para o Rei".

— Melhor ir logo do que ser arrastado — disse Raposa. — Adeus, filha — e ele me beijou, do seu jeito grego, em meus olhos e em minha cabeça. Mas eu fui com ele. Eu imaginava que iria encontrar o Rei; se eu iria implorar-lhe, amaldiçoá-lo ou matá-lo, isso eu não sabia. No entanto, ao chegarmos à Sala das Colunas, deparamos com muitos estrangeiros lá dentro, e o Rei gritou através da porta aberta:

— Venha aqui, Raposa, eu tenho um trabalho para você. — Ele então me viu e disse: — E você, rosto de coalhada, vá para os aposentos femininos, e não volte aqui para azedar a bebida matinal dos homens.

Não sei dizer se eu já sentira tanto pavor antes (para falar de coisas meramente mortais) como senti pelo resto daquele dia — um pavor que me fez sentir como se houvesse um buraco entre a barriga e o peito. Eu não sabia se ousava

Dois

sentir-me consolada pelas últimas palavras do Rei, pois elas soavam como se sua ira tivesse passado, mas essa mesma ira poderia se reacender. Além disso, eu já o vira fazendo coisas cruéis não por raiva, mas por alguma espécie de humor assassino, ou porque se lembrara de que havia jurado fazer algo quando estava bravo. No passado, ele já havia enviado velhos escravos da casa para as minas. E eu não podia nem mesmo ficar sozinha com o meu medo, pois lá vinha Batta tosquiar a minha cabeça e a de Redival mais uma vez, como ela fizera quando minha mãe morreu, e contar uma grande história (estalando a língua) de como a Rainha morrera durante o parto, o que eu já sabia desde que comecei a ouvir os lamentos sobre como ela havia parido uma filha viva. Sentei-me para a tosa e pensei que, se Raposa teria realmente de morrer nas minas, então seria muito apropriado que eu abrisse mão do meu cabelo. Escorrido, sem graça e murcho, ele caía no chão, ao lado dos cachos de ouro de Redival.

À noite, Raposa veio até mim e me contou que, por ora, não se voltara mais a tocar no assunto das minas. Algo que com muita frequência me irritava passou a ser a nossa salvação. Nos últimos tempos, cada vez mais, o Rei vinha tirando Raposa do convívio conosco, meninas, para trabalhar para ele na Sala das Colunas. Ele havia começado a perceber que Raposa era capaz de fazer cálculos, ler e escrever cartas — (a princípio, só em grego, mas agora também na língua das nossas regiões), bem como de dar conselhos melhor do que qualquer outro homem em Glome. Exatamente nesse dia, Raposa lhe havia ensinado a fechar, com o Rei de Phars, um negócio melhor do que ele jamais poderia ter imaginado fazer sozinho. Raposa era um grego de verdade. Enquanto meu pai era capaz apenas de responder com um Sim ou um Não a algum rei vizinho ou nobre perigoso, Raposa era

Até que tenhamos rostos

capaz de expor a fragilidade do Sim e adocicar o Não até que descesse como vinho. Ele poderia fazer com que seu inimigo fraco acreditasse que você era seu melhor amigo, e fazer com que seu inimigo mais forte acreditasse que você era duas vezes mais forte do que realmente era. Ele era útil demais para ser enviado às minas.

No terceiro dia, eles cremaram a Rainha morta e o meu pai deu à criança o nome de Istra.

— É um bom nome — disse Raposa. — Um nome muito bom. E agora você já sabe o bastante para me dizer como seria em grego.

— Seria Psique, vovô — disse eu.

Crianças recém-nascidas não eram raridade no palácio; o lugar estava cheio de bebês de escravos e dos bastardos de meu pai. Às vezes, ele dizia: "Malandros devassos! Qualquer um poderia pensar que esta é a casa de Ungit, não a minha", e ameaçava afogar uma dúzia dessas crianças como cachorrinhos cegos. Mas, em seu coração, ele teria em alta conta um escravo que conseguisse engravidar metade das servas do lugar, principalmente se nascessem meninos. (As meninas, a menos que caíssem em suas graças, eram, em sua maioria, vendidas quando cresciam um pouco; algumas eram dadas à casa de Ungit.) Apesar disso, como eu havia amado (um pouco) a Rainha, fui ver Psique naquela noite, tão logo Raposa acalmou minha mente. E, assim, uma hora depois, passei da pior angústia que jamais sentira à maior de todas as minhas alegrias.

A criança era muito grande, não uma coisinha frágil, como alguém poderia esperar, por causa da estatura da mãe, e tinha a pele muito clara. Você teria pensado que ela iluminava todos os cantos do quarto em que se encontrava. Ela dormia (ínfimo era o som de sua respiração). Nunca houve uma criança tão quietinha quanto Psique em seus dias de bebê. Enquanto eu olhava atentamente para ela, Raposa chegou na ponta dos pés e espiou por cima de meu ombro.

— Agora, por todos os deuses — sussurrou ele —, velho tolo que sou, eu seria capaz até mesmo de acreditar que realmente há sangue divino em sua família. A própria Helena,[1] quando nasceu, talvez se parecesse com ela.

Batta havia colocado Psique para ser amamentada por uma mulher ruiva, taciturna e (como a própria Batta) muito apaixonada por uma jarra de vinho. Eu logo tirei a criança das mãos daquela mulher. Consegui, então, uma ama de leite livre, esposa de um camponês, a mais honesta e íntegra que pude encontrar, e, depois disso, ambas ficavam, dia e noite, em meus próprios aposentos. Batta estava muito satisfeita por ter seu trabalho feito por outras pessoas, e o Rei nem sabia do que se passava, nem se importava com isso. Raposa me disse:

— Não se desgaste, filha, com tanto trabalho, mesmo a criança sendo tão linda quanto uma deusa.

Eu, no entanto, ri na cara dele. Naqueles dias, acho que ri como nunca em toda a minha vida. Trabalho? Perdi mais horas de sono olhando Psique pela simples alegria de olhá-la do que por qualquer outra coisa. E eu ria porque ela estava sempre sorrindo. Ela começou a sorrir antes do terceiro mês. E com certeza já me conhecia (embora Raposa dissesse que não) antes do segundo.

Esse foi o começo dos meus melhores dias. O amor de Raposa pela criança era maravilhoso; acho que muito antes, quando ele era livre, deve ter tido uma filha. Ele era

---

[1]Referência a Helena de Troia, que tinha a reputação de mulher mais bela do mundo. [N. T.]

Até que tenhamos rostos

um avô de verdade agora. E então éramos só nós três — Raposa, Psique e eu. Redival sempre odiara nossas aulas e, exceto por medo do Rei, nunca se aproximava de Raposa. Agora, aparentemente, o Rei havia esquecido suas três filhas, e Redival seguia seu próprio caminho. Ela estava crescendo, os seios arredondando, as longas pernas tomando forma. Ela prometia ficar muito bonita, mas não tanto quanto Psique.

Sobre a beleza de Psique — a cada idade, há uma beleza condizente —, pode-se dizer apenas que não havia dúvidas em relação à sua aparência, fosse da parte de homem, fosse da parte de mulher. Era uma beleza que só impressionava mais tarde, quando se saía de perto dela e se refletia a respeito. Enquanto ela estivesse ao seu lado, você não se surpreendia. Parecia a coisa mais natural do mundo. Como Raposa gostava de dizer, ela parecia "de acordo com a natureza"; algo que toda mulher, ou mesmo qualquer coisa, devia ser ou desejaria ser, mas que não conseguia por mera obra do acaso. Na verdade, ao olhar para ela, você acreditaria, por um instante, que, no caso dela, haviam conseguido. Ela tornava belo tudo ao seu redor. Quando pisava na lama, a lama se tornava bela; quando corria na chuva, a chuva ficava prateada. Quando pegava um sapo — em minha opinião, ela nutria o mais estranho e improvável sentimento de amor por todos os tipos brutos —, o sapo se tornava belo.

Sem dúvida, naquela época os anos se passavam no mesmo ritmo que agora, mas, em minha memória, parecem ter sido todos primaveras e verões. Tenho a sensação de que, naqueles anos, as amendoeiras e cerejeiras floresceram mais cedo e suas florações foram mais duradouras; como resistiam aos ventos, isso eu não sei, pois vejo galhos sempre balançando e dançando contra o céu azul e branco,

Dois

e suas sombras fluindo como água sobre todas as colinas e todos os vales do corpo de Psique. Eu queria ser uma esposa para poder ter sido sua mãe verdadeira. Eu queria ser um menino para que ela se apaixonasse por mim. Queria que ela fosse minha irmã inteira, e não minha meia-irmã. Queria que ela fosse uma escrava para que eu pudesse libertá-la e torná-la rica.

Raposa era de confiança a tal ponto que, quando meu pai não precisava de seus serviços, ele tinha permissão para nos levar a qualquer parte, ainda que fosse para muitas léguas distante do palácio. No verão, ficávamos fora praticamente o dia inteiro, no topo da colina a sudoeste, contemplando toda Glome, até a Montanha Cinzenta. Fixávamos o olhar naquela encosta escarpada até conhecermos todos os seus dentes e entalhes, pois nenhum de nós já fora até lá ou vira o que havia do outro lado. Psique, quase desde muito cedo (pois era uma criança esperta, reflexiva), mostrava ser meio apaixonada pela Montanha. Ela mesma inventava histórias sobre a Montanha.

— Quando eu crescer, serei uma grande, uma grande rainha, casada com o maior de todos os reis, e ele vai construir para mim um castelo de ouro e âmbar bem ali em cima, bem no topo — dizia ela.

Raposa batia as palmas e cantava:

— Mais bonita que Andrômeda, mais bonita que Helena, mais bonita que a própria Afrodite.

— Fale palavras de melhor presságio, vovô — disse eu, embora soubesse que ele iria me censurar e zombar de mim por dizer isso. Pois, diante de suas palavras, embora as pedras estivessem quentes demais para ser tocadas naquele dia de verão, foi como se uma mão suave e fria pousasse sobre meu ombro esquerdo, e eu tremi.

35

Até que tenhamos rostos

— *Babai!*[2] — exclamou Raposa. Suas palavras é que trazem maus presságios. A Natureza Divina não é assim. Não há maldade nela.

No entanto, o que quer que ele tenha dito, eu sabia que não era bom falar desse jeito sobre Ungit.

---

[2]Interjeição grega usada para expressar desprezo. (EWING, Greville. *A Greek and English Lexicon.* 3. ed. Glasgow: University Press, 1827, p. 77.) [N. E.]

Três

Foi Redival quem acabou com os bons tempos. Ela sempre foi cabeça de vento, e agora se tornara maliciosa, e tudo o que fazia era ficar beijando e sussurrando galanteios para um jovem oficial da guarda (um tal de Tarin) bem debaixo da janela de Batta, uma hora depois da meia-noite. Batta já havia dormido tudo o que o vinho lhe proporcionara, e agora estava acordada. Como uma genuína intrometida e dedo-duro, ela foi correndo acordar o Rei, que a amaldiçoou, mas acreditou nela. Ele se levantou, levou alguns homens armados consigo, saiu até o jardim e surpreendeu os amantes antes que se dessem conta do que estava acontecendo. A casa inteira acordou com o barulho. O Rei trouxera um barbeiro-cirurgião para transformar Tarin em eunuco ali mesmo (e, tão logo se recuperou, foi vendido em Ringal). Antes que os gritos do rapaz mal se afogassem num gemido, o Rei se voltou para Raposa e para mim, responsabilizando-nos por todo o ocorrido. Por que Raposa não tomara conta de sua pupila? Por que eu não cuidara de minha irmã? A história teve fim com uma ordem expressa para que jamais voltássemos a perdê-la de vista.

Até que tenhamos rostos

— Vá aonde quiserem e façam o que bem entenderem — disse meu pai. — Mas a vadia salgada[1] deve ficar com vocês. Eu lhe digo, Raposa, se ela perder a castidade antes que eu lhe encontre um marido, você vai gritar mais alto que ela. Salve sua própria pele. E você, sua filha de gnomo, faça o que sabe fazer de bom, o que sabe fazer de melhor. Em nome de Ungit! É um milagre que você, com esse rosto, não consiga assustar os homens.

Redival ficou extremamente intimidada diante da ira do Rei e obedeceu-lhe. Ela estava sempre conosco. E isso logo esfriou qualquer amor que tivesse por Psique ou por mim. Ela bocejava, discutia e zombava. Psique, que era uma criança tão alegre, tão verdadeira e tão obediente que (dizia Raposa) era a própria Virtude em forma humana, não fazia nada direito aos olhos de Redival. Um dia, Redival bateu nela. Quando recobrei o juízo, eu estava montada em Redival, ela no chão com o rosto coalhado de sangue e minhas mãos em sua garganta. Foi Raposa quem me tirou dali e, no fim, algum tipo de paz se estabeleceu entre nós.

Assim, toda a tranquilidade que havia entre nós foi destruída quando Redival se uniu a nós. Depois disso, pouco a pouco, um a um, vieram os primeiros golpes de martelo que finalmente nos destruíram a todos.

O ano seguinte àquele em que briguei com Redival foi o primeiro de más colheitas. Naquele mesmo ano, meu pai

---

[1]O termo "salgado" era usado em Shakespeare, bem como na literatura inglesa do século 17, como sinônimo de "lascivo". Pode ser uma referência ao nascimento de Afrodite, que se deu no mar. Eros, seu filho, foi apresentado por essa literatura como "filho de uma Vadia salgada e espumosa" (Thomas Duffett, citado por WILLIAMS, Gordon. A Dictionary of Sexual Language and Imagery in Shakespearean and Stuart Literature. Vol 3. Cambridge: The University Press, p. 1194) [N. E.]

Três

tentou se casar (como Raposa me contara) com duas casas reais de seus reis vizinhos, mas ninguém quis nada com ele. O mundo estava mudando, e a grande aliança com Caphad se provara uma armadilha. A maré estava contra Glome. Naquele mesmo ano, também houve um pequeno incidente que me fez estremecer. Raposa e eu, atrás das pereiras, nos aprofundávamos em sua filosofia. Psique saíra andando, cantando sozinha, entre as árvores, e chegou ao limite dos jardins reais, de onde se avistava a estrada. Redival foi atrás dela. Eu tinha um olho pregado em ambas, e outro, em Raposa. Então, tive a impressão de que conversavam com alguém na estrada e, logo em seguida, voltaram. Redival, desdenhando, curvou-se duas vezes diante de Psique e começou a jogar terra sobre a própria cabeça.

— Por que vocês não honram a deusa? — perguntou-nos ela.

— O que está querendo dizer com isso, Redival? — perguntei, cansada, pois sabia que ela vinha com um novo despeito.

— Você não sabia que nossa meia-irmã tornou-se uma deusa?

— O que ela quer dizer com isso, Istra? — perguntei. (Eu não a chamava mais de Psique desde que Redival se juntara a nós.)

— Vamos, meia-irmã deusa, fale — disse Redival. — Estou certa de que já me disseram o suficiente sobre quanto você é sincera, portanto não negue que você foi adorada.

— Não é verdade — disse Psique. — O que aconteceu foi que uma mulher grávida pediu que eu a beijasse.

— Ah... mas por quê? — disse Redival.

— Porque... porque ela disse que seu bebê seria lindo se eu a beijasse.

Até que tenhamos rostos

— *Porque você é mesmo muito linda.* Nunca se esqueça disso. Foi isso que ela falou.

— E o que você fez, Istra? — perguntei.

— Eu a beijei. Era uma mulher agradável. Eu gostei dela.

— E não se esqueça de contar que ela, então, colocou um ramo de murta a seus pés, curvou-se e jogou terra sobre a cabeça — disse Redival.

— Isso já aconteceu antes, Istra? — indaguei.

— Sim, algumas vezes.

— Com que frequência?

— Não sei.

— Umas duas vezes?

— Mais.

— Umas dez vezes?

— Não, mais. Não sei. Não lembro. Por que está me olhando assim? Isso é errado?

— Bem, é perigoso, bem perigoso — respondi. — Os deuses são ciumentos. Eles não suportam...

— Filha, isso não tem a menor importância — interveio Raposa. — A Natureza Divina não tem ciúmes. Esses deuses, os tipos de deuses nos quais você sempre está pensando, são tolice e mentiras de poetas. Já discutimos isso inúmeras vezes.

— Uaaah! — bocejou Redival, deitada de costas na grama e chutando o ar até que desse para ver tudo (o que ela fazia simplesmente para desconcertar Raposa, pois o velho homem era muito recatado). — Uaaah, uma meia-irmã como deusa e um escravo como conselheiro. Quem seria a princesa de Glome? Eu me pergunto o que Ungit acharia de nossa nova deusa.

— Não é muito fácil descobrir o que Ungit pensa — disse Raposa.

Redival virou-se e repousou a face na grama. Então, erguendo os olhos para ele, disse suavemente:

Três

— Mas seria fácil descobrir o que o Sacerdote de Ungit pensa. Devo tentar?

Todo o antigo medo que eu sentia do Sacerdote e os outros temores em relação ao futuro, mais do que eu seria capaz de nomear, me golpearam.

— Irmã — disse-me Redival —, dê-me o seu colar com as pedras azuis, aquele que a nossa mãe lhe deu.

— Fique com ele — disse-lhe. — Eu lhe darei quando entrarmos.

— E você, escravo — falou, dirigindo-se a Raposa —, tenha bons modos. E faça com que meu pai me dê em casamento a algum rei; e deve ser um rei jovem, vigoroso e com a barba loira. Você é capaz de fazer o que quiser com meu pai quando está trancafiado com ele na Sala das Colunas. Todos sabem que você é o verdadeiro Rei de Glome.

No ano seguinte, tivemos uma rebelião, organizada por Tarin, o jovem castrado por meu pai. Tarin não era de uma grande linhagem (para fazer parte de uma casa real), e o Rei julgara que o pai dele não teria poder suficiente para vingá-lo. No entanto, o pai fez um acordo com alguns homens mais poderosos que ele e, então, uns nove importantes senhores de terras a noroeste levantaram-se contra nós. Meu pai foi, ele mesmo, para a frente de batalha (e quando o vi cavalgar em sua armadura, cheguei perto de amá-lo como nunca acontecera até então) e derrotou os rebeldes. Houve muita carnificina de ambos os lados e, em minha opinião, mais carnificina entre os homens vencidos do que o necessário. O episódio deixou atrás de si mal-estar e desafetos; quando tudo terminou, o Rei estava mais fragilizado do que antes.

Aquele ano foi o segundo de más colheitas e o princípio da febre. No outono, Raposa foi acometido por ela e quase morreu. Eu não consegui ficar com ele, pois, assim que Raposa adoeceu, o Rei disse: "Agora, menina, pode tratar

Até que tenhamos rostos

de ler, escrever e matraquear em grego. Terei trabalho para você. Você deve assumir o lugar de Raposa". Assim, eu estava quase sempre na Sala das Colunas, pois, à época, havia muitas tarefas a serem cumpridas. Embora eu temesse demais por Raposa, o trabalho com meu pai foi muito menos assustador do que eu imaginara. Ele passou, com o tempo, a me odiar menos. No final, falava comigo, certamente não com amor, mas de forma amigável, como um homem falaria com outro. Vi quanto suas questões eram severas. Nenhuma das famílias de sangue divino das cercanias (e, legalmente, a nossa não poderia unir-se a outra que não fosse) casaria seus filhos com as filhas de meu pai ou lhe daria as suas. Os nobres estavam todos especulando sobre a sucessão. Havia ameaça de guerra de todas as direções, e nenhuma força para lidar com elas.

Foi Psique quem cuidou de Raposa, embora, em tese, isso fosse proibido. Sim, ela atacaria e lutaria com qualquer um que se interpusesse entre ela e a porta dele; pois também tinha o sangue quente de nosso pai, embora sua ira fosse do tipo que vem do amor. Raposa venceu sua enfermidade, e ficou mais magro e grisalho do que antes. Agora veja só a sutileza do deus que está contra nós. A história de sua recuperação e do cuidado de Psique espalhou-se; Batta, sozinha, dava conta da fofoca, e havia uma boa quantidade de outros tagarelas. Tornara-se uma história de como a bela princesa podia curar febres com um simples toque; e, na sequência, sobre seu toque ser a única coisa capaz de curar a febre. Em dois dias, metade da cidade estava acampada no portão do palácio: maltrapilhos; pessoas acamadas; velhos caducos ávidos por salvarem suas vidas, como se merecessem viver por mais um ano; bebês; homens enfermos e moribundos que eram trazidos em seus leitos. Fiquei olhando para eles por trás das grades da janela, para toda a tristeza e o terror daquelas cenas, o cheiro de suor, febre, alho e roupa suja.

Três

— A Princesa Istra — gritavam. — Enviem-nos a Princesa com suas mãos curadoras. Estamos morrendo! Cura, cura, cura!

— E pão — clamavam outras vozes. — O celeiro real! Estamos famintos.

Foi assim no começo, enquanto ainda estavam um pouco distantes do portão. Mas eles foram se aproximando. Em pouco tempo, estavam golpeando-o. Alguém dizia "Tragam fogo!", mas, por trás, vozes mais fracas pediam: "Cure-nos, cure-nos. A Princesa tem mãos que curam!".

— Ela vai ter de sair — disse meu pai. — Não vamos conseguir detê-los. (Dois terços dos guardas estavam acamados por causa da febre.)

— Ela é capaz de curá-los? — perguntei a Raposa. Ela curou você?

— É possível — respondeu. — Não destoa da natureza que as mãos de alguém sejam capazes de curar. Quem sabe?

— Deixe-me sair — disse Psique. — Eles são o nosso povo.

— Eles são a nossa ralé! — disse meu pai. — Eles pagarão pelo trabalho deste dia se eu retomar o controle da situação. Mas vá, rápido. Vistam a menina. Ela tem beleza o bastante, o que já é alguma coisa. E ânimo.

Colocaram nela um vestido de rainha e uma grinalda sobre a cabeça e, então, abriram a porta. Sabe aquelas situações em que derramamos pouca ou nenhuma lágrima, mas sentimos o peso e a pressão do choro percorrendo toda a cabeça? É assim que me sinto até hoje, quando me lembro de Istra saindo, esguia e ereta como um cetro, da escuridão e do frio do salão para a claridade quente e pestilenta daquele dia. No momento em que as portas se abriram, as pessoas recuaram, empurrando umas às outras. Eu tive a impressão de que estavam esperando uma avalanche de soldados. No entanto, um minuto depois, os bramidos e os gritos cessaram. Todos

Até que tenhamos rostos

os homens (e também muitas mulheres) em meio àquela multidão estavam se ajoelhando. A beleza de Psique, que a maioria deles jamais havia contemplado, agiu sobre eles em forma de terror. Então, começou um murmúrio tímido, quase um soluço; engrossado, irrompeu em um grito ofegante: "É uma deusa, uma deusa". A voz de uma mulher soou límpida. "É a própria Ungit na forma humana."

Psique continuou caminhando lenta e solenemente, como uma criança que vai recitar uma lição, em meio a toda aquela pestilência. Ela tocou e tocou. Eles, então, se curvaram e beijaram seus pés e a borda de seu manto, sua sombra e o solo que ela havia pisado. E ela tocou mais e mais. Parecia não ter fim; e, em vez de se dissipar, a multidão ia aumentando cada vez mais. Por horas a fio, ela tocou. O ar estava sufocante até para nós, que estávamos à sombra da varanda. Toda a terra e todo o ar ansiavam pela tempestade que (agora sabíamos) não viria. Eu a vi ficando cada vez mais pálida. Seu andar se tornou cambaleante.

— Rei, isso vai matá-la — disse eu.

— Lamento por isso — disse o Rei. — Mas eles vão matar-nos a todos se ela parar.

Por fim, tudo aquilo chegou ao fim perto do pôr do sol. Nós a carregamos para a sua cama e, no dia seguinte, ela acordou com a febre. Mas ela resistiu por um tempo. Em seus delírios, ela falava de seu castelo de ouro e âmbar no cume da Montanha Cinzenta. Em seu pior momento, não havia aparência de morte em seu rosto. Era como se a morte não ousasse chegar perto quando suas forças voltaram, e ela estava mais linda do que antes. Sua aparência infantil havia desaparecido. Havia nela um brilho novo e mais intenso.

— Ah, não seria de se admirar — entoou Raposa — se os troianos e os aqueus sofressem longos pesares por essa mulher. Ela se assemelha incrivelmente a uma alma imortal.

Três

Alguns dos doentes da cidade morreram e outros se recuperaram. Somente os deuses sabem se os que se recuperaram foram aqueles em quem Psique tocou, mas os deuses não falam. Contudo, o povo, a princípio, não teve dúvida. Toda manhã havia oferendas deixadas para ela do lado de fora do palácio: ramos de murta e grinaldas e, em pouco tempo, bolos de mel e, depois, pombos, que são especialmente sagrados para Ungit.

— Isso está certo? — perguntei a Raposa.

— Eu devia estar muito preocupado — respondeu ele —, exceto por uma razão. O Sacerdote de Ungit está com a febre. Neste momento, não acho que ele esteja em condições de nos fazer mal.

Nessa época, Redival se havia tornado uma pessoa muito devota e ia com frequência à casa de Ungit fazer oferendas. Raposa e eu nos assegurávamos de que sempre houvesse com ela um velho escravo de confiança que não a deixaria se meter em confusão. Eu achava que talvez ela estivesse orando por um marido (ela desejava muito ter um, uma vez que o Rei, de certo modo, a acorrentara ao velho Raposa e a mim) e também que se sentia contente por estar fora de nosso campo de visão por algum tempo, bem como nós do dela. No entanto, eu a advertia para que não falasse com ninguém no caminho.

— Ah, irmã, fique tranquila — dizia Redival. — Não é a mim que eles adoram, você sabe: eu não sou a deusa. Os homens olham para você da mesma forma que olham para mim, agora que puseram os olhos em Istra.

Quatro

Até então, eu não sabia como eram as pessoas comuns. Por isso, a veneração que elas nutriam por Psique se, por um lado, me assustava, também me consolava. Eu me sentia confusa, e às vezes pensava no que Ungit, com seu poder divino, faria a qualquer mortal que ousasse desonrá-la; em outras ocasiões, ficava imaginando o que o Sacerdote e nossos inimigos da cidade (meu pai, agora, tinha muitos) seriam capazes de fazer com suas línguas, pedras ou lanças. Contra as últimas, o amor do povo por Psique parecia ser uma proteção.

Mas essa situação não durou muito. Agora, o povo sabia que os portões de um palácio podiam ser abertos quando batessem neles. E, antes que Psique se recuperasse da febre, a multidão já estava de volta em nossos portões, chorando:

— Milho, milho! Estamos famintos. Abram os celeiros reais. — Dessa vez, o Rei deu-lhes algumas porções.

— Mas não retornem — avisou ele. — Não tenho mais para lhes dar. Em nome de Ungit! Vocês acham que posso fazer milho se os campos não o produzirem?

— E por que os campos não produzem? — perguntou uma voz atrás no meio da multidão.

Quatro

— Onde estão seus filhos, Rei? — perguntou outra voz.

— Onde está o príncipe?

— O Rei de Phars tem treze filhos — disse outra.

— Rei estéril torna a terra estéril — disse uma quarta.

Dessa vez, o Rei viu quem havia falado e fez sinal para um dos arqueiros que estavam ao seu lado. Num piscar de olhos, a flecha atravessou a garganta dessa pessoa e o povo partiu em disparada. Entretanto, foi um gesto imprudente; meu pai deveria ter matado a maioria deles ou nenhum. No entanto, ele estava, de fato, certo ao dizer que não lhes poderíamos dar mais donativos. Essa fora a segunda má colheita, e havia pouca coisa no celeiro além de nossos próprios grãos de milho. Mesmo no palácio, já estávamos vivendo, havia um bom tempo, de alho-poró, pão de grãos e bebida fermentada. Fora necessário um planejamento minucioso para eu conseguir algo bom para Psique, enquanto ela se recuperava da febre.

E depois veio isso. Quando Psique já estava bem de saúde, deixei a Sala das Colunas, onde havia trabalhado para o Rei (e ele ainda manteve Raposa consigo depois de me liberar), e comecei a procurar por Redival, pois eu sempre tinha esse zelo em mente. O Rei não iria se lembrar de que me mantivera longe dela, trabalhando em seus assuntos o dia todo, e, então, iria responsabilizar-me por não manter os olhos nela. Mas aconteceu de eu logo encontrá-la retornando de uma de suas visitas à casa de Ungit, e Batta estava em sua companhia. Nessa época, elas duas eram como unha e carne.

— Você não precisa procurar por mim, irmã-carcereira — disse Redival. — Já tenho proteção suficiente. Não é aqui que mora o perigo. Qual foi a última vez que você viu a pequena deusa? Onde está sua meia-irmã amada?

— No jardim, muito provavelmente — respondi. — E, quanto à *pequena*, ela é um pouco mais alta que você.

Até que tenhamos rostos

— Oh, misericórdia! Teria eu dito alguma blasfêmia? Ela me punirá com um raio? Sim, ela é alta o bastante. Alta o bastante para ser vista bem de longe, faz meia hora, em uma pequena via perto da praça do mercado. Em geral, a filha de um rei não fica andando sozinha pelas ruas; mas suponho que uma deusa ande.

— Istra está na cidade, e sozinha? — perguntei.

— Com certeza, era ela — retrucou Batta — andando a passos rápidos com o manto erguido. Assim... Assim. (Batta era péssima em imitações, mas estava sempre imitando; lembro-me dela fazendo isso desde os meus primeiros anos.) — Eu a teria seguido, aquela jovem metidinha, mas ela entrou por uma porta, foi isso que ela fez.

— Bem, bem — disse eu. — A menina deveria tomar mais cuidado. Mas ela não fará mal algum nem sofrerá nada.

— Não sofrerá nada! — exclamou Batta. — Há muito mais por aí do que qualquer uma de nós sabe.

— Você está louca, ama — retruquei. — Há menos de seis dias as pessoas a estavam adorando.

— Não sei nada disso — respondeu Batta (que, sim, sabia perfeitamente). — Mas hoje ela será bem pouco adorada. Eu bem sabia em que resultariam todos aqueles toques e aquelas bênçãos. Nada de coisas boas, de fato! A praga está pior do que antes. O cunhado da esposa do ferreiro me contou que ontem morreram cem pessoas. Eles dizem que os toques não curaram a febre; ao contrário, transmitiram-na ainda mais. Falei com uma mulher cujo pai idoso foi tocado pela princesa e morreu antes que o carregassem de volta para casa. E ele não foi o único. Se alguém tivesse dado ouvidos à velha Batta...

Não dei mais ouvidos a ela. Saí para a varanda e fiquei olhando na direção da cidade. Fiquei observando por uma

Quatro

longa meia hora. Vi as sombras das colunas lentamente mudando de posição e foi então que, pela primeira vez, dei--me conta de como as coisas que conhecemos desde sempre e com as quais nos acostumamos podem parecer novas e estranhas, como se fossem inimigos. Por fim, avistei Psique chegando, muito cansada, porém também apressada. Ela me agarrou pelo punho e engoliu em seco, como alguém que está com um soluço preso na garganta, e foi me conduzindo, sem parar, até que estivéssemos em meus aposentos. Então, ela me fez sentar em minha cadeira, ajoelhou-se e deitou a cabeça em meus joelhos. Pensei que estivesse chorando, mas, quando, enfim, ergueu o rosto, não havia lágrimas.

— Irmã, o que há de errado? Quero dizer, o que há de errado comigo? — perguntou.

— Com você, Psique? Nada — respondi. — O que você está querendo dizer?

— Por que me chamam de Amaldiçoada?

— Quem ousou dizer isso? Vamos torcer a língua de quem falou isso. Onde você esteve?

Tudo, então, veio à tona. Ela tinha ido (muito ingenuamente, na minha opinião) à cidade sem nos avisar. Ouviu dizer que sua velha ama, a mulher livre que eu contratara para amamentá-la e que agora vivia na cidade, estava doente por causa da febre. E Psique fora tocá-la.

— Pois todos diziam que minhas mãos curavam. Então, pensei, quem sabe? Pode ser. Senti que poderiam mesmo curar.

Eu lhe disse que ela agira muito errado, e foi então que me dei conta de quanto ela havia amadurecido desde que caíra doente. Pois ela não recebeu a repreensão como uma criança nem se defendeu como tal. Em vez disso, ficou olhando para mim com um silêncio profundo, quase como se fosse mais velha do que eu. Senti uma pontada em meu coração.

Até que tenhamos rostos

— Mas quem a insultou? — perguntei.

— Não aconteceu nada até eu sair da casa da ama; exceto que ninguém me cumprimentou pelas ruas, e eu tive a impressão de que uma ou duas mulheres haviam erguido a barra da saia e se afastaram de mim enquanto eu passava. Bem, no caminho de volta, primeiro encontrei um menino — um menino lindo, não tinha nem oito anos — que me encarou e cuspiu no chão. "Que rude!", disse-lhe, sorrindo e estendendo minha mão para ele. Ele fez uma careta como um diabinho e então perdeu toda a sua coragem e correu estrepitosamente por uma passagem. Depois disso, a rua ficou vazia por um trecho, e eu tive de cruzar com um grupo de homens. Enquanto eu passava, eles me olharam com um semblante de poucos amigos e, tão logo dei as costas, disseram: "A Amaldiçoada, a Amaldiçoada! Ela se fez de deusa". E um deles disse: "Ela é a própria maldição". Então, atiraram pedras em mim. Não, não estou ferida. Mas tive de correr. O que isso significa? O que fiz a eles?

— O que você fez? — perguntei. — Você os curou, os abençoou e tomou a doença imunda deles para si. E é assim que agradecem. Ah, eu poderia estraçalhá-los em pedaços! Levante-se, criança. Deixe-me ir. Apesar de tudo, ainda somos filhas do rei. Vou falar com o Rei. Ele pode me bater, me arrastar pelos cabelos se quiser, mas isso ele vai ouvir. E ainda pedem pão. Eu... eu...

— Fique calma, irmã, fique calma — pediu Psique. — Não suporto quando ele a machuca. E eu estou muito cansada. Quero o meu jantar. Não fique chateada. Você parece o nosso pai quando diz essas coisas. Vamos jantar aqui, você e eu. Há algumas coisas ruins vindo em nossa direção — tenho pressentido isso há um bom tempo —, mas não acho que vai acontecer nada esta noite. Vou bater palmas para chamar suas servas.

Quatro

Embora as palavras *você parece o nosso pai*, vindas dela, tenham me deixado com uma ferida que, às vezes, ainda dói, eu cedi e deixei a raiva passar. Jantamos juntas e transformamos nossa pobre refeição em uma piada e em um jogo, e nos sentimos, de certo modo, felizes. Há uma coisa que os deuses não tiraram de mim — ainda me lembro de tudo o que ela disse ou fez naquela noite, como também de sua aparência, a cada instante.

Mas, a despeito do que meu coração pressentisse, nossa ruína (e, mesmo então, eu não tinha ideia do que isso seria) não nos sobreveio no dia seguinte. Muitos dias se passaram, sem nada acontecer além de uma piora lenta e constante de todas as coisas em Glome. O Shennit agora não era nada mais do que um fio d'água entre uma poça e outra, no meio da lama ressecada; era como o cadáver de um rio e exalava um odor fétido. Seus peixes estavam mortos, seus pássaros, ou mortos ou haviam ido embora. Todo o gado morreu, ou foi morto, ou nem para isso servia. As abelhas estavam mortas. Os leões, dos quais não se ouvia falar no país havia quarenta anos, vieram do cume da Montanha Cinzenta e levaram as poucas ovelhas que nos haviam restado. A praga parecia sem--fim. Durante todos esses dias, eu ficava esperando e escutando, vigiando (quando podia) todos os que saíam ou entravam no palácio. Foi bom para mim que o Rei encontrasse bastante trabalho para Raposa e para mim na Sala das Colunas. Todos os dias chegavam mensageiros e cartas de reis vizinhos, exigindo coisas impossíveis e contraditórias, desenterrando velhas brigas ou reivindicando antigas promessas. Eles sabiam como as coisas estavam em Glome e juntavam-se em volta de nós como moscas e corvos em torno de uma ovelha agonizante. Meu pai se enfurecia e se acalmava dezenas de vezes em uma só manhã. Quando se irava, batia no rosto de Raposa e me puxava pela orelha ou pelos cabelos; e então,

Até que tenhamos rostos

entre esses rompantes, as lágrimas brotavam em seus olhos e ele falava conosco mais como uma criança implorando por ajuda do que como um rei pedindo conselhos.

— Caí numa armadilha! — dizia ele. — Estou sem saída. Eles vão me matar lentamente. O que fiz para que todas essas desgraças caíssem sobre mim? Durante toda a vida, fui um homem temente aos deuses.

A única melhora nessa época foi que a febre parecia ter deixado o palácio. Perdemos muitos bons escravos, mas tivemos mais sorte com os soldados. Somente um morreu e todos os outros já estavam de volta ao trabalho.

Então, ouvimos dizer que o Sacerdote de Ungit se recuperara. Sua enfermidade fora bem longa, pois ele havia contraído a febre, recuperando-se e contraindo-a novamente, de modo que era um prodígio que estivesse vivo. Mas notou-se algo estranho e terrível sobre essa doença: ela matava os jovens com mais facilidade que os idosos. No sétimo dia depois dessa notícia, o Sacerdote veio ao palácio. O Rei, que o vira chegar (como eu também vi) pela janela da Sala das Colunas, disse:

— O que o velho cadáver está querendo ao vir até aqui com metade de um exército?

Havia, de fato, muitos soldados atrás da liteira do Sacerdote, pois a casa de Ungit tinha seus próprios guardas, e ele trouxera um bom número deles. Então, eles fincaram suas lanças a certa distância de nossos portões e somente a liteira seguiu carregada até a varanda.

— É melhor que não se aproximem mais — disse o Rei. — Isso é traição ou simples ousadia?

Ele, então, deu uma ordem ao capitão de sua guarda. Não acho que tenha pensado que chegaria a uma luta, mas isso era o que eu, ainda jovem, esperava. Eu nunca tinha visto

Quatro

homens lutarem e, tola como era, como a maioria das meninas, eu não sentia medo; pelo contrário, um certo formigamento no corpo me agradava.

Os homens que carregavam a liteira a depositaram no chão e ajudaram o Sacerdote a se levantar. Agora, ele estava muito velho e cego, e trazia consigo duas meninas do templo que o guiavam. Eu já vira algumas dessas meninas antes, mas somente à luz de tochas, na casa de Ungit. Elas pareciam estranhas à luz do sol, com seus capacetes dourados, suas enormes perucas de linho e seus rostos pintados parecendo máscaras de madeira. Somente essas duas meninas e o Sacerdote, que tinha as mãos apoiadas no ombro de cada uma delas, adentraram o palácio. Assim que entraram, meu pai ordenou que nossos homens fechassem e trancassem a porta.

— O velho lobo não entraria em uma armadilha se quisesse fazer algum mal — disse ele. — Vamos nos certificar disso.

As meninas do templo conduziram o Sacerdote até a Sala das Colunas, uma cadeira foi providenciada e ajudaram-no a se sentar. Sem fôlego, ficou um longo tempo sentado antes de começar a falar, fazendo um movimento de quem está mastigando algo, como os velhos costumam fazer. As meninas permaneceram imóveis, cada qual de um lado da cadeira, com os olhos vazios sempre olhando para frente, por trás da máscara de sua pintura. O cheiro de velhice, o cheiro dos óleos e essências colocadas nas meninas e o cheiro de Ungit encheram a sala. E o local se tornou extremamente santo.

Cinco

Meu pai saudou o Sacerdote e desejou-lhe alegria pelo restabelecimento, e disse que lhe servissem vinho. O Sacerdote, no entanto, estendeu a mão e disse:

— Não, Rei. Eu fiz um voto muito rigoroso, de modo que nem comida nem bebida devem passar pelos meus lábios até eu entregar minha mensagem.

A essa altura, ele falava claramente, apesar de sua fraqueza, e eu notei quanto aquele homem havia emagrecido desde que adoecera.

— Como desejar, servo de Ungit — disse o Rei. — Que mensagem é essa?

— Estou falando a ti, Rei, com a voz de Ungit e a voz de todo o povo e dos anciãos e nobres de Glome.

— Eles todos, então, lhe enviaram com uma mensagem?

— Sim. Todos nós, ou aqueles que poderiam falar por todos, ficamos reunidos desde a noite de ontem até o amanhecer, na casa de Ungit.

— Vocês se reuniram? Maldição! — exclamou meu pai, franzindo as sobrancelhas. — É novidade isso de realizar uma assembleia sem o consentimento do Rei; e novidade ainda maior realizá-la sem convidar o Rei.

Cinco

— Não haveria razão alguma para convidá-lo a participar, Rei, uma vez que nos reunimos não para ouvir o que você nos diria, mas para decidir o que diríamos a você.

O olhar do meu pai tornou-se ainda mais ameaçador.

— E, uma vez reunidos — disse o Sacerdote —, avaliamos todas as dores que nos têm acometido. Primeiro, a fome, que continua a aumentar. Segundo, a peste. Terceiro, a seca. Quarto, a certeza da guerra no início da primavera, o mais tardar. Quinto, os leões. E, por último, Rei, sua própria esterilidade em relação a filhos homens, o que é odioso a Ungit...

— Basta — bradou o Rei. — Seu velho tolo, você acha que preciso que você ou qualquer outro sabichão me diga onde aperta o meu calo? Ungit tem ódio, é? Por que Ungit não resolve isso, então? Eu já lhe dei touros, carneiros e bodes em grande quantidade; foi tanto sangue que, se reuníssemos tudo, um navio poderia navegar nele.

O Sacerdote balançou a cabeça como se, embora cego, estivesse olhando para o Rei. E eu pude ver melhor como sua magreza o havia mudado. Ele parecia um abutre. Senti mais medo dele do que jamais tivera. O Rei abaixou os olhos.

— Enquanto a terra estiver impura, touros, carneiros e bodes não ganharão o favor de Ungit — disse o Sacerdote. — Tenho servido a Ungit nestes cinquenta, não, sessenta e três anos, e aprendi uma coisa: sua ira nunca cai sobre nós sem motivo e nunca cessa sem expiação. Tenho dado oferendas a ela por seu pai e pelo pai de seu pai, e sempre foi a mesma coisa. Fomos derrotados, muito tempo antes de você existir, pelo Rei de Essur; isso aconteceu porque havia um homem no exército de seu avô que se deitou com a própria irmã e matou a criança. Ele era o Amaldiçoado. Nós o descobrimos e expiamos o seu pecado e, então, os homens de Glome perseguiram os de Essur como se fossem ovelhas. Seu próprio

Até que tenhamos rostos

pai deve ter-lhe contado como uma mulher, quase uma menina, amaldiçoou o filho de Ungit, o deus da Montanha, em segredo. Por causa dela, vieram as enchentes. Ela era a Amaldiçoada. Nós a descobrimos e expiamos o seu pecado, e o Shennit voltou ao seu leito. E agora, por todos os sinais que eu trouxe de volta à sua memória, sabemos que a ira de Ungit é maior do que nunca, desde quando consigo me lembrar. Por isso, todos nós falamos na casa dela, na noite passada. Todos nós falamos: "Devemos encontrar o Amaldiçoado". Embora todo homem presente soubesse que ele próprio poderia ser o Amaldiçoado, ninguém se opôs a isso. Eu também não tenho nada a dizer contra isso, embora saiba que o Amaldiçoado talvez seja eu, ou você, Rei. Pois todos sabemos (e você pode ter certeza disso) que não haverá cura de nossas enfermidades até que a nossa terra esteja purificada. Ungit será vingada. E não é um boi ou um carneiro que irá aquietá-la agora.

— Você quer dizer que ela quer um Homem? — perguntou o Rei.

— Sim — disse o Sacerdote. — Ou uma Mulher.

— Se pensam que posso entregar-lhes um prisioneiro de guerra neste momento, devem estar loucos. Na próxima vez que eu capturar um ladrão, você pode cortar a garganta dele diante de Ungit, se quiser.

— Isso não é o bastante, Rei. Você sabe disso. Devemos encontrar o Amaldiçoado. E ela (ou ele) deve morrer pelo rito da Grande Oferenda. Em que medida um ladrão é mais que um boi ou um carneiro? Este não pode ser um sacrifício comum. Devemos fazer a Grande Oferenda. O Bruto foi visto novamente. E, quando ele vem, a Grande Oferenda deve ser feita. É assim que o Amaldiçoado deve ser oferecido.

— O Bruto? É a primeira vez que ouço falar disso.

— Talvez sim. Parece que os reis ouvem muito pouco. Não sabem nem mesmo o que se passa no interior de seus

Cinco

próprios palácios. Mas eu ouço. Fico acordado à noite, muito tempo acordado, e Ungit me diz coisas. Ouço sobre atos terríveis que são praticados nesta terra, mortais imitando deuses e roubando a adoração que é devida às divindades...

Olhei para Raposa e disse, silenciosamente, só com o movimento dos meus lábios: "Redival".

O Rei caminhava de um lado para outro da sala com as mãos enganchadas atrás das costas e os dedos se movimentando.

— Você está enganado — disse ele. — O Bruto é uma fábula da minha avó.

— Talvez seja mesmo — disse o Sacerdote —, pois foi na época dela que o Bruto foi visto pela última vez. Então, fizemos a Grande Oferenda e ele foi embora.

— Quem já viu esse Bruto? — perguntou meu pai. — Como ele é, hein?

— Os que estiveram mais próximos dele são os únicos que podem dizer como ele é, Rei. E muitos o viram ultimamente. Seu próprio chefe dos pastores na Montanha Cinzenta o viu na noite em que o primeiro leão veio. Ele se precipitou sobre o leão com uma tocha acesa. E, na claridade, ele viu o Bruto, atrás do leão, negro e grande, com uma forma terrível.

Enquanto o Sacerdote dizia isso, o andar do Rei o trouxe para próximo da mesa à qual Raposa e eu estávamos sentados com nossas tabuletas e utensílios de escrita. Raposa deslizou ao longo do banco e sussurrou algo no ouvido de meu pai.

— Bem lembrado, Raposa — murmurou meu pai. — Fale alto. Diga isso ao Sacerdote.

— Com a permissão do Rei — disse Raposa —, a história do pastor é bastante questionável. Se o homem tinha uma tocha, naturalmente o leão teria uma grande sombra negra atrás de si. O homem estava assustado e havia acabado de despertar. Ele acabou tomando a sombra por um monstro.

57

— Essa é a sabedoria dos gregos — disse o Sacerdote. — Mas Glome não se aconselha com escravos, nem mesmo se eles forem os preferidos dos reis. Se o Bruto era uma sombra, Rei, e daí? Muitos dizem que ele *é* uma sombra. Mas, se essa sombra começar a descer sobre a cidade, olhe para si mesmo. Você tem sangue divino e, sem dúvida, não teme nada. Mas o povo temerá. O medo será tão grande que nem mesmo eu poderei detê-lo. O povo queimará o palácio. E trancarão você aqui dentro antes de queimá-lo. Seria mais sábio se você fizesse a Grande Oferenda.

— E como se deve fazê-la? — perguntou o Rei. — Isso nunca aconteceu no meu reinado.

— A Oferenda não é feita na casa de Ungit — disse o Sacerdote. — A vítima deve ser dada ao Bruto. Pois o Bruto é, misteriosamente, a própria Ungit, ou o filho dela, o deus da Montanha; ou ambos. A vítima é levada à Montanha, à Árvore Sagrada, amarrada e abandonada. Então, vem o Bruto. Por isso você irritou Ungit agora mesmo, Rei, quando falou em oferecer um ladrão. Na Grande Oferenda, a vítima deve ser perfeita, pois, na língua sagrada, um homem assim oferecido é chamado de marido de Ungit, e uma mulher é chamada de noiva do filho de Ungit. E ambos são chamados de Ceia do Bruto. E, quando o Bruto é Ungit, deita-se com o homem, e quando ele é seu filho, deita-se com a mulher. E, em ambas as situações, há um devoramento... muitas coisas diferentes são ditas... muitas histórias sagradas... muitos grandes mistérios. Alguns dizem que o amar e o devorar são a mesma coisa, pois, na língua sagrada, dizemos que uma mulher que se deita com um homem o devora. Por isso você está tão equivocado, Rei, quando pensa que um ladrão ou mesmo um escravo exausto ou covarde capturado em uma batalha serviriam para a Grande Oferenda. O melhor da terra não é bom o bastante para cumprir essa função.

Cinco

A fronte do Rei, eu vi, estava suada agora. A santidade e o horror das coisas divinas estavam, pouco a pouco, adensando-se naquela sala. De repente, Raposa disse:

— Mestre, Mestre, deixe-me falar.

— Vá em frente — disse o Rei.

— O senhor não vê, Mestre — disse Raposa —, que o Sacerdote está falando disparates? A sombra deve ser um animal que é também uma deusa que é também um deus, e que amar é devorar; uma criança de seis anos falaria com mais lucidez. Há um minuto, a vítima desse sacrifício abominável deveria ser o Amaldiçoado, a pessoa mais perversa de toda a terra, oferecida como punição. E agora, deve ser a melhor pessoa de toda a face da terra, a vítima perfeita, casada com um deus, como uma recompensa. Pergunte-lhe do que ele está falando. Não é possível que seja uma coisa e outra ao mesmo tempo.

Se alguma esperança despertou em mim quando Raposa começou a falar, ela se extirpou. Esse tipo de conversa não levaria a lugar algum. Eu sabia o que havia acontecido com Raposa; ele se esquecera de todos os seus ardis e até mesmo, em certo sentido, do seu amor e de seus temores por Psique, simplesmente porque coisas como aquelas que o Sacerdote estava dizendo haviam acabado com sua paciência. (Eu percebi que todos os homens, não apenas os gregos, se têm bom senso e línguas afiadas, fazem o mesmo.)

— Estamos ouvindo sabedoria grega demais nesta manhã, Rei — disse o Sacerdote. — E eu já ouvi boa parte dela antes. Não é preciso que um escravo me ensine nada disso. É algo bastante sutil. Mas ela não traz chuva nem faz crescer o milho; só o sacrifício faz uma coisa e outra. A sabedoria não lhes dá sequer a coragem para morrer. Aquele grego ali é seu escravo porque, em alguma batalha, ele baixou braços e deixou que lhe amarrassem as mãos se o levassem embora e

Até que tenhamos rostos

o vendessem, em vez de tomar um golpe de lança no coração. A sabedoria lhes dá a compreensão das coisas sagradas. Eles reivindicam enxergar essas coisas com clareza, como se os deuses não fossem mais que letras escritas em um livro. Eu, Rei, tenho lidado com os deuses por três gerações humanas, e sei que eles cegam nossos olhos e nos circulam de um lado para outro, como redemoinhos em um rio, e nada que seja dito com clareza pode ser dito verdadeiramente sobre eles. Lugares santos são lugares sombrios. E o que encontramos neles é vida e força; não conhecimento e palavras. A sabedoria sagrada não é clara e transparente como água, mas densa e escura como sangue. Por que o Amaldiçoado não poderia ser, ao mesmo tempo, o melhor e o pior?

O Sacerdote parecia cada vez mais com uma ave esguia à medida que falava; nem um pouco diferente da máscara de pássaro que repousava sobre seus joelhos. E sua voz, embora não fosse alta, não soava mais trêmula como a de um idoso. Raposa encurvou-se, com os olhos fixos sobre a mesa. Acho que a provocação sobre ter sido capturado na guerra havia caído como ferro quente sobre antigas úlceras de sua alma. Se eu tivesse poder, com certeza teria enforcado o Sacerdote e transformado Raposa em rei; mas era fácil perceber de que lado estava a força.

— Bem, bem — disse o Rei, apressando o passo —, tudo isso pode muito bem ser verdade. Não sou nem sacerdote nem grego. Ambos costumavam me dizer que eu era o Rei. E agora?

— Como estávamos, portanto — disse o Sacerdote —, determinados a procurar o Amaldiçoado, lançamos a sorte santa. Primeiro perguntamos se o Amaldiçoado seria encontrado entre os comuns. E a sorte disse "Não".

— Continue, continue — disse o Rei.

Cinco

— Não consigo falar depressa — disse o Sacerdote. — Já não tenho mais fôlego para isso. Perguntamos, então, se estaria entre os anciãos. E a sorte disse "Não".

Havia uma cor estranha estampada no rosto do Rei agora; seu medo e sua ira estavam em equilíbrio, e nem ele nem ninguém mais seria capaz de dizer qual dos dois sentimentos iria vencer.

— Então, perguntamos se estaria entre os nobres. E a sorte disse "Não".

— E, então, o que vocês perguntaram? — disse o Rei, aproximando-se dele e falando baixo.

E o Sacerdote respondeu:

— Então perguntamos: "Está na casa do Rei?". E a sorte disse "Sim".

— Muito bem — disse o Rei, quase sem fôlego. — Sim. Já imaginava que você diria isso. Senti o cheiro desde o princípio. Traição em nova roupagem. Traição. — Então, disse ainda mais alto: — Traição!

Imediatamente ele se colocou à porta, urrando:

— Traição! Traição! Guardas! Bardia! Onde estão meus guardas? Onde está Bardia? Enviem-me Bardia.

Houve uma correria, um tinir de ferros e os guardas vieram correndo. Bardia, o capitão, um homem muito honesto, ingressou no salão.

— Bardia — disse o Rei —, há muitas pessoas à minha porta hoje. Tome os homens que achar necessário e ataque aqueles rebeldes que estão com lanças lá fora, bem ali, junto ao portão. Não os disperse, mate-os. Mate-os, entendeu? Não deixe sequer um vivo.

— Matar os guardas do templo, Rei? — perguntou Bardia, olhando do Rei para o Sacerdote e novamente para o Rei.

Até que tenhamos rostos

— Ratos do templo! Cafetões do templo! — gritou o Rei.
— Você está surdo? Está com medo? Eu... eu... — e sua fúria o sufocou.

— Isso é tolice, Rei — disse o Sacerdote. — Toda Glome está armada. Neste momento, há um grupo de homens armados em cada uma das portas do palácio. É um guarda seu contra dez nossos. E eles não lutarão. Você lutaria contra Ungit, Bardia?

— Você vai me abandonar, Bardia? — indagou o Rei. — Depois de comer do meu pão? Você me agradeceu por meu escudo tê-lo protegido, certa vez, nas florestas de Varin.

— O senhor salvou minha pele naquele dia, Rei — disse Bardia. — Nunca direi o contrário. Que Ungit me envie para fazer o mesmo pelo senhor! (Talvez haja muitas oportunidades na próxima primavera.) Serei pelo Rei de Glome e pelos deuses de Glome enquanto eu viver. Mas, se o Rei e os deuses caírem, vocês, que são grandes, devem resolver isso entre si. Eu não vou lutar contra poderes e espíritos.

— Você... sua garotinha! — gritou o Rei, com sua voz estridente como um assovio. Então, disse: — Saia! Falarei com você logo em seguida.

Bardia saudou o Rei e saiu. Era possível ver em seu rosto que ele se importava com o insulto tanto quanto um grande cão faz caso de um filhote que se atreve a enfrentá-lo.

No momento em que a porta se fechou, o Rei, em silêncio absoluto e novamente pálido, pegou seu punhal (o mesmo com que matara o pajem na noite em que Psique nasceu), avançou rapidamente, em poucos passos, até a cadeira do Sacerdote, empurrou as duas meninas e atravessou as vestes do homem com a ponta do punhal, tocando sua pele.

— Seu velho tolo — disse ele. — Onde está sua conspiração agora? Hein? Consegue sentir minha adaga? Ela

Cinco

faz cócegas em você? Assim? Ou assim? Posso enfiá-la em seu coração rápido ou devagar, como eu preferir. As vespas podem estar do lado de fora, mas eu tenho a vespa-rainha aqui. E agora, o que você vai fazer?

Nunca tinha visto algo mais maravilhoso (para falar de coisas meramente mortais) que a tranquilidade do Sacerdote. Nenhum homem consegue ficar tranquilo quando um dedo, quanto mais uma adaga, pressiona o espaço entre duas costelas. Mas o Sacerdote pareceu calmo. Nem mesmo suas mãos agarravam-se aos braços da cadeira. Sem mover a cabeça ou alterar o tom de voz, ele disse:

— Empurre-a, Rei, rápida ou lentamente, como considerar melhor. Não vai fazer diferença alguma. Esteja certo de que a Grande Oferenda será feita, quer eu esteja morto, quer eu esteja vivo. Estou aqui na força de Ungit. Enquanto tiver fôlego, eu serei a voz de Ungit. Talvez por mais tempo ainda. Um sacerdote não morre por completo. Se você me matar, eu talvez visite seu palácio com maior frequência, dia e noite. Os outros não me verão. Você, acho, sim.

Isso foi ainda pior. Raposa me ensinara a enxergar o Sacerdote — e também a falar dele — como um mero maquinador e um político que colocava na boca de Ungit qualquer coisa que pudesse aumentar ao máximo seu próprio poder e suas propriedades, ou prejudicar ao máximo seus inimigos. Naquele momento, eu percebi que não era bem assim. Ele cria em Ungit. Olhando para ele enquanto estava sentado com um punhal espetando-o e com os olhos cegos vigilantes, fixos no Rei, com sua face como a de uma águia, eu também cri. Nosso verdadeiro inimigo não era um mortal. A sala estava repleta de espíritos e do horror da santidade.

Com um som brutal, gemido e ranger de dentes, meu pai afastou-se do Sacerdote e se atirou em sua cadeira,

Até que tenhamos rostos

reclinou-se e passou as mãos sobre o rosto, despenteando os cabelos, como faz um homem que está cansado.

— Continue. Termine — ele disse.

— E então — disse o Sacerdote — perguntamos se o Rei era o Amaldiçoado, e a sorte disse "Não".

— O quê? — disse o Rei. (E essa é a maior vergonha da minha vida que tenho para contar.) Seu semblante desanuviou. Ele estava a um segundo de sorrir. Pensei que ele tivesse percebido, o tempo todo, a flecha apontada para Psique, que tivesse temido por ela, lutado por ela. Mas ele, em momento algum, havia pensado nela ou em alguma de nós. Eu ainda sabia, por fontes confiáveis, que ele sempre fora um homem valente nas batalhas.

— Continue — pediu ele. Sua voz, no entanto, soava mudada, renovada, como se ele tivesse acabado de rejuvenescer dez anos.

— A sorte caiu sobre sua filha mais nova, Rei. Ela é a Amaldiçoada. A princesa Istra deve ser a Grande Oferenda.

— Isso é muito difícil — disse o Rei, sério e abatido o bastante, mas eu percebi que ele estava representando. Tentava esconder o imenso alívio que sentia. Eu enlouqueci. Em questão de segundos, estava aos seus pés, agarrando-me aos seus joelhos como se agarram aqueles que suplicam, balbuciando eu não sabia bem o quê, chorando, implorando, chamando-o de pai — um nome que nunca antes eu havia usado. Creio que ele tenha ficado satisfeito com a distração. Ele tentou se desvencilhar de mim e, enquanto eu ainda me agarrava aos seus pés, arrastando-me, ferida na face e no peito, ele se levantou, ergueu-me pelos ombros e me empurrou para bem longe, com todas as suas forças.

— Você! — bradou ele. — Você! Você levanta a sua voz entre os conselhos dos homens? Prostituta, vagabunda, raiz de mandrágora! Já não tenho dores, misérias e horrores suficientes jogados sobre mim pelos deuses, e você também vem me agarrar e arranhar? E teria vindo me morder em um piscar de olhos, se eu permitisse. Nesse momento, seu rosto parece o de uma megera. Por muito pouco não lhe entrego aos guardas para ser chicoteada. Em nome de Ungit! Deuses e sacerdotes e leões e brutos das sombras e traidores e covardes não bastam para que eu também seja atormentado por meninas?

Penso que ele se sentia mais aliviado à medida que proferia todos aqueles xingamentos. Eu tinha perdido o fôlego, de modo que não conseguia chorar, me levantar ou falar. Em algum lugar acima da minha cabeça, eu os ouvia conversando, fazendo todos os planos para a morte de Psique. Ela deveria ficar prisioneira em seus aposentos — ou não, melhor na sala com cinco paredes, que era mais segura. Os guardas do templo reforçariam a nossa guarda; toda a casa deveria ser guardada, pois as pessoas eram vira-casacas — talvez houvesse uma mudança de humor ou até mesmo tentassem um resgate. Eles conversavam com sobriedade e prudência, como homens organizando uma viagem ou uma festa. Então, eu me perdi na escuridão e em meio a uma balbúrdia estrepitante.

Seis

— Ela está voltando a si — disse a voz do meu pai. — Raposa, fique desse lado dela, vamos colocá-la na cadeira.

Os dois estavam me levantando; as mãos de meu pai eram mais gentis do que eu esperava. Desde então, descobri que as mãos de soldados frequentemente são. Nós três estávamos a sós.

— Aqui, jovem, isso vai lhe fazer bem — disse ele quando me colocaram na cadeira, segurando uma taça de vinho junto aos meus lábios. — Credo, você está deixando derramar como um bebê. Fique calma. Isso, assim é melhor. Se ainda houver um pedaço de carne crua neste palácio sujo e pobre, você deve colocá-la sobre seus hematomas. E olhe, filha, você não deveria ter me contrariado daquela forma. Um homem não deve ter mulheres (ou suas próprias filhas, o que é ainda pior) se intrometendo em seus negócios.

Ele parecia estar envergonhado; quer por ter batido em mim, quer por estar entregando Psique sem resistência alguma, quem sabe? Agora, ele me parecia um rei extremamente vil e deplorável.

Ele recolheu a taça.

Seis

— A coisa tem que ser feita — disse ele. — Gritar ou lutar, nada disso vai ajudar muito. Ora, Raposa estava me dizendo que isso é feito até mesmo em suas queridas terras gregas. Começo a achar que talvez eu tenha sido um tolo ao deixar você escutar essas coisas.

— Mestre — disse Raposa —, não terminei de lhe contar. É verdade que houve um rei grego que sacrificou a própria filha. No entanto, depois disso, a esposa dele o matou, e depois o filho matou a esposa, e Aqueles Que Vivem nas Profundezas levaram o filho à loucura.

Ao ouvir isso, o Rei coçou a cabeça, inexpressivo.

— Isso é bem típico dos deuses — balbuciou ele. — Levá-lo a fazer algo e então puni-lo por ter feito. O que me consola, Raposa, é saber que não tenho esposa, nem filho.

Eu já havia recuperado a voz.

— Rei — disse eu —, o senhor não pode estar falando sério. Istra é sua filha. O senhor não pode fazer isso. Não tentou sequer salvá-la. Deve haver uma maneira. Com certeza, entre este momento e o dia…

— Olha só o que ela está dizendo! — interrompeu o Rei.

— Sua tola, a oferenda será amanhã.

Eu estava novamente a ponto de desmaiar. Ouvir isso foi tão ruim quanto ouvir que ela deveria ser oferecida. Tão ruim? Foi pior. Tive a sensação de que nunca me sentira enlutada até aquele momento. Senti que, se ela pudesse ser poupada somente por um mês — um mês, ora, um mês era como uma eternidade —, todos deveríamos ficar felizes.

— É melhor assim, querida — sussurrou Raposa em grego. — Será melhor para ela e para nós.

— O que você está murmurando, Raposa? — disse o Rei.

— Vocês dois olham para mim como se eu fosse algum tipo de gigante de duas cabeças que assusta crianças, mas o que

Até que tenhamos rostos

querem que eu faça? O que você faria, Raposa, com toda a sua inteligência, se estivesse em meu lugar?

— Eu lutaria desde o primeiro momento. Tentaria, de alguma forma, ganhar um pouco mais de tempo. Diria que a princesa estava em um período do mês inadequado para se tornar noiva. Diria ter sido advertido em sonho a não fazer a Grande Oferenda até a lua nova. Subornaria homens para jurarem que o Sacerdote havia trapaceado ao lançar a sorte. Há meia dúzia de homens do outro lado do rio que arrendam as terras dele e que não gostam nem um pouco de seu arrendador. Eu daria uma festa. Faria qualquer coisa para ganhar tempo. Dê-me dez dias e eu enviaria um mensageiro secreto ao Rei de Phars. Eu lhe ofereceria tudo o que ele quisesse, sem guerra — ofereceria qualquer coisa a ele se viesse e salvasse a princesa. Eu ofereceria Glome e a minha própria coroa.

— O quê? — gritou o Rei. — Seja menos generoso com a riqueza alheia, é melhor.

— Mas, Mestre, eu daria não somente meu trono, mas também minha própria vida, para salvar a princesa, se eu fosse rei e pai. Lutemos. Arme os escravos e lhes prometa liberdade se lutarem como homens. Nós podemos resistir, nós todos da casa, agora, neste momento. Na pior das hipóteses, todos morremos inocentes. Melhor que descer às Profundezas com o sangue de uma filha em suas mãos.

O Rei lançou-se mais uma vez sobre sua cadeira e começou a falar com uma paciência desesperadora, como um professor fala a uma criança muito estúpida (eu já havia visto Raposa fazer o mesmo com Redival).

— Eu sou um Rei. Pedi seu conselho. Os que aconselham os reis normalmente lhes dizem como fortalecer ou salvar a si mesmo ou o reino e a terra. É isso que significa aconselhar um rei. E você está me aconselhando a jogar minha coroa no

Seis

telhado, vender meu país a Phars e ter a garganta cortada. Daqui a pouco você vai me dizer que a melhor maneira de curar a dor de cabeça de um homem é cortando-lhe a cabeça.

— Entendo, mestre — disse Raposa. — Peço-lhe perdão. Eu havia esquecido que a sua segurança é a coisa pela qual devemos trabalhar a todo custo.

Eu, que conhecia tão bem Raposa, consegui reconhecer em seu rosto um olhar que não teria desonrado mais o Rei se tivesse cuspido nele. Na verdade, eu sempre o via olhando assim para o Rei, e o Rei nunca se deu conta disso. Mas eu estava determinada a fazê-lo perceber algumas coisas agora.

— Rei — disse-lhe —, o sangue dos deuses está em nós. Uma casa como a nossa pode carregar tamanha vergonha? Como isso vai soar se os homens disserem, quando o senhor estiver morto, que se escondeu atrás de uma menina, para salvar a própria vida?

— Você está escutando o que ela está dizendo, Raposa, você está escutando? — perguntou o Rei. — E ela ainda se espanta de eu fazê-la desmaiar! Nem digo para estragar a cara dela, pois isso é impossível. Olhe, senhorita, eu não gostaria de lhe bater duas vezes em um único dia, mas não me provoque. — Ele se levantou de um salto e voltou a caminhar em círculos. — Maldita! — disse ele. — Você deixa um homem louco. Todos iriam pensar que era a *sua* filha sendo entregue ao Bruto. Escondendo-se atrás de uma menina, você me diz. Ninguém aqui parece lembrar-se de quem essa menina é. Ela é minha; fruto do meu próprio corpo. A perda é minha. Se alguém tem o direito de irar-se e prantear, esse alguém sou eu. Para que eu a gerei se não puder fazer o que acredito ser o melhor para o que é meu? O que é o melhor para você? Há alguma maldita farsa que eu ainda não farejei por trás de todas as suas lágrimas e recriminações. Você não está me pedindo

Até que tenhamos rostos

para acreditar que qualquer mulher, ainda mais uma criatura medonha como você, tenha tanto amor por uma meia-irmã bonita? Isso não é algo natural. Mas ainda vou descobrir.

Não sei se ele de fato acreditava ou não no que estava dizendo, mas é possível que sim. Ele seria capaz de acreditar em qualquer coisa quando estava de mau humor, e todo mundo no palácio sabia muito mais do que ele sobre a vida de nós, meninas.

— Sim — disse ele, dessa vez com um pouco mais de calma. — De mim é que vocês devem ter compaixão. Eu é que fui instado a entregar uma parte do meu eu. Mas vou cumprir com minha palavra. Não vou arruinar a terra para salvar a minha menina. Vocês dois me persuadiram a me preocupar demais com isso. Já aconteceu antes. Lamento pela menina. Mas o Sacerdote está certo. Ungit deve receber o que lhe é devido. O que é uma menina — ora, o que seria um homem — em comparação à segurança de todos nós? É sensato que um morra por muitos. Isso acontece em todas as batalhas.

O vinho e a paixão haviam trazido de volta minhas forças. Levantei-me de minha cadeira e descobri que conseguiria me manter de pé.

— Pai — disse eu —, você está certo. É adequado que uma única pessoa morra em benefício do povo. Entregue-me ao Bruto no lugar de Istra.

O Rei, sem dizer nada, caminhou até mim, pegou-me (com delicadeza suficiente) pelo punho e me conduziu por toda a extensão da sala, até onde pendia um grande espelho. Você talvez se pergunte por que ele não o mantinha no quarto, mas a verdade é que ele sentia tanto orgulho desse espelho que queria que todo estranho o visse. O espelho fora feito numa terra distante e nenhum rei de nossa região tinha

Seis

um espelho à altura desse. Nossos espelhos comuns eram imprecisos e embaçados; nesse, porém, era possível ver sua imagem com perfeição. Como eu nunca estivera sozinha na Sala das Colunas, nunca antes me vira nele. O meu pai me colocou diante do espelho e, então, vimo-nos lado a lado.

— Ungit pediu o que houvesse de melhor na face da terra para ser a noiva de seu filho — disse ele. — E você lhe daria *isso*.

Ele me manteve lá por um minuto inteiro, em silêncio; talvez estivesse imaginando que eu começaria a chorar ou que desviaria o olhar. Por fim, ele disse:

— Agora saia. Um homem não consegue aturar seu temperamento hoje. Pegue a carne crua para pôr em seu rosto. Raposa e eu temos muito trabalho pela frente.

Ao sair da Sala das Colunas, senti pela primeira vez a dor na lateral do corpo; de algum modo, quando caí, eu me contorcera. Mas me esqueci da dor quando vi como, naquele curto espaço de tempo, nossa casa havia mudado. O local parecia lotado. Todos os escravos, quer tivessem algo a fazer, quer não, caminhavam de um lado para o outro, reunindo-se em grupos, com olhares significativos, conversando também à boca miúda, com uma espécie de animação enlutada. (Eles sempre faziam isso quando, em casa, chegavam notícias importantes, e hoje isso já não me incomoda mais.) Muitos dos guardas do templo estavam reclinados na varanda; algumas meninas do templo estavam sentadas no saguão. Do pátio, vinha odor de incenso e um sacrifício estava sendo feito. Ungit havia tomado a casa; o fedor de santidade estava por toda a parte.

Ao pé da escada, quem me encontraria senão Redival, correndo em minha direção aos prantos e com grande lamento derramando-se de sua boca:

— Ai, irmã, irmã, que terrível! Ai, pobre Psique! É só Psique, não é? Eles não farão isso com todos nós, não é?

Até que tenhamos rostos

Eu nunca pensei... eu nunca desejei nenhum mal... não fui eu... e ai, ai, ai...

Coloquei meu rosto bem próximo do dela e disse bem baixinho, mas com muita clareza:

— Redival, se, por uma única hora, eu for a rainha de Glome, ou mesmo a chefe desta casa, eu a pendurarei pelos dedos sobre fogo brando, até que você morra.

— Você é cruel, cruel — soluçou Redival. — Como pode dizer essas coisas, e num momento em que já me sinto tão miserável? Irmã, não fique com raiva, console-me...

Eu a empurrei para o lado e prossegui em meu caminho. Conheço as lágrimas de Redival desde que me entendo por gente. Não eram totalmente falsas, mas também não eram mais preciosas do que água parada. Hoje eu sei, da mesma forma que naquela época, que ela havia feito fofoca sobre Psique na casa de Ungit, e que havia feito isso com maldade. Talvez ela não imaginasse que causaria tanto estrago (ela nunca soube o que desejava causar) e estava agora, à sua maneira, arrependida; mas um broche novo ou, melhor ainda, um novo amante teria sido suficiente para fazê-la secar os olhos e imediatamente voltar a sorrir.

Ao chegar ao topo das escadas (pois o nosso palácio tinha cômodos superiores e até mesmo galerias, diferente de uma casa grega), eu estava um pouco sem fôlego e a dor na lateral havia piorado. Eu tinha a sensação de também estar mancando. Continuei andando o mais depressa possível em direção àquele quarto de cinco paredes onde haviam trancado Psique. A porta estava trancada pelo lado de fora (eu mesma havia usado aquele quarto como uma espécie de prisão voluntária) e um homem armado permanecia parado bem diante dela. Era Bardia.

— Bardia — falei, ofegante —, deixe-me entrar. Preciso ver a princesa Istra.

Seis

Ele olhou para mim com gentileza, mas abanou a cabeça.

— Não é possível, senhora — respondeu ele.

— Mas, Bardia, você pode trancar a nós duas. Não há outra saída senão pela porta.

— É assim que todas as fugas têm início, senhora. Lamento pela senhora e pela outra princesa, mas isso não é possível. Recebi ordem expressa nesse sentido.

— Bardia — pedi, entre lágrimas, a mão esquerda na lateral de meu corpo (pois a dor era agora muito forte) —, é a última noite de vida dela.

Ele desviou o olhar e voltou a dizer:

— Lamento.

Saí de perto dele sem dizer nada. Embora sua face fosse a mais bondosa entre todas que eu vira naquele dia (à exceção apenas de Raposa), naquele momento eu o odiei mais que a meu pai, o Sacerdote ou até mesmo Redival. O que fiz logo em seguida mostra como eu estava perto da loucura. Fui o mais rápido que pude até os Aposentos do Rei. Sabia que ele guardava armas lá. Apanhei uma espada simples e boa, movimentei-a, olhei para ela e senti seu peso em minha mão. Não era pesada demais para mim, em absoluto. Examinei a ponta e o fio; eles estavam o que eu chamaria de afiados, embora um soldado experiente não considerasse dessa forma. Rapidamente eu estava de volta à porta de Psique. Mesmo em minha fúria feminina, fui viril o bastante para gritar "Proteja-se, Bardia", antes de atacá-lo.

Essa foi, é claro, a tentativa mais insana de uma menina que nunca antes tivera uma arma em suas mãos. Mesmo que eu soubesse o que fazer, o pé manco e a dor na lateral (respirar fundo era agonizante) me deixaram incapacitada. No entanto, fiz com que ele usasse parte de suas habilidades; principalmente, é claro, porque ele não estava lutando para

Até que tenhamos rostos

me ferir. Em um um piscar de olhos ele tinha arrancado a espada de minha mão. Fiquei diante dele, pressionando mais ainda a lateral de meu corpo com a mão, ensopada de suor e trêmula. Sua testa estava seca e a respiração, inalterada; para ele, a luta fora muito fácil. A consciência de minha impotência se abateu sobre mim como uma nova dor, ou juntou-se àquela outra dor que eu já estava sentindo. E eu caí em um pranto infantil, como Redival.

— É mesmo uma pena que a senhora não seja homem — disse Bardia. — Tem a envergadura e o olhar rápido de um homem. Nenhum dos recrutas teria tido tanto sucesso em sua primeira tentativa. Eu gostaria de treiná-la. É mesmo...

— Ah, Bardia, Bardia — suspirei —, se ao menos você tivesse me matado, eu estaria livre de minha aflição agora.

— Não, não estaria — disse ele. — Estaria morrendo, não morta. Somente nas fábulas é que um homem morre quando o aço lhe atravessa o corpo. A menos, é claro, que se lhe corte o pescoço.

Eu não conseguia falar mais nada. O mundo inteiro parecia estar imerso em meu pranto.

— Maldição — exclamou Bardia —, não suporto essa situação. — Agora, havia lágrimas em seus olhos; ele era um homem muito terno. — Eu não me importaria tanto se uma de vocês não fosse tão corajosa e a outra, tão bela. Escute, senhora! Pare. Eu me arriscarei a perder a vida e ter sobre mim a ira de Ungit.

Eu o encarei, mas ainda não conseguia falar nada.

— Eu daria minha própria vida pela menina lá dentro, se isso pudesse causar algum bem. Você deve estar se perguntando por que eu, o capitão da guarda, estou aqui como uma sentinela comum. Eu não permitiria que nenhuma outra pessoa fizesse isso. Pensei que, se a pobre menina chamasse,

Seis

ou se, por qualquer razão, eu tivesse de ir até lá, eu lhe pareceria mais familiar que um estranho. Eu a carreguei no colo quando era pequena... eu me pergunto se os deuses sabem o que é ser um homem.

— Você vai me deixar entrar? — perguntei.

— Com uma condição, senhora. A senhora tem de jurar que sairá quando eu bater à porta. Está tudo tranquilo por aqui agora, mas haverá movimentação mais tarde. Fui informado de que duas meninas do templo virão vê-la em breve. Darei a você o máximo de tempo possível. Mas devo ter certeza de que sairá quando eu der o sinal. Três batidas... assim.

— Quando fizer isso, eu sairei imediatamente.

— Jure, senhora, sobre a minha espada.

Jurei. Ele olhou para os lados, abriu a porta e disse:

— Rápido. Entre. Que o céu as console!

Sete

A janela daquele quarto era tão pequena e alta que, mesmo ao meio-dia, era necessário contar com alguma iluminação. Por isso funcionava como prisão; o cômodo fora construído para ser o segundo andar de uma torre que meu bisavô começou a construir e nunca terminou.

Psique sentou-se na cama, com um lampião aceso ao seu lado. É claro que me lancei em seus braços e vi tudo apenas de relance, mas a cena — Psique, uma cama e um lampião — é indelével.

Muito antes que eu pudesse falar, ela disse:

— Irmã, o que fizeram com você? Seu rosto, seu olho! Ele bateu em você de novo.

Então, percebi, um pouco lentamente, que ela estivera me aconchegando e consolando o tempo todo, como se eu fosse a criança e a vítima. E isso, mesmo em meio à sua maior angústia, me fez sentir um pequeno redemoinho de dor. Era bem diferente o tipo de amor que costumava haver entre nós nos dias felizes.

Ela foi tão rápida e gentil que imediatamente compreendeu o que eu estava pensando e logo me chamou de *Maia*, o

Sete

velho nome de bebê que Raposa lhe havia ensinado. Foi uma das primeiras palavras que ela aprendeu a falar.

— Maia, Maia, me diga. O que ele fez com você?

— Ah, Psique, o que importa? Se ele pelo menos tivesse me matado! Se pudessem me levar, e não a você!

Ela, no entanto, não se contentou com a minha resposta. Forçou-me a lhe contar tudo (como alguém poderia lhe dizer não?), desperdiçando o pouco tempo que tínhamos.

— Irmã, chega — disse eu, enfim. — O que importa? O que ele é para nós? Eu não envergonharei sua mãe ou a minha dizendo que ele não é nosso pai. Nesse caso, o nome *pai* é uma maldição. Agora creio que ele se esconderia atrás de uma mulher em uma batalha.

Então (isso foi meio aterrorizante para mim), ela sorriu. Havia chorado muito pouco e, em quase todas as ocasiões, acho que por amor a — e por compaixão de — mim. Agora ela se sentava ereta, majestosa e imóvel. Não havia nela qualquer sinal de que logo iria morrer, exceto pelo fato de que suas mãos estavam muito frias.

— Orual — disse ela —, você me faz crer que aprendi as lições de Raposa melhor que você. Esqueceu-se do que devemos dizer a nós mesmas, a cada manhã? "Hoje encontrarei homens cruéis, covardes e mentirosos, os invejosos e os bêbados. Eles são assim porque não sabem discernir entre o bem e o mal. Trata-se de um mal que sobreveio a eles, não a mim. Eles são dignos de piedade, não..." — ela falava imitando adoravelmente a voz de Raposa; fazia isso tão bem quanto Batta fazia tão mal.

— Ah, criança, como... — mas eu voltei a engasgar. Tudo o que ela dizia parecia tão leve, tão distante de nossa tristeza. Senti que não deveríamos estar conversando assim, não naquele momento. Mas eu também não sabia como seria melhor conversarmos.

Até que tenhamos rostos

— Maia — disse Psique —, você precisa me prometer uma coisa. Não faça nada de violento. Não se mate. Não faça isso, pelo bem de Raposa. Temos sido três amigos amorosos. (Por que ela dissera apenas *amigos?*) A partir de agora, serão apenas ele e você; vocês devem manter-se juntos e ficar ainda mais próximos. Não, Maia, vocês devem, sim. Como soldados em uma batalha difícil.

— Ah, seu coração é de ferro — disse-lhe.

— Quanto ao Rei, transmita-lhe meu respeito, ou o que quer que lhe pareça apropriado. Bardia é um homem prudente e cortês. Ele lhe dirá o que as meninas à beira da morte devem dizer aos pais. Não devemos ser rudes ou ignorantes em nossos últimos momentos. No entanto, não posso enviar ao Rei nenhuma mensagem diferente dessa. Esse homem é um estranho para mim. Conheço o bebê da avicultora melhor do que a ele. E quanto a Redival...

— Mande a ela sua maldição. E se os mortos puderem...

— Não, não. Ela também não tem noção do que fez.

— Nem mesmo por você, Psique, terei piedade de Redival e não importa o que Raposa diga.

— Você gostaria de ser Redival? Gostaria? Não? Então, ela é digna de piedade. Se tenho a permissão de distribuir minhas joias do modo como bem entender, fique com as coisas que você e eu verdadeiramente amamos. Deixe que ela fique com tudo o que é grande e caro e que não importa. Você e Raposa fiquem com o que quiserem.

Por um instante, eu não aguentava ouvir mais nada, então deitei minha cabeça em seu colo e chorei. Ah, se ela simplesmente também deitasse a cabeça no meu!

— Anime-se, Maia — disse ela em seguida. — Assim você vai partir meu coração, e eu sou uma noiva.

Ela conseguia dizer isso. Eu não conseguia ouvir.

Sete

— Orual — disse ela, muito delicadamente —, somos do sangue dos deuses. Não devemos desonrar nossa linhagem. Maia, foi você quem me ensinou a não chorar quando eu caía.

— Acredito que você não esteja com medo — disse-lhe quase como se eu a estivesse repreendendo, embora não quisesse que soasse assim.

— Só de uma coisa — disse ela. — Há uma dúvida cruel, uma sombra horrenda em algum canto da minha alma. Vamos supor, apenas supor, que não exista nenhum deus da Montanha, nem mesmo nenhum Bruto das Sombras, e que os que estejam amarrados à Árvore morram simplesmente, dia após dia, de sede e fome, e por causa do vento e do sol, ou que sejam devorados aos poucos pelos corvos e gatos selvagens... Se for assim... ah, Maia, Maia...

Ela então chorou e parecia de novo uma criança. O que eu poderia fazer senão acolhê-la e chorar com ela? No entanto, para mim, escrever isso é uma grande vergonha; havia naquele momento (para mim), pela primeira vez, uma espécie de doçura em nossa aflição. Foi para isso que eu havia ido até ela, em sua prisão.

Ela se recuperou antes de mim. Levantou a cabeça, novamente como uma rainha, e disse:

— Mas eu não vou acreditar nisso. O Sacerdote esteve comigo. Eu não o conhecia. Ele não é o que Raposa diz. Você sabe, irmã, tenho sentido cada vez mais que Raposa não é dono de toda a verdade. Ah, ele tem boa parte dela. O meu interior seria escuro como uma masmorra se não fossem os ensinamentos dele. Mas... não consigo encontrar as palavras certas. Ele acha que o mundo inteiro é uma cidade. Mas sobre o que uma cidade é construída? Há terra debaixo dela. E para além dos muros? Não é de lá que vem toda a

Até que tenhamos rostos

comida, assim como todos os perigos? ... coisas crescendo e apodrecendo, fortalecendo-se e envenenando, coisas brilhando úmidas... de algum modo (não sei qual), é mais parecido, sim, ainda mais parecido com a casa de...

— Sim, de Ungit — disse eu. — A terra inteira não tem o cheiro dela? Será que você e eu ainda precisamos bajular os deuses? Eles estão nos destroçando... ai, como vou suportar isso?... e o que de pior eles ainda podem fazer? É claro que Raposa está errado. Ele não sabe nada sobre Ungit. Ele não pensava mal do mundo. Pensava que não existiam deuses, ou então (que tolo!) que eles eram melhores que os homens. Nunca entrou na cabeça dele, ele sempre foi bondoso demais, a crença de que os deuses são reais e mais vis que o mais vil dos homens.

— Ou, então — disse Psique —, que são deuses reais, mas que não fazem essas coisas. Ou até mesmo, pode até ser, que eles façam essas coisas e as coisas não são o que parecem ser? E se eu for mesmo me casar com um deus?

De certo modo, ela me deixou brava. Eu teria morrido por ela (isso, pelo menos, eu sei que é verdade), mas, na noite anterior à sua morte, eu era capaz de ficar brava. Ela falava com tanta firmeza e tanta ponderação, como se estivesse discutindo com Raposa, atrás das pereiras, com horas e dias diante de si. Nossa despedida parecia lhe custar muito pouco.

— Ora, Psique — disse eu, quase berrando —, o que essas coisas podem ser senão o covarde assassinato que aparentam ser? Levar você, você, a quem eles têm adorado e que nunca feriu nem mesmo um sapo, para transformá-la em comida de um monstro...

Você pode dizer — e eu tenho dito isso milhares de vezes a mim mesma — que, se eu tivesse visto nela qualquer inclinação a se deter na melhor parte do discurso do Sacerdote,

Sete

e a pensar que ela estaria mais perto de ser a esposa de um deus do que a presa de um Bruto, eu deveria ter me juntado a ela, encorajando-a. Eu não teria ido até ela para confortá-la, se eu pudesse? Certamente não iria para deixá-la ainda pior. No entanto, não consegui me controlar. Talvez eu tivesse algum orgulho, um pouco como ela, de não fechar os olhos, de não ocultar as coisas terríveis; ou talvez fosse um impulso amargo da angústia de dizer, e continuar dizendo, o pior.

— Entendo — disse Psique em voz baixa. — Você acha que ele devora a oferenda. Também acho. De um modo ou de outro, isso significa morrer. Orual, você achou que eu era criança o bastante para não saber disso? Como posso ser o resgate de toda a Glome se eu não morrer? E, se devo ir para deus, é claro que deve ser pela morte. Assim, mesmo aquilo que há de mais estranho nos provérbios sagrados poderia ser verdade. Ser devorada ou casar-se com um deus talvez não sejam coisas tão diferentes. Nós não compreendemos. Deve haver muita coisa que nem o Sacerdote nem Raposa sabem.

Dessa vez, mordi meus lábios e não disse nada. Uma obscenidade indescritível tomou conta da minha mente. Ela pensava que a lascívia do Bruto era melhor que sua fome? Unir-se a um verme, ou a uma tritão gigante, ou a um espectro?

— E, quanto à morte — disse ela —, ora, Bardia ali (eu amo Bardia) vai procurá-la seis vezes ao dia e assobiará uma melodia enquanto segue ao seu encontro. Teremos feito pouco uso dos ensinamentos de Raposa se nos apavorarmos com a morte. E você sabe, irmã, ele às vezes deixava escapar sobre a existência de outros mestres gregos além dos que ele segue; mestres que têm ensinado que a morte abre a porta de uma sala pequena e escura (essa é toda a vida que

Até que tenhamos rostos

conhecemos antes) para um lugar grande e real, onde o verdadeiro sol brilha e onde encontraremos...

— Ah, que cruel, que cruel! — lamentei. — Você não se importa de me deixar aqui sozinha? Psique, você em algum momento me amou?

— Amar você? Ora, Maia, o que eu tive para amar senão você e nosso avô Raposa? (Eu não queria que ela mencionasse nem mesmo Raposa agora.) Mas, irmã, você me seguirá em breve. Você não acha que qualquer vida mortal parece algo entediante para mim nesta noite? E como seria melhor se eu vivesse? Suponho que, no fim das contas, seria entregue a algum tipo de rei, talvez alguém como o nosso pai. E aí você pode ver de novo como é sutil a diferença entre morrer e se casar. Deixar a sua casa, perder você, Maia, e Raposa, perder a virgindade, dar à luz uma criança, tudo isso são tipos de morte. De verdade, Orual, não tenho certeza se isso que está prestes a acontecer não é, de fato, o melhor.

— Isso?

— Sim. Se eu vivesse, o que poderia esperar? O mundo, este palácio, esse pai, é tanto assim para se perder? Já tivemos o que foi o melhor dos nossos dias. Devo lhe dizer algo, Orual, algo que eu nunca disse a ninguém, nem mesmo a você.

Hoje sei que isso acontece mesmo entre corações que se amam. Mas o fato de ela dizer essas palavras naquela noite foi como se estivesse me apunhalando.

— O quê? — perguntei, olhando para o seu colo, onde nossas quatro mãos estavam unidas.

— Eu sempre tive — disse ela —, pelo menos desde que me entendo por gente, um certo anseio pela morte.

— Ah, Psique, eu fiz de você alguém tão infeliz assim? — perguntei.

— Não, não, não — respondeu ela. — Você não entendeu. Não é esse tipo de anseio. Nos momentos em que fui

Sete

mais feliz é que ansiei mais. Era naqueles dias felizes, quando estávamos sobre os montes, nós três, com o vento e a luz do sol... onde não dava para avistar Glome nem o palácio. Lembra? A cor e o cheiro, e ver a Montanha Cinzenta, bem longe? Porque era tão lindo, me fazia ansiar, sempre ansiar. Em algum outro lugar deve haver mais disso. Tudo parecia estar dizendo, "Psique, venha!", mas eu não podia ir (ainda não), e não sabia para onde deveria ir. Isso chegava a doer. Eu me sentia como um passarinho na gaiola, enquanto outros passarinhos voavam para casa.

Ela beijou minhas mãos, soltou-as e ficou de pé. Istra tinha o mesmo hábito do pai de caminhar de um lado para outro quando falava de algo que a tocava. E, daquele momento até o fim, eu senti (e de maneira horrível) que eu já a estava perdendo, que o sacrifício no dia seguinte somente concluiria algo que já havia começado. Ela já estava fora do meu alcance (havia quanto tempo e eu não sabia?). Estava em algum lugar só seu.

Uma vez que escrevo este livro para confrontar os deuses, é justo que coloque nele o que quer que possa ser dito contra mim mesma. Assim, permita-me dizer isto: enquanto ela falava, eu senti, em meio a todo o meu amor, certa amargura. Embora as coisas que ela estava dizendo lhe servissem de coragem e consolo (isso estava bastante claro), eu lutava contra aquela coragem e aquele consolo. Era como se alguém ou algo se houvesse interposto entre nós. Se essa relutância é o pecado pelo qual os deuses me odeiam, é fato que eu o cometi.

— Orual — disse ela, os olhos brilhando —, estou indo para a Montanha, você sabe. Lembra como costumávamos olhar para lá e sonhar? Todas as histórias de meu palácio de ouro e âmbar, bem ali perto do céu, aonde pensávamos que

Até que tenhamos rostos

nunca deveríamos ir? O maior de todos os reis iria construí--lo para mim. Se você pudesse tão somente acreditar nisso, irmã! Não, escute. Não deixe que a tristeza feche seus ouvidos e endureça o seu coração...

— É o *meu* coração que está endurecido?

— Não para mim, nem o meu para você. Mas escute. Essas coisas são tão ruins quanto parecem? Os deuses terão o sangue de uma mortal. Mas eles é que escolhem. Se tivessem escolhido outra pessoa da terra, isso significaria apenas terror e sofrimento cruel. Mas eles escolheram a mim. E eu sou aquela que foi preparada para isso, desde que eu era uma criancinha em seus braços, Maia. A coisa mais doce em toda a minha vida foi o anseio por alcançar a Montanha, por encontrar o lugar de onde vem toda a beleza...

— Esse foi o seu desejo mais doce? Que cruel, que cruel! Seu coração não é de ferro, é de pedra, isso sim — disse-lhe eu, soluçando. Não acho que ela tenha ouvido o que falei.

— ... o meu país, o lugar onde eu deveria ter nascido. Você acha que isso não significou nada, todo o meu anseio? O anseio pelo lar? Pois, de fato, agora tenho a sensação de não estar indo embora, mas de estar voltando. Durante toda a minha vida, o deus da Montanha tem me cortejado. Ah, anime-se pelo menos uma vez antes do fim e deseje--me felicidade. Eu irei ao encontro do meu amado. Consegue ver, agora...?

— Só vejo que você nunca me amou. É bom mesmo que você vá para os deuses. Você está se tornando cruel, como eles.

— Ah, Maia! — clamou Psique, com lágrimas finalmente voltando a seus olhos. — Maia, eu...

Bardia bateu à porta. Acabara-se o tempo para palavras melhores, para arrepender-se de qualquer coisa que se tivesse dito. Bardia bateu de novo, agora mais alto. Meu

Sete

juramento sobre a sua espada, ele mesmo como uma espada, estava sobre nós.

Então, o último e arruinado abraço. Felizes os que não o têm registrado em sua memória. Pois aqueles que o têm suportariam que eu escrevesse a esse respeito?

Oito

Assim que cheguei à galeria, minhas dores, que eu não havia sequer sentido enquanto estava na companhia de Psique, voltaram com toda a força. Minha tristeza, ao mesmo tempo, ficou anestesiada por um instante, embora meu raciocínio se houvesse tornado mais afiado e claro. Eu estava determinada a ir com Psique para a Montanha e para a Árvore Sagrada, a menos que me prendessem em correntes. Pensei até mesmo que poderia esconder-me ali e libertá-la, quando o Sacerdote, o Rei e todos os outros tivessem voltado para casa. "Ou, se houver mesmo um Bruto das Sombras e eu não puder livrá--la dele, eu a matarei com minhas próprias mãos antes de deixá-la cair em suas garras", pensei. Para conseguir fazer tudo isso, eu sabia que deveria comer, beber e descansar. (Já se aproximava do crepúsculo e eu ainda estava em jejum.) No entanto, antes de tudo, teria de descobrir quando o assassinato, a Oferenda, estava previsto para acontecer. Assim, fui mancando pela galeria, pressionando a lateral de meu corpo, encontrei um velho escravo, o mordomo do Rei , alguém que dispunha de todas as informações para me passar. O cortejo, disse ele, deveria deixar o palácio uma hora antes do nascer

Oito

do sol. Então, eu fui para os meus aposentos e pedi às minhas criadas que me trouxessem comida. Sentei-me para esperar até que o alimento chegasse. Um grande cansaço e um peso enorme desabaram sobre mim; não pensei nem senti nada, exceto que estava com muito frio. Quando a comida chegou, não consegui comer, embora me esforçasse por fazê-lo; era como colocar pano na boca. Mas consegui beber um pouco da bebida fermentada, que foi tudo o que eles tinham para me oferecer, e depois (pois o meu estômago reagiu a essa bebida) tomei bastante água. Devo quase ter adormecido antes mesmo de terminar, pois lembro que sabia que estava em grande aflição, mas não conseguia lembrar o que era.

Elas me colocaram na cama (eu me contraí e gritei um pouco quando tocaram meu corpo) e, imediatamente, caí em um estado de total sonolência, de modo que pareceu que elas me haviam acordado apenas um segundo depois —, duas horas antes do nascer do sol, como eu lhes havia ordenado. Acordei gritando, pois todas as partes doloridas do meu corpo haviam enrijecido durante o sono, e eu sentia como se estivesse sendo torturada quando tentava me movimentar. Um olho se fechara tanto que era como se eu estivesse cega daquele lado. Quando elas descobriram quanta dor haviam provocado ao me levantar da cama, imploraram-me para que eu permanecesse deitada. Algumas disseram que era inútil eu me levantar, pois o Rei dissera que nenhuma das princesas deveria ir à Oferenda. Uma delas perguntou se deveria chamar Batta para mim. Eu disse a essa, com palavras amargas, que dobrasse a língua e que, se eu tivesse forças, bateria nela: o que seria um erro, porque ela era uma boa menina. (Sempre tive sorte com as minhas criadas, desde que as mantivesse ao meu lado, fora do alcance da influência de Batta.)

De alguma forma, elas me vestiram e tentaram fazer com que eu comesse. Uma delas chegou até mesmo a me trazer

Até que tenhamos rostos

vinho, suponho que roubado de uma das jarras do Rei. Todas elas estavam chorando; eu, não.

O ato de me vestir demorou bastante (de tão dolorida que eu estava), de modo que eu mal engolira o vinho quando ouvimos a música tocando: a música do templo, a música de Ungit, os tambores, as cornetas, os chocalhos e as castanholas, tudo sagrado, mortífero — sons obscuros, detestáveis e enlouquecedores.

— Rápido — disse eu. — Chegou a hora. Eles estão indo. Oh, não consigo me levantar. Ajudem-me, meninas. Não, mais rápido! Arrastem-me, se for preciso. Não deem atenção aos meus ganidos e gritos.

Elas me levaram com grande tortura até o topo da escadaria. Eu agora conseguia ver o grande saguão entre a Sala das Colunas e o Quarto do Rei. O local estava iluminado por tochas e repleto de gente. Havia muitos guardas. Algumas meninas de sangue nobre estavam ornadas com véu e grinalda, como num cortejo de casamento. Meu pai estava ali, em trajes esplêndidos. E havia um homem grande, com cabeça de pássaro. Pelo cheiro e pela fumaça, parecia já ter havido muitas mortes, no altar do pátio. (Para os deuses, sempre se encontra comida, mesmo quando toda a terra padece de fome.) O grande portão foi aberto. Eu consegui, através dele, enxergar a aurora fria. Do lado de fora, sacerdotes e meninas cantavam. Devia haver também uma grande multidão de pessoas do povo; nas pausas, era possível ouvir o barulho deles (quem não o reconheceria?). Nenhum outro bando de animais reunidos tem a voz tão terrível quanto o Homem.

Por muito tempo não consegui ver Psique. Os deuses são mais espertos que nós e sempre pensam em alguma maldade em que nós não pensamos, mas que tememos. Quando, enfim, eu a vi, para mim foi a pior de todas as visões. Ela

Oito

estava sentava ereta sobre uma liteira aberta, entre o Rei e o Sacerdote. A razão pela qual não a reconheci foi que eles a haviam pintado de dourado, colocando-lhe também uma peruca, como se fosse uma menina do templo. Nem mesmo tenho certeza se ela me viu ou não. Os olhos dela, espreitando por trás daquela máscara pesada e sem vida em que haviam transformado seu rosto, estavam absolutamente estranhos; não dava nem para ver em que direção ela estava olhando.

À sua própria maneira, essa habilidade dos deuses é admirável. Para os deuses, não bastava matá-la; eles ainda precisavam fazer de seu pai o assassino. Não lhes bastou tirá-la de mim; precisaram tirá-la três vezes, rasgar meu coração três vezes. Primeiro, com a sentença; depois, com aquela conversa estranha e fria que tivemos na noite anterior; e agora, com esse horror pintado e dourado, para envenenar a última visão que eu teria dela. Ungit havia transformado a coisa mais bela que já nascera neste mundo em uma boneca feia.

Mais tarde, contaram-me que eu tentei descer a escadaria e caí. Então, levaram-me para a minha cama.

Depois disso, fiquei doente por muitos dias e não me lembro da maior parte deles. Não estava em meu pleno juízo e praticamente não dormi (foi o que me disseram). Meus delírios — ou o que consigo me lembrar deles — eram uma tortura incessante de intrincada diversidade, mas também de certa uniformidade. Cada coisa virava outra coisa completamente diferente antes que eu pudesse compreendê-la, porém as coisas novas me apunhalavam exatamente no mesmo lugar. Era como se um fio percorresse todas as minhas ilusões. Porém, destaco mais uma vez a crueldade dos deuses. Não há como fugir deles para o sono ou para a loucura, pois eles são capazes de nos perseguir nessas situações com sonhos. Na verdade, estamos quase sempre à mercê deles. O melhor

Até que tenhamos rostos

que podemos fazer para nos defender (embora não haja uma defesa real) é estarmos bem atentos e sóbrios, trabalharmos arduamente, não ouvirmos música, nunca olharmos para a terra ou para o céu e, acima de tudo, não amarmos ninguém. E agora, ao encontrarem meu coração estilhaçado por causa de Psique, eles criaram um fardo comum a todos os meus delírios, o de que Psique era a minha maior inimiga. Todo o meu senso de erro imperdoável se voltara contra ela. Era ela quem me odiava; era dela que eu gostaria de me vingar. Às vezes, ela, Redival e eu éramos todas crianças, e então Psique e Redival me expulsavam e me tiravam do jogo, ficando de braços dados, rindo de mim. Noutras ocasiões, eu era linda e tinha um amante que parecia (que absurdo!) um pouco com o pobre Tarin, o eunuco, ou um pouco com Bardia (suponho, porque seu rosto foi praticamente o último rosto masculino que eu vira antes de adoecer). Entretanto, em meus sonhos, Psique aparecia na soleira da câmara nupcial ou ao lado da cama, com peruca e máscara, e não muito maior que o meu braço, e o conduzia para fora com um dedo. E, quando chegavam à porta, eles se viravam, zombavam e apontavam para mim. Essas, no entanto, eram as visões mais claras. Na maior parte das vezes, tudo era confuso e turvo — Psique atirava-me do alto de grandes precipícios; Psique (muito parecida com o Rei, mas ainda como Psique) me chutava e me arrastava pelos cabelos; Psique portava uma tocha ou uma espada, um chicote e me perseguia por vastos pântanos e montanhas escuras — e eu corria para salvar minha vida. Mas sempre havia erro, ódio, zombaria e minha determinação em me vingar.

O início da minha recuperação aconteceu quando as visões cessaram e deixaram somente uma sensação estável de que Psique me causara um intenso sofrimento, embora eu não

Oito

fosse capaz de compreender qual. Disseram que eu ficava por horas a fio dizendo: "Menina cruel. Psique cruel. Seu coração é de pedra". E logo eu estava novamente em meu juízo pleno e sabia quanto a amava e que ela nunca pretendera causar-me mal algum, embora, de certa forma, me machucasse o fato de ela, em nosso último encontro, ter falado tão pouco de mim e encontrado tempo para falar tanto sobre o deus da Montanha e o Rei e Raposa e Redival e até mesmo de Bardia.

Logo depois disso, tomei consciência de um som agradável que eu vinha escutando já fazia um bom tempo.

— O que é isso? — perguntei (e me surpreendi por minha voz soar tão fraca).

— Isso o quê, criança? — disse a voz de Raposa; e, de algum modo, eu sabia que ele estava sentado, por horas a fio, ao lado de minha cama.

— O barulho, vovô. No alto.

— É a chuva, querida — respondeu ele. — Agradeça a Zeus por isso e por sua recuperação. E eu... mas você precisa voltar a dormir. Beba isso primeiro — vi lágrimas em seu rosto enquanto me entregava a taça.

Eu não havia quebrado nenhum osso; as cicatrizes desapareceram e, com elas, também minhas outras dores. Mas eu estava muito fraca. Fraqueza e trabalho são dois confortos que os deuses não tiram de nós. Eu não escreveria isso (porque poderia levá-los a tirar também essas coisas) exceto pelo fato de que eles já devem saber. E eu estava fraca demais para sentir muita tristeza ou raiva. Esses dias, antes de retomar as minhas forças, foram quase felizes. Raposa era muito amoroso e terno (e parecia um tanto enfraquecido), e assim também eram as minhas criadas. Eu era amada; mais do que imaginava ser. E agora o meu sono era calmo e chovia muito e, de tempos em tempos, o bom vento do sul soprava na

Até que tenhamos rostos

janela e a luz do sol entrava. Por um longo tempo, não falamos sobre Psique. Conversávamos, quando o fazíamos, sobre coisas triviais.

Eles tinham muito o que me contar. No mesmo dia em que fiquei doente, o tempo mudara. O Shennit estava cheio de novo. O fim da seca havia chegado tarde demais para salvar a maior parte da lavoura (um ou dois campos produziram um pouco), mas o jardim voltara a crescer. Acima de tudo, o capim brotava de uma forma maravilhosa; provavelmente conseguiríamos salvar muito mais rebanho do que havíamos imaginado. E a febre havia desaparecido. Minha enfermidade havia sido de outro tipo. E as aves estavam voltando a Glome; portanto, toda mulher cujo marido fosse capaz de atirar uma flecha ou preparar uma armadilha poderia, em breve, ter algo na panela.

Ouvi todas essas coisas das mulheres e também de Raposa. Quando estávamos a sós, ele me dava outras notícias. Meu pai era agora, enquanto essa situação durasse, o queridinho do povo. Parecia que (foi assim que chegamos a um primeiro acordo quanto à questão que nos era mais cara) ele havia sido alvo de compaixão e de elogios durante a Grande Oferenda. Lá em cima, na Árvore Sagrada, ele havia lamentado, chorado e rasgado as vestes, abraçando Psique inúmeras vezes (ele nunca havia feito isso antes), mas dizendo repetidas vezes que não sonegaria o maior bem de seu coração se o bem do povo exigia sua morte. Contaram a Raposa que toda a multidão chorava; ele mesmo, por ser um escravo e um estranho, não estivera lá.

— Você seria capaz de imaginar, vovô, que o Rei era tão charlatão? — perguntei. (Falávamos em grego, é claro.)

— Não totalmente, filha — respondeu. — Ele parecia acreditar no que estava fazendo naquele momento. Suas lágrimas não eram mais falsas — ou verdadeiras — que as de Redival.

Oito

Ele então continuou, contando-me as grandes notícias de Phars. Alguém havia dito que o Rei de Phars tinha treze filhos. A verdade é que ele havia gerado oito, dos quais um morrera na infância. O mais velho era ingênuo e jamais poderia governar, de modo que o Rei havia nomeado Argan (pois alguns disseram que suas leis lhe permitiam fazer isso), o terceiro filho, como seu sucessor. E agora, pelo que parece, seu segundo filho, Trunia, indignado por não ter sido escolhido para a sucessão — e, sem dúvida, fomentando outros descontentes que, em geral, podem facilmente ser encontrados em qualquer terra —, se rebelara, com grande adesão de outras pessoas, para recuperar o que ele julgava ser seu por direito. O resultado foi que Phars estaria ocupado com uma guerra civil por, no mínimo, doze meses, e ambas as partes já estavam muito solidárias a Glome, de modo que, naquela região, estávamos a salvo de qualquer ameaça.

Alguns dias depois, num momento em que Raposa estava ao meu lado (na maior parte do tempo, ele não tinha condições de estar, pois o Rei precisava dele), perguntei:

— Vovô, você ainda acha que Ungit é somente uma mentira de poetas e sacerdotes?

— Por que não, filha?

— Se ela fosse de fato uma deusa, o que mais poderia ter-se seguido à morte de minha pobre irmã além do que já aconteceu? Todos os perigos e pragas que se lançaram sobre nós foram extirpados. Ora, o vento deve ter mudado exatamente no dia depois que eles... — então descobri que eu não poderia dar um nome ao acontecido. O luto voltava junto com as minhas forças. O mesmo acontecia com Raposa.

— Acaso maldito, acaso maldito — murmurava ele, com o rosto contorcido, um pouco por raiva e um pouco para segurar as lágrimas (os homens gregos choram com tanta

Até que tenhamos rostos

facilidade quanto as mulheres). — São esses acasos que alimentam as crenças dos bárbaros.

— Quantas vezes, vovô, você me disse que o acaso não existe?

— Você está certa. Foi um velho hábito da língua. Eu quis dizer que todas essas coisas não tinham a ver com o assassinato mais do que com qualquer outra coisa. Tudo faz parte da mesma teia, que se chama Natureza, ou Todo. Esse vento sudoeste soprou sobre milhares de milhas de mar e terra. O clima do mundo inteiro teria sido diferente desde o início se esse vento não soprasse. É tudo uma mesma teia; você não consegue tirar nem incluir fios nela.

— Significa — disse eu, apoiando-me sobre o cotovelo — que, então, ela morreu inutilmente. Se o Rei tivesse esperado mais alguns dias, poderíamos salvá-la, pois tudo teria começado a se ajeitar. E você chama isso de consolo?

— Não é isso. A maldade deles foi vã e ignorante, como são todas as obras más. Este é o nosso consolo, que o mal foi deles, não dela. Contaram que não havia uma lágrima sequer no rosto dela, nem mesmo tremor em suas mãos, quando a colocaram na Árvore. Ela não chorou nem mesmo quando foram embora e a deixaram lá. Ela morreu cheia de todas as coisas que são realmente boas: coragem e paciência e... e... ai, ai!, ah, Psique, ah, minha pequenina... — Então, seu amor foi maior que sua filosofia, e ele puxou o manto sobre a cabeça e, por fim, ainda aos prantos, me deixou.

No dia seguinte, ele disse:

— Você viu ontem, filha, o pouco progresso que fiz. Comecei a filosofar tarde demais. Você é mais jovem e pode ir mais longe. Amar e perder o que amamos são coisas igualmente atribuídas à nossa natureza. Se não conseguimos lidar bem com a segunda, o mal é nosso. Isso não aconteceu com

Oito

Psique. Se olharmos para isso tudo com os olhos da razão, e não com nossas paixões, qual bem a vida oferece e que ela não conquistou? Castidade, temperança, prudência, mansidão, clemência, valor... e, embora a fama seja efêmera, ainda assim, se a levarmos em consideração, conquistou um nome tão famoso quanto o de Efigênia e Antígona.

É claro que havia muito ele me contara essas histórias, tantas vezes que eu sabia de cor a maior parte delas, com as próprias palavras dos poetas. No entanto, eu lhe pedi que as contasse mais uma vez, principalmente por causa dele; pois eu agora era velha o bastante para saber que um homem (acima de tudo, um homem grego) é capaz de encontrar consolo nas palavras que saem de sua própria boca. Mas também eu me senti feliz em ouvi-las. Eram coisas apaziguadoras, familiares e manteriam afastada a grande tristeza que agora, com a recuperação da minha saúde, estava começando a misturar-se com todos os meus pensamentos.

No dia seguinte, quando me levantei pela primeira vez, eu lhe disse:

— Vovô, não sei mais ser Efigênia. Posso ser Antígona.

— Antígona? Como assim, filha?

— Ela realiza o enterro do irmão dela. Eu também... deve ter sobrado alguma coisa. Nem mesmo o Bruto comeria ossos humanos. Preciso ir até a Árvore. Eu trarei isso... os ossos... de volta, se conseguir, e os queimarei imediatamente. Mas, se houver muitos, eu os sepultarei lá mesmo.

— Seria algo piedoso — disse Raposa. — Estaria de acordo com os costumes, se não com a Natureza. Se você puder. Já estamos muito próximos do fim do ano para subir a Montanha.

— Por isso tem de ser feito logo. Penso que deve faltar de cinco a vinte dias para cair a primeira nevasca.

Até que tenhamos rostos

— Se você tiver condições, filha. Você esteve muito doente.

— Isso é tudo que posso fazer — disse-lhe eu.

Nove

Em pouco tempo, eu já me sentia capaz de andar novamente pela casa e pelos jardins. Tive de fazê-lo com alguma discrição, pois Raposa dissera ao Rei que eu ainda estava doente. Caso contrário, ele me levaria à Sala das Colunas para trabalhar para ele. Ele perguntava com bastante frequência: "Onde essa menina se meteu? Ela pretende ficar em repouso pelo resto da vida? Não vou sustentar preguiçosos em minha casa para sempre". A perda de Psique não havia amolecido o coração dele em relação a Redival e a mim. Ao contrário. — Quem o ouvia falar — disse Raposa — pensa que nenhum pai amou uma filha mais do que ele amou Psique.

Os deuses levaram a sua filha querida e o deixaram com o lixo: a jovem prostituta (essa era Redival) e a duende (essa era eu). Mas eu poderia chegar a todas essas conclusões sem a ajuda dos relatórios de Raposa.

De minha parte, eu estava ocupada pensando em como conseguiria empreender a jornada até a Árvore na Montanha e juntar o que tivesse restado de Psique. Eu havia falado em fazer isso muito superficialmente e estava de fato determinada a fazê-lo, mas as dificuldades eram grandes. Nunca

Até que tenhamos rostos

aprendi a montar nenhum animal, de modo que precisaria ir a pé. Eu sabia que, para um homem que conhecesse o caminho, levaria cerca de seis horas para ir do palácio até a Árvore. Para mim, uma mulher, que ainda tinha de descobrir o caminho, levaria, no mínimo, umas oito horas. E mais duas para fazer o trabalho a que eu me havia proposto e, digamos, outras seis horas para a jornada de volta. Seriam dezesseis horas ao todo. Isso não poderia ser feito de uma só vez. Eu deveria incluir a permanência de uma noite na Montanha, e deveria levar comida (água, eu encontraria) e roupas para me aquecer. E a viagem não poderia ser feita até que eu recuperasse todas as minhas forças.

E, na verdade (como percebo agora), eu desejava adiar a viagem o máximo possível. Não por qualquer perigo ou trabalho que pudessem me custar, mas porque eu imaginava que, quando ela fosse concluída, não haveria nada mais em todo o mundo que eu pudesse fazer. Enquanto esse desafio estivesse diante de mim, havia, digamos, alguma barreira entre mim e o grande deserto sem vida que deveria ser o resto de minha existência. Quando eu já tivesse recolhido os ossos de Psique, parece que tudo a seu respeito chegaria ao fim. E, desde aquele momento, mesmo com o grande ato ainda por ser feito, escorria para dentro de mim, proveniente dos estéreis anos futuros, um desânimo que eu jamais havia experimentado. Não era nem um pouco parecido com as agonias pelas quais eu já havia passado e que, desde então, venho suportando. Eu não chorava nem torcia as mãos. Eu era como água colocada em uma garrafa e deixada em uma adega: totalmente sem movimento, sem jamais ser consumida, servida, derramada ou agitada. Os dias pareciam infinitos. As sombras pareciam pregadas ao chão, como se o sol não mais se movesse.

Nove

Um dia, quando a letargia chegou ao seu pior nível, entrei na casa pela pequena porta que conduz a uma passagem estreita entre os alojamentos dos guardas e a leiteria. Sentei-me na soleira, sentindo-me menos cansada fisicamente (pois os deuses, não por misericórdia, me haviam fortalecido) do que incapaz de encontrar uma razão para dar um passo adiante em qualquer direção ou fazer qualquer coisa. Uma mosca graúda rastejava pelo batente da porta. Lembro-me de pensar que seu rastejar preguiçoso, aparentemente sem rumo, era como a minha vida, ou mesmo como a vida do mundo inteiro.

— Senhora — chamou uma voz atrás de mim.

Eu olhei para cima. Era Bardia.

— Senhora — disse ele —, serei franco. Também já conheci a dor. Estive como a senhora está agora; sentei-me e senti as horas durarem anos. O que me curou foram as guerras. Não acho que haja qualquer outra cura.

— Mas eu não posso ir a guerras, Bardia — retruquei.

— Você pode, praticamente — disse ele. — Quando me enfrentou do lado de fora do quarto da outra princesa (a paz esteja com ela, Bendita!), eu lhe disse que tinha um bom olho e uma boa envergadura. Você deve achar que eu disse isso para animá-la. Bem, talvez tenha dito, sim. Mas também era verdade. Não há ninguém nos alojamentos e eu tenho espadas cegas. Venha e deixe-me dar-lhe uma aula.

— Não — respondi, meio que entediada. — Não quero. Para quê?

— Para quê? Tente e veja. Ninguém pode ficar triste enquanto usa o punho e a mão, os olhos e todos os músculos do corpo. É verdade, senhora, acredite ou não. E também seria muito triste não treinar alguém com tamanho dom para o esporte quanto a senhora demonstrou ter.

99

Até que tenhamos rostos

— Não — respondi. — Deixe-me a sós. A menos que possamos usar espadas afiadas e você me mate.

— Isso é conversa de mulheres, me desculpe. Você nunca dirá isso novamente quando souber como é feito. Venha. Não vou desistir até que venha comigo.

Em geral, um homem grande e amável, alguns anos mais velho, é capaz de convencer até mesmo uma menina triste e mal-humorada. No fim, eu me levantei e o segui.

— Aquele escudo é muito pesado — disse ele. — Aqui está um perfeito para você. Coloque-o. E entenda desde o princípio: seu escudo é uma arma, não uma parede. Você vai lutar com ele do mesmo modo que luta com a espada. Observe-me agora. Consegue ver o modo como giro meu escudo, fazendo-o flutuar como uma borboleta? Haveria flechas, lanças e golpes de espadas voando sobre ele, em todas as direções, se estivéssemos bem no meio de um combate. Agora, aqui está a sua espada. Não, não assim. Deve segurá-la com firmeza, mas levemente. Ela não é um animal selvagem tentando fugir de você. Assim está melhor. Agora, ponha o pé esquerdo à frente. E não olhe para o meu rosto, olhe para a minha espada. Não é o meu rosto que irá lutar contra você. E, agora, eu lhe mostrarei algumas formas de defesa.

Ele me manteve ocupada por meia hora. Foi a tarefa mais difícil que já realizei e, enquanto durou, não dava para pensar em nenhuma outra coisa. Eu disse há pouco que o trabalho e a fraqueza são elementos consoladores. No entanto, o suor é a mais bondosa das três criaturas — muito melhor que filosofia, para curar pensamentos ruins.

— Já é o bastante — disse Bardia. — Você se adapta muito bem. Agora tenho certeza de que posso transformá-la em um bom espadachim. Você voltará amanhã? Mas seu

Nove

vestido a atrapalha. Seria melhor se pudesse vestir algo que fosse apenas até o joelho.

Eu estava com tanto calor que atravessei a passagem para a leiteria e bebi uma tigela de leite. Foi a primeira comida ou bebida que realmente saboreei desde que os tempos ruins começaram. Enquanto eu estava ali, um dos outros soldados (acho que ele tinha visto o que estávamos fazendo) veio até a passagem e disse algo a Bardia, que respondeu, não consegui ouvir o quê. Ele então falou mais alto: "Ora, sim, é uma pena ter aquele rosto. Mas ela é uma menina corajosa e honesta. Se um homem fosse cego e ela não fosse a filha do Rei, daria uma boa esposa". Isso foi a coisa mais próxima de uma declaração de amor que alguém já fez a mim.

Depois disso, passei a ter aulas com Bardia diariamente. E logo eu soube que ele se tornara um bom médico para mim. Eu permanecia em luto, mas a fraqueza me abandonou e o tempo corria de novo no ritmo certo.

Logo eu disse a ele quanto eu desejava ir à Montanha Cinzenta e por quê.

— Bem pensado, senhora — disse ele. — Estou envergonhado de eu mesmo não ter feito isso antes. Todos nós devemos à Bendita Princesa esse gesto, no mínimo. Mas não há necessidade de que você vá. Eu irei em seu lugar.

Eu disse que iria.

— Então deve ir comigo — disse ele. — Sozinha, nunca encontraria o lugar. E talvez encontre um urso ou lobos, um morador das montanhas ou um criminoso, o que seria ainda pior. Sabe montar a cavalo, senhora?

— Não, nunca fui ensinada.

Ele enrugou a testa, pensativo.

— Um cavalo será suficiente — disse ele —, eu na sela e você na garupa. E não levaremos seis horas para chegar lá; há

101

Até que tenhamos rostos

um caminho mais curto. No entanto, o trabalho que temos de fazer talvez leve bastante tempo. Precisaremos dormir uma noite na montanha.

— O Rei permitirá que se ausente por tanto tempo, Bardia?

Ele riu.

— Ah, vou inventar uma história qualquer para o Rei. Ele não nos trata como trata a senhora. Mesmo com todas as palavras duras, ele não é um chefe ruim para soldados, pastores, caçadores e gente desse tipo. Ele os compreende e vice-versa. Você vê o pior lado dele com as mulheres, os sacerdotes e os políticos. A verdade é que ele sente um pouco de medo dessas pessoas.

Isso me soou muito estranho.

Seis dias depois, Bardia e eu partimos nas primeiras horas da manhã, com o dia nascendo tão nublado que estava escuro como se fosse noite. Ninguém no palácio sabia de nossa ida, exceto Raposa e minhas criadas. Eu vestia uma capa preta, lisa, com um capuz e um véu sobre o rosto. Sob o manto, pus a bata que usava para minhas lutas de espada, com um cinto masculino e uma espada, dessa vez afiada, na lateral.

— Muito provavelmente não encontraremos no caminho nada pior que um gato selvagem ou uma raposa — disse Bardia. — Mas ninguém, homem ou mulher, deve subir as colinas sem uma arma.

Sentei-me de lado sobre o cavalo, com uma das mãos na cintura de Bardia. Com a outra, eu segurava uma urna sobre minhas pernas.

A cidade estava silenciosa, exceto pelo ruído dos cascos do nosso cavalo, embora aqui e ali se avistasse uma luz em uma janela. Uma chuva forte precipitou-se sobre nós, vinda de trás, enquanto descíamos da cidade rumo ao vau do

Nove

Shennit, mas parou quando ainda cruzávamos as águas, e as nuvens começaram a se dissipar. Até então, não havia qualquer sinal da aurora, pois era naquela direção que as nuvens carregadas se dirigiam.

Passamos pela casa de Ungit, à nossa direita. Ela é deste jeito: pedras grandes e antigas, com o dobro da altura de um homem e quatro vezes a sua largura, todas dispostas em uma arena em formato de ovo. São muito antigas, e ninguém sabe quem as erigiu ou as levou àquele lugar, tampouco como. O telhado é formado por juncos e não é horizontal, mas um pouco abaulado, de forma que tudo tem a aparência de uma corcova arredondada, como se fosse um enorme caracol deitado no campo. Essa é uma forma sagrada, e os sacerdotes dizem que ela lembra, ou (de uma forma misteriosa) realmente é, o ovo do qual o mundo inteiro foi chocado ou o útero no qual o mundo inteiro outrora repousava. Toda primavera, o Sacerdote é trancado nela e luta, ou finge que luta, para sair pela porta ocidental; e isso significa que o ano novo nasceu. Havia fumaça saindo dela quando passamos, pois o fogo diante de Ungit está sempre aceso.

Percebi que meu humor mudou tão logo deixamos Ungit para trás, em parte porque agora estávamos indo para uma região que eu não conhecia, e em parte porque eu sentia como se o ar estivesse mais doce à medida que íamos nos afastando de toda aquela santidade. A Montanha, agora maior à nossa frente, ainda ocultava o brilho do dia, mas, quando olhei para trás e vi, além da cidade, aquelas colinas por onde Psique, Raposa e eu costumávamos perambular, notei que ali já era manhã. E ainda mais adiante, as nuvens no céu ocidental estavam começando a ganhar um tom rosa-claro.

Seguimos subindo e descendo pequenas colinas, mas sempre subindo mais que descendo, em uma estrada suficientemente boa, com campinas de ambos os lados. Havia

Até que tenhamos rostos

densos arvoredos à nossa esquerda e logo a estrada virou na direção deles. Nesse ponto, no entanto, Bardia deixou a estrada e seguiu pela campina.

— Aquela é a Estrada Sagrada — disse ele, apontando para as árvores. — É o caminho por onde levaram a Bendita (a paz esteja com ela). Nosso caminho será mais íngreme e curto.

Então seguimos por um longo caminho no meio do mato, um caminho agradável, porém constantemente inclinado, rumo a um cume tão alto e tão próximo que a verdadeira Montanha estava fora do campo de visão. Quando chegamos ao cume e paramos por um tempo para que o cavalo pudesse recuperar o fôlego, tudo havia mudado. E a minha peleja teve início.

Havíamos agora chegado à luz do sol, brilhante demais para se olhar para ela e quente (tirei minha capa). Um orvalho pesado transformara o capim em uma joia reluzente. A Montanha, muito maior, embora bem mais distante do que eu imaginara, vista com o sol pendurado um palmo acima de seus mais altos rochedos, não parecia algo sólido. Entre nós e ela, havia uma grande mistura de vales e colinas, florestas e penhascos e uma quantidade bem maior de pequenos lagos do que eu seria capaz de contar. Em ambos os lados, bem como atrás de nós, todo o mundo colorido, com todas as suas colinas, erguia-se até o céu, com um reflexo, ainda bem longe, do que chamamos de mar (embora não pudesse ser comparado ao Grande Mar dos gregos). Uma cotovia cantava; mas, para além disso, havia um silêncio profundo e ancestral.

Essa era a minha luta. Você pode muito bem acreditar que eu havia partido triste o bastante; eu vim em uma missão triste. Agora, arremessando-se sobre mim de maneira brincalhona e insolente, surgia algo parecido com uma voz — sem

Nove

palavras —, mas, se você a pusesse em palavras, ela diria "Por que seu coração não deve dançar?". E foi na medida da minha estupidez que meu coração quase respondeu "Por que não?". Tive de ficar repetindo para mim mesma, como uma lição, as infinitas razões pelas quais meu coração não podia dançar. Meu coração, dançar? Logo o meu coração, cujo amor fora tirado de mim, eu, a princesa feia que nunca mais deve procurar por outro amor, a burra de carga do Rei, a carcereira da odiosa Redival, que talvez fosse assassinada ou transformada em mendiga quando meu pai morresse — pois quem poderia saber o que Glome faria então? Ainda assim, essa era uma lição que eu não conseguia guardar na mente. A visão do vasto mundo colocou ideias malucas em minha cabeça, como se eu pudesse ficar vagando, vagando para sempre, vendo coisas estranhas e belas, umas após outras, até o fim do mundo. O frescor e a umidade que me envolviam (eu não havia visto outra coisa senão a natureza seca e murcha por muitos meses antes da minha doença) me fizeram sentir que eu havia julgado mal o mundo. Ele parecia gentil, sorridente, como se o seu coração também dançasse. Eu não conseguia acreditar muito nem mesmo na minha feiura. Quem consegue *sentir-se* feia quando o coração tem prazer? É como se, em algum lugar dentro de mim, dentro de um rosto repugnante e de membros ossudos, eu pudesse ser suave, fresca, graciosa e desejável.

Ficamos no cume por pouco tempo. Porém, por muitas horas depois, enquanto subíamos e descíamos, contornando grandes colinas, frequentemente desmontando e guiando o cavalo, às vezes por trechos perigosos, a luta prosseguiu.

Eu não deveria resistir a esse sentimento tolo e feliz? A mínima decência, se não houvesse nada mais, exigia isso. Eu não deveria ir sorridente ao enterro de Psique. Se eu

Até que tenhamos rostos

fosse, como poderia voltar a crer que eu a amara? A razão exigia isso. Eu conhecia o mundo muito bem para acreditar nesse sorriso repentino. Que mulher pode ser paciente com o homem que se permite ser enganado pelos galanteios de sua amante, depois de haver constatado por três vezes que ela era falsa? Eu seria justa como esse homem se um simples rompante de um tempo bonito, de grama verde após uma longa seca e de saúde após a enfermidade pudesse me levar a ser, novamente, amiga desse mundo assombrado por deus, repleto de pragas, decadente e tirano. Eu já havia constatado tudo isso. Não era tola. Eu não conhecia, no entanto, como agora conheço, a mais forte razão para desconfiar. Os deuses nunca nos enviam um convite ao prazer tão rápida ou intensamente como quando nos estão preparando para uma nova agonia. Nós somos suas bolhas; eles nos enchem bastante antes de nos estourar.

Mas eu me mantive firme, mesmo sem saber disso. E me controlei. Eles achavam que eu não era nada senão uma flauta para ser tocada na hora em que bem entendessem?

A peleja teve fim quando chegamos ao último cume antes da Montanha real. Estávamos tão alto agora que, embora o sol estivesse muito forte, o vento soprava terrivelmente gélido. Aos nossos pés, entre nós e a Montanha, havia um vale negro e maldito: lodo escuro, pântanos escuros, pedregulhos, grandes rochedos e montes feitos de pedras que desciam da Montanha — como se a Montanha tivesse úlceras e aquele fosse seu conteúdo pedregoso. Sua grande massa se erguia (inclinamos a cabeça para olhar para ela) em imensas saliências de pedras na direção do céu, como os molares de um velho gigante. O lado em que estávamos não era realmente mais íngreme do que um telhado, exceto por alguns penhascos assustadores à nossa esquerda, mas ele parecia erguer-se

Nove

como uma parede. Que também estava escura. Aqui os deuses pararam de tentar me alegrar. Não havia nada por que até mesmo o mais feliz dos corações pudesse dançar.

Bardia apontou adiante, para a direita. Ali, a Montanha se inclinava em uma curva macia para uma espécie de depressão um pouco mais abaixo do patamar em que estávamos, mas ainda sem nada atrás de si a não ser o céu. Contra o céu, sobre essa selada, havia uma simples árvore, sem folhas.

Descemos até o vale negro a pé, conduzindo o cavalo, pois a caminhada era ruim e pedras escorregavam sob nossos pés. Até que, no lugar mais baixo, tomamos a estrada sagrada (ela havia chegado ao vale da direção norte, à nossa esquerda). Estávamos tão próximos agora que não voltamos a montar. Algumas curvas da estrada nos levaram à selada e, mais uma vez, na direção do vento cortante.

Eu estava com medo, agora que já estávamos quase na Árvore. Não sei dizer por que, mas sei que encontrar os ossos, ou mesmo o corpo, teria acalmado meus temores. Acredito que eu tinha um temor infantil e desprovido de lógica de que ela não estava nem viva nem morta.

E agora estávamos ali. O cinturão de ferro e a corrente que ia dele ao tronco seco (não havia cascas na Árvore) estavam pendurados ali e, de vez em quando, faziam um barulho abafado, ao se moverem ao vento. Não havia ossos, nem trapos de roupa, nem marcas de sangue, nem nada.

— Como você interpreta esses sinais, Bardia? — perguntei.

— Os deuses a levaram — respondeu, bastante pálido e falando baixo (ele era um homem temente aos deuses). — Nenhuma fera natural teria deixado seu prato tão limpo. Haveria ossos. Uma fera, qualquer uma, exceto o santo Bruto das Sombras, não conseguiria tirar o corpo todo das ferragens. E teria deixado as joias. Só se fosse um homem,

Até que tenhamos rostos

mas um homem não poderia tê-la libertado, a menos que tivesse ferramentas.

Não pensei que nossa jornada seria tão vã, sem nada a fazer, nada a juntar. O vazio da minha vida iria começar naquele exato instante.

— Podemos procurar um pouco em volta — disse eu, inutilmente, pois eu não tinha nenhuma esperança de encontrar nada.

— Sim, sim, senhora. Podemos procurar em volta — concordou Bardia. Eu sabia que ele dissera isso apenas por bondade.

E assim fizemos; trabalhando em círculos, ele de um lado e eu de outro, com nossos olhos pregados ao chão. Fazia muito frio, a capa chacoalhava a ponto de a perna e o rosto doerem com seus açoites.

Bardia estava à minha frente, do lado leste e mais no interior da selada, quando me chamou. Tive de puxar para trás o cabelo que açoitava meu rosto antes de poder enxergá-lo. Corri até ele, quase voando, porque o vento oeste fez da minha capa uma espécie de vela de barco. Ele me mostrou o que havia encontrado: um rubi.

— Eu nunca a vi usando essa pedra — disse eu.

— Mas ela usou, senhora. Em sua última jornada. Eles colocaram suas próprias roupas sagradas nela. As tiras das sandálias eram vermelhas, com rubis.

— Ah, Bardia! Então alguém... ou algo... a carregou até aqui.

— Ou talvez tenha carregado apenas as sandálias. Uma gralha faria isso.

— Devemos continuar, mais adiante, nessa direção.

— Tenha cuidado, senhora. Se for preciso, eu irei junto. É melhor que a senhora fique por aqui.

Nove

— Por quê? O que há para se temer? De qualquer forma, eu não ficarei para trás.

— Não conheço ninguém que tenha ido para lá da selada. Durante a Oferenda, nem mesmo os sacerdotes passam da Árvore. Estamos muito próximos da parte ruim da montanha. Depois da Árvore, é tudo terra dos deuses, dizem.

— Então é você quem deve ficar aqui, Bardia. Eles não podem fazer nada comigo pior do que já fizeram.

— Irei aonde a senhora for. Mas falemos menos deles, ou não falemos nada. E, primeiro, preciso voltar e pegar o cavalo.

Ele voltou até onde havia amarrado o cavalo em um pequeno arbusto atrofiado (e, por um momento, ficou fora do meu campo de visão — fiquei sozinha às margens daquela terra perigosa). E então se juntou a mim novamente, conduzindo o cavalo, com um ar muito sério, e nós seguimos adiante.

— Tenha cuidado — ele voltou a dizer. — A qualquer momento, é possível descobrirmos que estamos na beira de um penhasco.

E, de fato, tivemos a sensação, nos momentos seguintes, de que estávamos caminhando diretamente para o céu vazio. E então, de repente, descobrimos que estávamos na borda de um declive íngreme; no mesmo instante, o sol — que estivera encoberto desde que havíamos descido para o vale negro — apareceu.

Foi como olhar para um novo mundo. Aos nossos pés, encravado entre uma vasta confusão de montanhas, havia um pequeno vale, reluzente como uma pedra preciosa, mas aberto para o sul, à nossa direita. Por essa abertura, era possível contemplar terras quentes, azuis, colinas e florestas, muito abaixo de nós. O vale era como uma rachadura no queixo

109

Até que tenhamos rostos

da Montanha. Apesar da altitude, o ano parecia ter sido mais bondoso aqui do que lá embaixo, em Glome. Nunca vi gramado mais verde. Havia tojos floridos e trepadeiras, além de muitos bosques com árvores floridas e abundância de águas claras — lagoas, riachos e pequenas cataratas. E, quando começamos a descer, depois de procurar um pouco onde o declive seria de mais fácil acesso para o cavalo, o ar chegava até nós mais quente e doce a cada instante. Estávamos agora livres do vento e podíamos ouvir nossas próprias vozes; logo poderíamos ouvir o murmúrio dos riachos e o som das abelhas.

— Este pode muito bem ser o vale secreto do deus — disse Bardia, com sua voz agora mais tranquila.

— É secreto o bastante — respondi.

Então, chegamos à parte mais baixa e fazia tanto calor que até pensei em mergulhar as mãos e o rosto na água corrente e translúcida do riacho que ainda nos separava da parte principal do vale. Eu já havia erguido a mão para levantar o véu quando ouvi duas vozes gritarem — uma delas era de Bardia. Eu olhei. Um choque estarrecedor de um sentimento que não sei como nomear (mas que é algo muito próximo do terror) atravessou-me como um punhal, da cabeça aos pés. Ali, a menos de dois metros de distância, do outro lado do rio, estava Psique.

Dez

Nem sei quais palavras balbuciei, entre lágrimas e risos, no primeiro rompante da minha imensa alegria (com a água ainda entre nós). Fui despertada pela voz de Bardia.

— Tenha cuidado, senhora. Talvez seja seu fantasma. Talvez seja… ai! ai!… é a noiva do deus. É uma deusa. — Ele estava completamente pálido, inclinando-se para atirar terra na própria cabeça.

Não poderíamos culpá-lo. Psique tinha a face toda brilhante, como dizemos em grego. Mas eu não senti um temor santo. O quê? Eu, sentir medo da mesma Psique que eu havia carregado nos braços e ensinado a falar e andar? Ela estava bronzeada pelo sol e pelo vento, e vestida com trapos, mas sorria — seus olhos eram como duas estrelas, seus membros lisos e arredondados e, à exceção dos trapos, não havia qualquer sinal de que estivesse enfrentando pobreza ou dificuldade.

— Bem-vindos, bem-vindos, bem-vindos — dizia ela. — Ah, Maia, como ansiei por isso. Foi meu único desejo. Eu sabia que você viria. Ah, como estou feliz! E o bom Bardia, também. Foi ele quem a trouxe? É claro, eu deveria supor. Venha, Orual, você precisa atravessar o riacho.

Até que tenhamos rostos

Eu lhe mostrarei o lugar mais fácil. Mas Bardia... não posso convidá-lo a vir. Querido Bardia, não é...

— Não, não, Bendita Istra — disse Bardia (e eu achei que ele estava muito aliviado). — Sou apenas um soldado. — Então, com a voz mais baixa, dirigindo-se a mim: — A senhora vai? É um lugar muito terrível. Talvez...

— Se vou? Mesmo que, em vez de água, houvesse fogo nesse rio.

— É claro. Com você, é diferente. Você tem o sangue dos deuses. Ficarei aqui com o cavalo. Estamos sem vento e há uma boa grama para ele aqui.

Eu já estava bem na margem do rio.

— Um pouco mais para cima, Orual — dizia Psique. — Aqui é melhor de passar. Vá direto até aquela grande pedra. Com cuidado! Pise firme. Não, não à esquerda. Alguns trechos são muito fundos. Por aqui. Agora, mais um passo. Dê-me a sua mão.

Suponho que a longa convalescença e a clausura durante a minha doença me haviam fragilizado. De qualquer maneira, a frieza da água tirou-me todo o fôlego; e a correnteza era tão forte que, se não fosse a mão de Psique, penso que teria me derrubado e me encoberto. Momentaneamente, até pensei, em meio a milhares de outras coisas: "Como ela está forte! Ela será uma mulher mais forte do que eu fui. Ela terá isso juntamente com sua beleza".

O que aconteceu em seguida foi tudo uma grande confusão — tentei falar, chorar, beijar, recuperar o fôlego, tudo ao mesmo tempo. Ela, no entanto, conduziu-me alguns passos para além do rio, fez-me sentar numa aconchegante urze e sentou-se ao meu lado; nossas quatro mãos se uniram no meu colo, da mesma forma que se uniram na noite de sua prisão.

Dez

— Ora, irmã — disse ela com alegria —, você encontrou meu umbral frio e escarpado! Está sem fôlego. Mas eu irei restaurar as suas forças.

Ela saltou, afastou-se um pouco e voltou carregando algo: pequenos, gelados e escuros frutos silvestres da Montanha, em uma folha verde.

— Coma — disse ela. — Não é a comida apropriada para os deuses?

— Não há nada mais doce — respondi. E, de fato, naquela hora eu sentia muita fome e sede, pois já era meio-dia ou mais. — Mas, ah... Psique, conte-me como...

— Espere! Depois do banquete, o vinho.

Bem ao nosso lado, uma pequena corrente prateada escorria por entre as pedras acolchoadas de limo. Ela manteve as duas mãos debaixo dela até que se enchessem e ergueu-as até os meus lábios.

— Já provou um vinho mais nobre? — perguntou-me. — Ou em uma taça mais bela?

— É de fato uma boa bebida — respondi. — Mas a taça é melhor. É a taça que mais amo no mundo.

— Então é sua, irmã — disse ela com um ar tão cortês, como se fosse uma rainha ou anfitriã distribuindo presentes, que lágrimas encheram meus olhos mais uma vez. Vieram-me à mente muitas de suas brincadeiras de criança.

— Obrigada, menina — agradeci. — Espero que seja mesmo minha. Mas, Psique, devemos falar sério. Sim, e precisamos conversar muito também. Como você tem vivido? Como escapou? E, veja, não devemos deixar que a alegria deste momento tire isto de nossa mente: o que faremos agora?

— O que faremos? Ora, nos alegrar, o que mais? Por que nossos corações não deveriam dançar?

— Eles dançam. Você não acha... ora, eu poderia perdoar os próprios deuses. E logo talvez também seja capaz de

113

Até que tenhamos rostos

perdoar Redival. Mas como posso... será inverno em um mês ou menos. Você não pode... Psique, como você se manteve viva até agora? Eu pensei, pensei... — mas pensar no que eu havia pensado me deixou desorientada.

— Silêncio, Maia, silêncio — disse Psique (mais uma vez era ela quem me consolava). — Todos esses temores passaram. Está tudo bem. Também cuidarei para que você fique bem. Não descansarei enquanto você não estiver tão feliz quanto eu. Mas você ainda nem mesmo perguntou a minha história. Não se surpreendeu de encontrar essa bela habitação, e eu vivendo aqui, assim? Não vai me perguntar como?

— Sim, Psique, estou estupefata. É claro que quero ouvir sua história. A menos que devêssemos, antes, traçar nossos planos.

— Grande Orual — disse Psique, em um tom de zombaria. — Você sempre foi dada a fazer planos. E você estava certa, Maia, com uma criança tão tola quanto eu para criar. E você se saiu bem.

Com um beijo leve, ela deixou para trás todos aqueles dias, tudo com que eu me preocupei durante a vida, e começou a contar sua história.

— Eu não estava em meu juízo pleno quando deixamos o palácio. Antes que as duas meninas começassem a me pintar e a me vestir, elas me deram algo doce e pegajoso para beber; uma droga, suponho, pois, tão logo a engoli, tudo parecia um sonho, e cada vez mais, por muito tempo. E eu acho, irmã, que sempre dão isso àqueles cujo sangue será derramado para Ungit, e é por isso que nós os vemos morrer tão pacientemente. E a pintura em meu rosto também alimentava um clima de sonho. Ela enrijecia tanto meu rosto que não parecia ser meu. Eu não conseguia sentir que era eu quem estava sendo sacrificada. Então, a música, o incenso e as tochas acentuaram

Dez

ainda mais essa sensação. Eu vi você, Orual, no topo da escadaria, mas não consegui sequer erguer a mão para acenar; meus braços estavam pesados como chumbo. E eu achei que isso não teria muita importância, porque você também acordaria em breve e descobriria que tudo fora um sonho. E, em certo sentido, era, não? E você está quase acordando. O quê? Ainda está tão séria? Eu devo acordá-la mais.

"Você talvez ache que o ar frio me traria de volta à consciência quando atravessássemos os grandes portões, mas a droga ainda estava chegando ao seu poder máximo. Eu não sentia medo, mas também não sentia alegria. Estar sentada naquela liteira, acima das cabeças de toda aquela multidão, tudo isso já era muito estranho... e as cornetas e os chocalhos soavam o tempo inteiro. Eu não sei se a jornada até a Montanha foi longa ou curta. Cada etapa parecia muito longa; notei cada seixo no caminho, olhei longamente para cada árvore por que passávamos. No entanto, a jornada completa pareceu não demorar muito. Mas foi um tempo suficiente até eu recuperar um pouco da minha sanidade. Comecei a perceber que algo terrível estava sendo feito comigo. Pela primeira vez, então, eu quis falar. Tentei gritar, dizendo que havia algum engano, que eu era apenas a pobre Istra e que não poderia ser eu a pessoa que eles queriam matar. Mas não saía nada além de uma espécie de grunhido ou murmúrio da minha boca. Então, um homem grande e com cabeça de pássaro, ou um pássaro com corpo de homem...

— Devia ser o Sacerdote — disse eu.

— Sim. Se é que, quando ele coloca a máscara, ainda é o Sacerdote; talvez ele se transforme em um deus quando a põe. Seja como for, ele disse: "Dê um pouco mais para ela", e um dos sacerdotes mais jovens subiu nos ombros de alguém

115

Até que tenhamos rostos

e colocou a doce taça pegajosa em meus lábios novamente. Eu não quis tomar, mas, sabe, Maia, tudo ficou tão parecido com aquela vez que você levou o barbeiro-cirurgião para tirar aquele espinho da minha mão, há muito tempo... você lembra, você me segurando firme e me dizendo que ficasse tranquila, pois logo aquilo terminaria. Bem, foi assim, então pensei que seria melhor fazer o que me mandavam.

"A próxima coisa de que realmente lembro, foi que estava fora da liteira e sobre a terra quente, e eles estavam me amarrando à Árvore com ferro em torno da minha cintura. Foi o som do ferro que dissipou o restante da droga que havia em minha mente. E lá estava o Rei, berrando, gemendo e arrancando os cabelos. E, sabe, Maia, ele olhou para mim de verdade, realmente olhou, e pareceu que ele estava me vendo pela primeira vez. No entanto, tudo o que eu queria era que ele parasse com aquilo e que ele e todos os outros fossem embora e me deixassem sozinha para chorar. Eu queria chorar imediatamente. Minha mente estava ficando cada vez mais clara e eu sentia muito medo. Estava tentando ser como aquelas meninas das histórias gregas que Raposa sempre contava, e eu sabia que podia me segurar até que todos tivessem partido, desde que fossem rápido."

— Ah, Psique, você disse que está tudo bem agora. Esqueça esse período terrível. Continue, depressa, me conte como você foi salva. Temos tanto o que conversar e arranjar. Não há tempo...

— Orual! Temos todo o tempo do mundo. Você não *quer* ouvir a minha história?

— Claro que sim. Quero ouvir tudo. Quando estivermos seguras e...

— Onde estaremos mais seguras do que aqui? Este é o meu lar, Maia. E você não entenderá a maravilha e a glória

Dez

da minha aventura a menos que escute a parte ruim. Não foi muito ruim, sabe.

— Foi tão ruim que mal posso ouvi-la.

— Ah, espere. Bem, por fim, todos se foram e lá estava eu, sozinha, sob a claridade do céu, com a grande Montanha seca e árida ao meu redor, e nenhum ruído à minha volta. Não havia nenhum sopro, nem mesmo junto à Árvore; você lembra como foi o último dia da seca. Eu já estava com sede, a bebida pegajosa me deixara com sede. Então, notei, pela primeira vez, que eles haviam me amarrado de tal forma que eu não conseguia nem mesmo me sentar. Foi quando meu coração enfraqueceu. E então chorei; ah, Maia, quanto eu quis estar com você e Raposa! E tudo o que eu podia fazer era orar, orar, orar aos deuses para que, o que quer que fosse acontecer a mim, acontecesse logo. Mas não aconteceu nada, exceto que minhas lágrimas me deixaram com mais sede ainda. Então, muito tempo depois, as coisas começaram a se juntar em meu redor.

— Coisas?

— Ah, nada ruim. Apenas o gado da montanha, no começo. Eles eram pobres animaizinhos magros. Compadeci-me deles, pois achei que estavam tão sedentos quanto eu. E eles chegaram cada vez mais perto, formando um círculo, mas não perto demais, e mugiam para mim. Depois disso, veio um animal que eu nunca tinha visto antes, mas acho que era um lince. Ele chegou bem perto de mim. Minhas mãos estavam livres e me perguntei se conseguiria afastá-lo. No entanto, não precisei fazer isso. Depois de avançar e recuar não sei por quantas vezes (acho que no começo ele sentiu tanto medo de mim quanto eu dele), ele se aproximou e cheirou meus pés e, então, ficou de pé, apoiando suas patas dianteiras em mim, me cheirou de novo e foi embora. Lamentei quando ele partiu, pois era uma forma de companhia. E você sabe no que fiquei pensando esse tempo todo?

Até que tenhamos rostos

— No quê?

— A princípio, eu estava tentando me animar com aquele sonho antigo de meu palácio de ouro e âmbar na Montanha... e o deus... tentando acreditar nele. Mas não conseguia acreditar nele de jeito nenhum. Não conseguia entender como podia ter acreditado nisso. Tudo isso, todos os meus antigos anseios haviam partido de vez.

Apertei suas mãos e fiquei em silêncio. No entanto, por dentro, alegrei-me. Talvez tenha sido bom (eu não sei) encorajar aquela fantasia na noite antes da Oferenda, se isso, de alguma forma, lhe servira de apoio. Agora, eu estava alegre por ver que ela a superara. Era algo de que eu não conseguia gostar, algo artificial e alienante. Talvez essa alegria seja uma das coisas que os deuses têm contra mim. Eles nunca dirão.

— A única coisa que me fez bem — continuou ela — foi algo bem diferente disso. Não sei se foi um pensamento, e é muito difícil descrever em palavras. Havia muito da filosofia de Raposa no que aconteceu, coisas que ele diz sobre os deuses ou sobre a "Natureza Divina", porém era algo que se misturava também com as coisas que o Sacerdote disse sobre o sangue e a terra e sobre como o sacrifício faz as plantações crescerem. Não sei se estou me explicando muito bem. Pareceu-me vir de algum lugar do meu íntimo, de um lugar mais profundo que a parte que vê imagens de palácios de ouro e âmbar, mais profundo que temores e lágrimas. Era algo amorfo, mas a que era possível apegar-se, ou deixar que se apegasse a você. Então, houve a mudança.

— Que mudança?

Eu não sabia muito bem sobre o que ela estava falando, mas entendi que deveria deixá-la seguir seu raciocínio e contar a história à sua maneira.

— Ah, o clima, é claro. Eu não poderia ver, amarrada do modo como estava, mas podia sentir. De repente, fiquei

Dez

gelada. Então, imaginei que o céu estava se enchendo de nuvens, às minhas costas, sobre Glome, pois todas as cores sobre a Montanha se foram e minha própria sombra desapareceu. E, então, esse foi o primeiro momento doce, um sopro de vento, de vento ocidental, me atingiu por trás. E ventava cada vez mais; era possível ouvir e cheirar e sentir a chuva se aproximando. Assim, descobri que os deuses realmente existem, que eu estava trazendo a chuva. E o vento estava rugindo (no entanto, era um som muito suave para ser chamado de rugido) ao meu redor. E chovia. A Árvore me protegia um pouco; eu mantinha minhas mãos juntas o tempo todo e lambia nelas a água que caía da chuva, pois eu sentia muita sede. O vento foi ficando cada vez mais forte. Parecia estar me erguendo do chão, de modo que, se não fosse o ferro amarrado em minha cintura, eu teria sido soprada para bem longe, para o céu. E, finalmente, por um instante, eu o vi.

— Viu quem?

— O vento ocidental.

— Viu o vento?

— Não o vento coisa, o vento pessoa. O deus do vento; o próprio Vento Ocidental.

— Você estava acordada, Psique?

— Sim, não foi um sonho. Não é possível sonhar coisas assim, porque essas coisas nunca são vistas. Ele tinha forma humana. Mas não dava para confundi-lo com um homem. Ah, irmã, você entenderia se tivesse visto. Como fazê-la entender? Você já viu leprosos?

— Sim, é claro.

— E você sabe como uma pessoa parece saudável quando está ao lado de um leproso?

— Você quer dizer que elas parecem mais saudáveis, mais coradas que nunca?

Até que tenhamos rostos

— Sim. Nós, ao lado dos deuses, somos como os leprosos ao lado de pessoas como nós.

— Você quer dizer que esse deus era muito vermelho?

Ela riu e bateu palmas.

— Ah, que inútil! — exclamou ela. — Vejo que não consegui lhe dar a menor ideia. Tudo bem. Você verá deuses por si mesma, Orual. Deve ser assim; farei com que seja. De algum modo. Deve haver um meio. Olhe, isso talvez a ajude. Quando vi o Vento Ocidental, não fiquei nem alegre nem senti medo (no início). Eu me senti envergonhada.

— Mas de quê? Psique, eles tiraram suas roupas ou algo assim?

— Não, não, Maia. Envergonhada de parecer uma mortal, envergonhada de ser uma mortal.

— Mas o que você poderia fazer?

— Você não acha que as pessoas sentem mais vergonha das coisas que não são capazes de esconder?

Pensei em minha feiura e não disse nada.

— E ele me tomou em seus belos braços — disse Psique —, que pareciam me queimar (embora a queimadura não doesse), e puxou-me para fora do cinturão de ferro, e também não doeu e eu não sei como ele conseguiu fazer aquilo, e me carregou no ar, para muito acima do chão, e me fez rodopiar. É claro que ele logo ficou invisível de novo. Eu o vi somente como alguém que vê um relâmpago. Mas isso não importava. Como eu já sabia que ele era uma pessoa, não uma coisa, não estava nem um pouco temerosa de navegar pelo céu, nem mesmo de dar cambalhotas no ar.

— Psique, você tem certeza de que isso aconteceu? Você deve ter sonhado!

— E, se foi um sonho, irmã, como você acha que cheguei até aqui? É muito mais provável que tudo o que me

Dez

aconteceu antes disso tenha sido um sonho. Ora, Glome, o Rei e Batta me parecem muito mais com sonhos agora. Mas você está interrompendo a narrativa, Maia. Então, ele me carregou no ar e me colocou no chão suavemente. De início, eu estava muito sem fôlego e desnorteada para perceber onde me encontrava, pois o Vento Ocidental é um deus alegre, simplório. (Irmã, você acha que os deuses jovens precisam aprender a lidar conosco? Um toque rápido de mãos como as deles e nós desabaríamos.) Mas, quando recuperei a consciência — ah, você não pode imaginar que grande momento foi aquele! —, vi a Casa diante de mim, e eu estava deitada na soleira da porta. E não era, veja bem, apenas a Casa de ouro e âmbar que eu costumava imaginar. Se fosse apenas isso, eu poderia, de fato, acreditar que estava sonhando. Mas eu percebi que não era. E não era como qualquer casa desta terra, nem como as casas gregas que Raposa nos descrevia. Era algo novo, nunca antes concebido — mas você poderá vê-la por si mesma e eu lhe mostrarei cada pedaço dela logo. Por que tentar descrevê-la em palavras?

"Dava para perceber de pronto que era a casa de um deus. Não estou me referindo aos templos nos quais os deuses são adorados. A Casa de um deus, onde ele vive. Eu não teria, por riqueza nenhuma, entrado nela. Mas tive de entrar, Orual. Pois dela veio uma voz… doce? Sim, mais doce que qualquer música, embora, ao ouvi-la, eu tenha ficado com os cabelos arrepiados… E você sabe, Orual, o que a voz disse? 'Entre em sua casa' (sim, a voz a chamou de *minha* Casa), 'Psique, a noiva do deus'.

"Senti-me envergonhada de novo, envergonhada da minha mortalidade, e tive muito medo também. Mas a desobediência teria sido uma vergonha pior e um medo ainda pior. Eu subi, gelada, pequena e trêmula, os degraus, passei

Até que tenhamos rostos

pela varanda e fui até o pátio. Não havia ninguém. Mas, então, as vozes vieram. Todas ao meu redor, oferecendo-me as boas-vindas."

— Que tipo de vozes?

— Vozes femininas... Bem, ao menos pareciam vozes femininas, do mesmo modo que a voz do vento-deus era de um homem. E elas diziam: "Entre, senhora, entre, mestra. Não tema". E elas se moviam junto com quem falava, embora eu não conseguisse ver ninguém, e me conduziam por meio de seus movimentos. E assim me levaram até um salão fresco, com um telhado abaulado, onde havia uma mesa posta com frutas e vinho. Frutas como nunca... mas você vai ver. Elas diziam: "Refresque-se, senhora, antes do banho; depois dele, vem o banquete". Ah, Orual, como lhe contar o que senti? Eu sabia que eram todos espíritos e o que eu queria era cair aos seus pés. Mas não ousei fazer isso; se me fizeram mestra daquela casa, mestra eu deveria ser. No entanto, o tempo todo fiquei com medo de que fosse alguma cruel zombaria e de, a qualquer momento, ouvir uma gargalhada terrível e...

— Ah! — disse eu, com um longo suspiro. Sei muito bem como é isso.

— Ah, mas eu estava errada, irmã. Completamente enganada. Essa é a parte da vergonha do mortal. Deram-me frutas, e vinho...

— As vozes lhe deram?

— Os espíritos me deram. Eu não podia ver suas mãos. No entanto, sabe, nunca me pareceu que os pratos ou a taça se movessem sozinhos. Dava para ver que eram mãos que faziam isso. E, Orual (sua voz ficou bem baixa), quando apanhei a taça, eu... eu... *senti* as outras mãos tocando a minha. De novo, aquela queimação, embora sem dor. Era

122

Dez

terrível — ela corou repentinamente e (fiquei sem entender a razão) riu. — Não seria mais terrível agora — disse ela. — Eles então me levaram para o banho. Você vai ver. É no pátio mais delicado, repleto de colunas, a céu aberto, e a água é cristalina e cheira tão doce quanto... tão doce quanto esse vale inteiro. Eu me senti terrivelmente inibida na hora de tirar a roupa, mas...

— Você disse que eram todos espíritos femininos.

— Ah, Maia, você ainda não entendeu. A vergonha não tem nada a ver com Ele ou Ela. É a vergonha de ser mortal, de ser, como direi?... insuficiente. Você não acha que um sonho não ficaria tímido se fosse visto caminhando por aí, no mundo real? E então (ela falava cada vez mais rápido agora), eles me vestiram novamente, com roupas mais belas, e logo vieram o banquete e a música, e depois me colocaram na cama, e a noite chegou, e então, ele.

— Ele?

— O Noivo... o próprio deus. Não olhe para mim desse jeito, irmã. Eu ainda sou sua Psique. Nada vai mudar isso.

— Psique — disse eu, levantando-me de um salto —, não posso mais aguentar. Você me contou tantas maravilhas. Se isso tudo é verdade, eu estive errada por toda a minha vida. E preciso começar de novo. Psique, isso é verdade? Você não está brincando comigo? Mostre-me. Mostre-me seu palácio.

— É claro que mostrarei — disse ela, levantando-se. — Vamos lá agora. E não tenha medo de nada que vir ou ouvir.

— Estamos longe? — perguntei.

Ela me deu uma olhadela rápida, como se estivesse surpresa.

— Longe de onde? — perguntou.

— Do palácio, dessa casa do deus.

Você já deve ter visto uma criança perdida em uma multidão correr até uma mulher que ela pensa ser sua mãe e,

Até que tenhamos rostos

quando a mulher se vira e mostra o rosto de uma estranha, então a criança fica com aquele olhar perdido, em silêncio, um segundo antes de começar a chorar. O rosto de Psique estava desse jeito; contido, pálido; a mais feliz das certezas repentinamente partida em pedaços.

— Orual — disse ela, começando a tremer —, o que você quer dizer com isso?

Eu também fiquei assustada, embora ainda não tivesse noção do que estava realmente acontecendo.

— O que quero dizer? — perguntei. — Onde fica o palácio? Quanto temos de andar para chegar lá?

Ela deu um grito bem alto. Então, com o rosto muito pálido, olhando fixamente em meus olhos, ela disse:

— Mas isto aqui é ele, Orual! Ele está bem aqui! Você está nas escadas do grande portão.

Onze

Se alguém pudesse nos ver naquele momento, acredito que pensaria sermos duas inimigas que se encontraram para uma batalha de vida ou morte. Sei que estávamos assim, a poucos passos uma da outra, com os nervos à flor da pele, os olhos fixos uma na outra, em uma terrível posição de alerta.

E, nesse momento, estamos passando para a parte da história na qual se baseia majoritariamente a minha acusação contra os deuses. Portanto, devo tentar, a todo custo, escrever o que seja totalmente verdade. No entanto, é difícil saber exatamente em que eu estava pensando enquanto aquele infinito momento de silêncio pairava. Por me lembrar disso com alguma constância, embacei a própria lembrança.

Suponho que meu primeiro pensamento tenha sido "Ela está louca". De qualquer forma, todo o meu coração se apressou para fechar a porta a algo monstruosamente inadequado — que não deveria prosseguir. E cuidou de mantê-la fechada. Talvez eu estivesse lutando para eu mesma não enlouquecer.

Mas o que eu disse quando recuperei o fôlego (e eu sei que minha voz saiu como se fosse um suspiro) foi apenas: "Precisamos ir embora imediatamente. Este é um lugar terrível".

Até que tenhamos rostos

Eu estava acreditando nesse palácio invisível? Um grego riria desse pensamento. Mas em Glome é diferente. Lá, os deuses estão muito próximos de nós. Na Montanha, no coração da Montanha, onde Bardia teve medo, um lugar aonde nem mesmo os sacerdotes vão, qualquer coisa era possível. Nenhuma porta poderia ser mantida fechada. Sim, era assim que funcionava. Não se tratava de uma crença objetiva, mas de uma preocupação sem-fim — o mundo inteiro (Psique inclusive) estava escorregando de minhas mãos.

O que quer que eu tenha pretendido dizer, ela compreendeu da pior forma possível.

— Então, você consegue enxergá-lo, afinal — disse ela.

— Enxergar o quê? — perguntei. Era uma pergunta tola. Eu sabia a que ela se referia.

— Ora, isso, isso — respondeu Psique. — Os portões, os muros brilhantes...

Por alguma estranha razão, a raiva — a mesma raiva do meu pai — precipitou-se sobre mim quando ela disse isso. Eu me vi gritando (e tenho certeza de que eu não queria gritar).

— Pare! Pare agora mesmo! Não há nada aqui.

O rosto dela ficou vermelho. Imediatamente, e naquele momento apenas, ela também sentiu raiva.

— Bem, se você não pode ver, então sinta, sinta — gritou ela. — Toque. Dê tapas. Bata com a cabeça. Aqui — ela tentou agarrar as minhas mãos. Eu as puxei com violência.

— Pare, pare, estou lhe dizendo! Não existe nada disso. Você está fingindo. Você está enganando a si mesma.

Mas eu estava mentindo. Como eu poderia saber se ela realmente não vira coisas invisíveis ou falara como uma louca? O que quer que tivesse acontecido, algo muito estranho havia brotado. E, como se eu pudesse impedi-lo, valendo-me da força bruta, lancei-me sobre Psique. Antes que

Onze

soubesse o que estava fazendo, eu a agarrei pelos ombros e a chacoalhei como se chacoalha uma criança.

Ela já era muito grande para aquilo e muito mais forte (mais forte do que eu imaginava) e, em um instante, livrou-se das minhas mãos. Nós caímos, ambas respirando com alguma dificuldade, agora parecendo mais inimigas do que nunca. De repente, vi em sua face um olhar agudo e desconfiado, que nunca havia visto.

— Mas você provou o vinho. Onde acha que eu o consegui?

— Vinho? Que vinho? Do que está falando?

— Orual! O vinho que eu lhe dei. E a taça. Eu lhe dei a taça. E onde está? Onde você a escondeu?

— Pare com isso, criança. Não estou com paciência para tolices. Não teve vinho nenhum.

— Mas eu o dei a você. Você bebeu. E os finos bolos de mel. Você disse...

— Você me deu água, com as suas mãos.

— Mas você elogiou o vinho e a taça. Você disse...

— Eu elogiei as suas mãos. Você estava brincando (você sabe que estava), e eu entrei na brincadeira.

Ela ficou de boca aberta, e parecia bela, mesmo daquele jeito.

— Então foi isso — disse ela vagarosamente. — Você quer dizer que não viu nenhuma taça? Que não experimentou nenhum vinho?

Eu não iria responder àquela pergunta. Ela ouvira muito bem o que eu dissera.

Logo sua garganta se mexeu, como se ela estivesse engolindo algo (ah, a beleza de sua garganta!). Ela controlou uma grande tempestade passional, e seu humor mudou; transformara-se em uma tristeza sóbria, misturada com piedade. Ela

127

Até que tenhamos rostos

então bateu no peito com seu punho cerrado, como fazem os enlutados.

— Ai, ai! — lamentou ela. — Então foi isso que ele quis dizer. Você não consegue enxergar. Não consegue sentir. Para você, não há nada ali. Ah, Maia... sinto muito.

Eu quase acreditei completamente. Ela estava me deixando agitada e me provocando de inúmeras maneiras diferentes. Mas de modo algum eu abalara sua convicção. Ela estava tão certa do seu palácio quanto estava das coisas mais óbvias; tão certa quanto o Sacerdote estivera a respeito de Ungit no momento em que o punhal de meu pai se encontrava entre suas costelas. Eu era tão frágil ao seu lado quanto Raposa parecia ser ao lado do Sacerdote. Esse vale era, de fato, um lugar medonho; cheio do divino, do sagrado, sem lugar para os mortais. Deveria haver centenas de coisas nele que eu não conseguia ver.

Um grego conseguiria compreender o horror desse pensamento? Anos depois, eu sonhei, repetidas vezes, que estava em um lugar bem importante — na maioria das vezes, na Sala das Colunas —, e tudo o que eu via era diferente daquilo que eu tocava. Eu colocava minha mão sobre a mesa e sentia cabelo quente em vez de madeira lisa, e o canto da mesa estendia uma língua quente e molhada, que me lambia. E eu sabia, pelo jeito deles, que todos aqueles sonhos haviam surgido naquele momento em que acreditei estar olhando para o palácio de Psique e não o via. O horror era o mesmo: uma discordância doentia, uma fricção entre dois mundos, como duas lascas de um osso fraturado.

Mas, na realidade (não nos sonhos), com o horror veio o luto inconsolável, pois o mundo se partira em pedaços, e Psique e eu não estávamos no mesmo pedaço. Mares, montanhas, loucura, a própria morte, nada poderia tê-la removido

128

Onze

de mim a uma distância tão desesperadora quanto essa. Deuses e de novo os deuses, sempre os deuses... eles a haviam roubado de mim. Eles não nos deixariam nada. Um pensamento penetrou a crosta da minha mente, como açafrão brotando no começo do ano. Ela não era digna dos deuses? Eles não precisavam tê-la? No entanto, instantaneamente, enormes, asfixiantes e ofuscantes ondas de tristeza o rechaçaram.

— Ah! — gritei. — Isso não está certo. Não está certo. Ah, Psique, volte! Onde você está? Volte, volte.

Ela me tomou imediatamente em seus braços.

— Maia, irmã — disse ela. — Estou aqui. Maia, não. Eu não aguento. Eu...

— Sim... ah, minha criança, eu sinto você, eu a estou abraçando. Mas, ah... é como abraçá-la em um sonho. Você está a léguas de distância. E eu...

Ela me conduziu alguns passos adiante e me fez sentar sobre uma elevação de musgos. Em seguida, sentou-se ao meu lado. Com palavras e toques, ela me consolou o máximo que pôde. E, como se eu estivesse no meio de uma tempestade ou de uma batalha, e houvesse um momento de súbita calmaria, por um pequeno intervalo de tempo deixei que ela me confortasse. Não que eu tivesse dado ouvidos ao que ela me dissera. Era a sua voz e o amor em sua voz que importavam para mim. Sua voz era muito profunda para soar como a voz de uma mulher. Às vezes, mesmo agora, o modo como ela costumava dizer essa ou aquela palavra me vem tão caloroso e real como se ela estivesse ao meu lado na sala — sua doçura, a riqueza como a de um cereal que brota de um solo profundo.

O que ela estava dizendo?

— ... e, talvez, Maia, você também possa aprender a ver. Vou pedir e implorar a ele que lhe permita ser capaz de ver. Ele vai entender. Ele me advertiu, quando pedi por

Até que tenhamos rostos

esse encontro, que talvez não fosse da forma como eu esperava. Nunca pensei... sou apenas a simples Psique, como ele me chama... nunca pensei que quisesse dizer que você não conseguiria enxergar. Então, ele já devia saber. Ele vai nos dizer...

Ele? Eu me esquecera desse *ele*; ou, se não tinha esquecido, não o havia levado em consideração desde que ela me falou pela primeira vez que estávamos diante dos portões de seu palácio. E agora ela estava falando *ele* a todo instante, nenhum outro nome senão *ele*, do mesmo jeito como as jovens esposas falam. Uma frieza e uma indiferença começaram a tomar corpo em meu íntimo. Também era como o que eu sabia das guerras: quando aquilo que era somente *eles* ou *o inimigo* de repente se torna o homem, a poucos centímetros de você, que deseja matá-lo.

— De quem você está falando? — perguntei. Mas o que eu queria dizer era "Por que você fala dele para mim? O que tenho a ver com ele?".

— Mas, Maia, eu lhe contei toda a minha história. Meu deus, é claro. Meu amado. Meu marido. O mestre de minha Casa — respondeu ela.

— Ah, eu não suporto isso — disse-lhe, levantando-me de um salto. Aquelas suas últimas palavras, ditas com delicadeza e tremor, atearam fogo em mim. Eu podia sentir a minha fúria voltando. Então (a ideia me ocorreu como um lampejo, uma esperança de libertação), perguntei a mim mesma por que eu havia esquecido, e por quanto havia esquecido, aquela ideia inicial de que ela estava louca. É loucura, claro. A coisa toda devia ser loucura. Eu fiquei quase tão louca quanto ela por ter pensado de outra forma. Diante do próprio nome *loucura*, o ar daquele vale parecia mais respirável, parecia um pouco esvaziado de sua santidade e de seu horror.

Onze

— Isso é o bastante, Psique — disse eu, categoricamente. — Onde está esse deus? Onde fica o palácio? Em lugar nenhum: é fantasia sua. Onde ele está? Mostre-o para mim. Como ele é?

Ela olhou de lado e falou, mais baixo que nunca, porém muito claramente, como se tudo que acontecera entre nós não fosse nada diante da gravidade do que ela iria dizer agora.

— Ah, Orual — disse ela —, nem mesmo eu o vi... ainda. Ele vem até mim somente na escuridão sagrada. Ele diz que não devo, ainda não, ver seu rosto ou saber seu nome. Estou proibida de trazer qualquer luz à sua, à nossa, câmara.

Ela, então, ergueu os olhos e, quando nossos olhares se cruzaram por um instante, eu vi nos olhos dela uma alegria indescritível.

— Isso não existe — disse eu, em voz alta e inflexível. — Nunca mais volte a dizer essas coisas. Levante-se. Está na hora...

— Orual — disse ela, agora no auge de sua majestade —, eu nunca lhe contei uma mentira em toda a minha vida.

Tentei me controlar. As palavras, no entanto, soaram frias e inflexíveis.

— Não, você não tem a intenção de mentir. Você não está em seu juízo perfeito, Psique. Você imaginou coisas. É o terror e a solidão... e aquela droga que deram a você. Nós vamos curá-la.

— Orual — disse ela.

— O quê?

— Se tudo isso é fantasia minha, como você acha que vivi todos esses dias? Eu pareço ter me alimentado de frutos silvestres e dormido ao relento? Meus braços estão enfraquecidos? Ou meu semblante caído?

Eu poderia, creio, ter mentido a ela e dito que sim, mas era impossível. Da cabeça aos pés descalços, ela estava banhada

131

Até que tenhamos rostos

de vida, beleza e bem-estar. É como se fluíssem sobre ela ou dela mesma. Não era de admirar que Bardia a tivesse adorado como a uma deusa. Os trapos serviam apenas para expor mais ainda sua beleza; em toda a sua perfeição doce como o mel, rubra e marfim, calorosa, vívida perfeição. Ela parecia até mesmo mais alta que antes (mas isso é impossível, pensei). E, enquanto minha mentira morria em meus lábios sem ser proferida, ela olhou para mim com certo ar de zombaria no rosto. Seu olhar desdenhoso sempre foi um de seus mais adoráveis olhares.

— Entende? — perguntou ela. — É tudo verdade. E é por isso, escute, Maia, é por isso que tudo vai ficar bem. Nós vamos fazer, ele vai fazer com que você seja capaz de enxergar, e então...

— Mas eu não quero! — gritei, colocando meu rosto perto do dela, quase a ameaçando, até que ela recuasse diante da minha impetuosidade. — Eu não quero. Odeio isso. Odeio, odeio, odeio. Você entende?

— Mas, Orual... por quê? O que você odeia?

— Ah, tudo. Como posso chamar isso? Você sabe muito bem. Ou pelo menos costumava saber. Isso, isso... — e então algo que ela havia dito sobre *ele* (e que havia passado praticamente despercebido até então) começou a ressoar de modo horrível em minha mente. — Essa coisa que vem até você no escuro... e que você está proibida de ver. Isso que você chama de escuridão sagrada. Que tipo de coisa é isso? Que vergonha, ora! É como viver na casa de Ungit. Tudo que diz respeito aos deuses é obscuro... Acho até que posso sentir o cheiro de...

A firmeza de seu olhar, a sua beleza tão cheia de piedade, ainda que de um modo tão impiedoso, tudo isso me deixou muda por um instante. Minhas lágrimas irromperam novamente.

132

Onze

— Ah, Psique — solucei —, você está tão longe. Consegue me escutar? Eu não consigo alcançá-la. Ah, Psique, Psique! Você me amou em outro tempo... volte. O que temos a ver com deuses e maravilhas e com todas essas coisas cruéis e obscuras? Somos mulheres, não somos? Mortais. Ah, volte para o mundo real. Abandone tudo isso. Volte para onde fomos felizes.

— Mas, Orual... pense. Como posso voltar? Esta é a minha casa. Eu sou uma esposa.

— Esposa? De quem? — perguntei, trêmula.

— Se você o conhecesse... — disse ela.

— Você gosta disso! Ah, Psique!

Ela não me respondeu. Seu rosto corou. O rosto e todo o corpo eram a resposta.

— Ah, você devia ter sido uma das meninas de Ungit — disse eu, de forma brutal. — Você devia ter vivido lá, no escuro, com todo aquele sangue e incenso e murmúrio e o mau cheiro de gordura queimada. Para gostar disso, de viver entre coisas que você não pode ver, coisas escuras, santas e horríveis. Para você, não significa nada estar me deixando, envolvendo-se com tudo isso... dando as costas a todo o nosso amor?

— Não, não, Maia. Não posso voltar para você. Como poderia? Mas você pode vir comigo.

— Ah, isso é loucura — disse eu.

Era loucura ou não? O que era verdade? O que seria pior? Cheguei a ponto de pensar que, se nos quisessem bem, os deuses me diriam. No entanto, veja só o que eles fizeram. Começou a chover. Apenas uma chuva fina, mas que mudou tudo para mim.

— Aqui, criança — disse eu —, entre debaixo da minha capa. Esses pobres trapos! Rápido. Você vai se molhar toda.

Ela me encarou com um olhar de questionamento.

Até que tenhamos rostos

— Como eu poderia me molhar, Maia, se estamos sentadas aqui dentro, com um telhado acima de nós? E o que quer dizer com "trapos"? ... ah, eu esqueci. Você também não consegue enxergar os meus mantos. — Enquanto ela falava, a chuva resplandecia em seu rosto.

Se o sábio grego que for ler este livro duvidar que isso mudou totalmente o rumo do meu pensamento, que pergunte à sua mãe ou à sua esposa. No momento em que a vi, minha criança, a criança de quem eu havia cuidado durante toda a vida, sentada ali na chuva, como se aquilo não significasse para ela nada mais do que significa para o gado, a ideia de que seu palácio e seu deus poderiam ser qualquer coisa além de loucura me pareceu inacreditável. Todas aquelas suspeitas mais desconcertantes, toda a agitação de ficar mudando de opinião, estavam (naquele momento) ultrapassadas. De relance, percebi que deveria escolher entre uma opinião ou outra; e, no mesmo instante, eu sabia qual havia escolhido.

— Psique — disse eu (e minha voz havia mudado). — Isso é puro delírio. Você não pode ficar aqui. O inverno vai chegar em breve. E vai matá-la.

— Não posso abandonar o meu lar, Maia.

— Lar! Não há lar algum aqui. Levante-se. Venha aqui, para debaixo de minha capa.

Ela abanou a cabeça, demonstrando estar um pouco cansada.

— Não adianta, Maia. Eu vejo e você não vê. Quem poderia ser nosso árbitro?

— Vou chamar Bardia.

— Não tenho permissão para deixá-lo entrar. E ele não viria.

Isso, eu sabia, era verdade.

— Levante-se, menina — disse eu. — Você está me ouvindo? Então, faça como lhe falei. Psique, você nunca me desobedeceu antes.

Onze

Ela olhou para cima (a cada momento, estava mais molhada), e disse, com uma voz muito suave, mas firme como pedra em sua determinação:

— Querida Maia, eu sou uma esposa agora. Não é mais a você que devo obedecer.

Então, eu aprendi como é possível odiar a quem se ama. Meus dedos estavam em torno do pulso dela em um instante, e a minha outra mão no seu antebraço. Estávamos lutando.

— Você vai comigo — disse-lhe ofegante. — Nós vamos forçá-la a ir, escondê-la em algum lugar, acho que Bardia tem uma esposa, vamos trancar você na casa dele e trazê-la de volta ao juízo.

Foi inútil. Ela era muito mais forte do que eu. ("É claro", pensei, "dizem que os loucos têm o dobro de força".) Deixamos marcas na pele uma da outra. Foi um tipo de luta desordenada, grosseira. Então nos separamos novamente; ela me fitando com reprovação e assombro; eu chorando (como chorara à porta de sua prisão), totalmente debilitada, com vergonha e desespero. A chuva havia cessado. Cumprira, suponho, o papel que os deuses desejavam.

E agora não havia mais nada que eu pudesse fazer.

Psique, como sempre, recuperou-se primeiro. Repousou sua mão — havia uma mancha de sangue sobre ela; seria possível que eu a tivesse arranhado? — sobre o meu ombro.

— Querida Maia — disse ela —, você raramente sentiu raiva de mim em todos esses anos, até onde posso lembrar. Não comece agora. Olhe, as sombras já começaram a se estender lentamente por todo o pátio. Eu esperava que, antes disso, tivéssemos nos banqueteado e nos alegrado juntas. Mas aí... você só teria provado frutos silvestres e água fria. Comer pão e cebolas com Bardia lhe trará mais ânimo. E eu tenho de enviá-la de volta antes que o sol se ponha. Prometi que seria assim.

— Você está me mandando embora para sempre, Psique? E sem nada?

— Nada, Orual, exceto um convite para que volte o mais rápido que puder. Vou tentar resolver as coisas por aqui para você. Deve haver alguma maneira. E então, oh, Maia, nos encontraremos aqui de novo, sem nuvens entre nós. Mas agora você precisa ir.

O que eu poderia fazer senão obedecer a ela? Fisicamente, ela era mais forte do que eu, e eu não conseguia compreender o que se passava em sua mente. Ela já estava me levando de volta ao rio, através do vale desolado que ela dizia ser o seu palácio. Agora, o vale parecia medonho para mim. Havia uma friagem no ar. O pôr do sol flamejava atrás da massa negra da selada.

Ela se agarrou a mim na margem do rio.

— Você vai voltar em breve? — perguntou.

— Se eu puder, Psique. Você sabe como é lá em casa.

— Eu acho que o Rei não será um obstáculo para você nos próximos dias. Agora não há mais tempo. Beije-me novamente, querida Maia. E agora apoie-se em minha mão. Procure a pedra lisa com seu pé.

De novo resisti à água gelada, que me cortava como espada. Já do outro lado, olhei para trás.

— Psique, Psique — gritei. — Ainda há tempo. Venha comigo. A qualquer lugar, eu a faço sair escondida de Glome, seguiremos juntas pelo mundo inteiro como mendicantes, ou podemos ir para a casa de Bardia, qualquer lugar, qualquer coisa que você queira.

Ela abanou a cabeça.

— Como eu poderia? — perguntou. — Não pertenço mais a mim mesma. Você esquece, irmã, que sou uma esposa? Mas serei sempre sua também. Ah, se você soubesse,

Onze

ficaria feliz. Orual, não fique tão triste. Vou ficar bem; tudo será melhor do que você jamais imaginou. Volte logo. Adeus, por pouco tempo.

Ela se foi por aquele vale terrível e finalmente desapareceu de meu campo de visão, por entre as árvores. Já era crepúsculo do meu lado do rio, completando-se sob a sombra da selada.

— Bardia — chamei. — Bardia, onde está você?

Doze

E, então, Bardia, uma silhueta acinzentada no crepúsculo, veio caminhando em minha direção.

— Você deixou a Bendita? — perguntou.

— Sim — respondi. Pensei que não podia falar com ele sobre isso.

— Então precisamos conversar sobre como vamos passar a noite. Não conseguiríamos agora encontrar uma forma de fazer o cavalo subir até a selada e, mesmo que encontrássemos, teríamos de descer de novo para além da Árvore, até o outro vale. Não poderíamos dormir no desfiladeiro, pois lá venta muito. Em aproximadamente uma hora, estará bastante frio por aqui, onde agora estamos abrigados. Temo que tenhamos de permanecer aqui. Não é onde um homem escolheria ficar, é um lugar muito próximo dos deuses.

— O que importa? — perguntei. — Será bom como em qualquer outro lugar.

— Então, venha comigo, senhora. Eu juntei alguns galhos.

Eu o segui; e, naquele silêncio (não havia nenhum som agora, a não ser o murmúrio do riacho, que me parecia mais

Doze

alto que nunca), podíamos ouvir, muito antes de alcançarmos o cavalo, o som da grama sendo arrancada pelos dentes dele.

Um homem e um soldado é uma criatura maravilhosa. Bardia havia escolhido um lugar onde a margem era mais elevada, e duas rochas próximas formavam o que mais se aproximava de uma caverna. Os galhos estavam todos dispostos no chão, e o fogo, aceso, embora ainda estalando, por causa da chuva recente. E ele tirara dos alforjes da sela algumas coisas bem melhores que pão e cebolas; havia até mesmo uma garrafa de vinho. Eu ainda era uma menina (o que, em muitos sentidos, é quase o mesmo que ser uma boba), e me parecia vergonhoso que, mesmo com toda a minha tristeza e preocupação, eu me mostrasse tão ansiosa pelo alimento quando o vi. A comida nunca esteve tão boa. E aquela refeição à luz da fogueira (que, tão logo foi acesa, transformou todo o resto do mundo em mera escuridão) me parecia muito doce e caseira; alimento e calor mortais para membros e barrigas mortais, sem a necessidade de pensar em deuses, enigmas e maravilhas.

Quando terminamos, Bardia disse, com uma expressão de certo modo envergonhada no rosto:

— A senhora não está acostumada a dormir ao relento e talvez passe bastante frio durante a noite. Desse modo, tomo a liberdade (pois não sou para a senhora mais que um dos fiéis escudeiros de seu pai...) de dizer que seria melhor deitarmos próximos, com as costas coladas um no outro, como os homens fazem nas guerras. E ambas as capas sobre nós.

Eu disse sim à sua proposta e, de fato, mulher nenhuma no mundo teria tão pouca razão quanto eu para resistir a coisas desse tipo. No entanto, me surpreendeu que ele tivesse dito isso, pois eu, até então, não sabia que, quando você é feia o bastante, todos os homens (a menos que a

Até que tenhamos rostos

odeiem profundamente) logo desistem de pensar em você como mulher.

Bardia descansava como os soldados descansam; dormem como pedras em dois segundos, mas estão sempre prontos (e eu o tenho visto ser testado há muito tempo) para despertar completamente em um único segundo, se preciso for. Acho que não dormi nada. Primeiro, havia a dureza e a inclinação do chão e, além disso, o frio. Havia ainda pensamentos rápidos e confusos, insones como os de um louco: sobre Psique e o meu difícil enigma, e também sobre outra coisa.

Por fim, o frio ficou tão intenso que eu saí de baixo da capa (que, a essa altura, estava coberta de orvalho) e comecei a andar de um lado para outro. E agora, deixe que o grego sábio, para quem eu olho como meu leitor e juiz de minha causa, registre bem o que aconteceu em seguida.

Já estava clareando, e havia muita neblina no vale. As poças do rio, quando me abaixei para beber (pois eu sentia sede, além de estar com frio), pareciam ser buracos negros naquela vastidão cinza. Bebi da água gelada e achei que ela devolvera o equilíbrio à minha mente. Mas será que um rio que corre no vale secreto de deuses faria isso, ou seria o oposto? Isso é outra coisa para se adivinhar, pois, quando levantei a cabeça e olhei mais uma vez para a neblina sobre a água, avistei algo que fez meu coração querer sair pela boca. Lá estava o palácio, cinza — como eram todas as coisas naquela hora e naquele lugar —, mas sólido e imóvel, parede com parede, coluna, arco e viga-mestra, metros e mais metros, uma beleza labiríntica. Como ela havia dito, não se assemelhava a qualquer casa já vista em nossa terra ou em nossa época. Pináculos e esteios elevavam-se — nenhuma lembrança minha, você pode acreditar, poderia me ajudar a imaginá-los — incrivelmente altos e estreitos, pontiagudos e

Doze

cristados, como se as pedras estivessem brotando em ramos e flores. Não havia luz em nenhuma janela. Era uma casa adormecida. E em algum lugar dentro dele, também adormecido, havia alguém ou algo — quão sagrado, ou horrível, ou belo, ou estranho? — com Psique em seus braços. E eu, o que eu havia feito e dito? O que ele faria comigo por causa das minhas blasfêmias e incredulidades? Nunca duvidei de que devesse cruzar o rio naquele momento, ou que devesse ao menos tentar, ainda que me afogasse. Devo lançar-me aos degraus do grande portão daquela casa e fazer um pedido. Devo pedir perdão a Psique e também ao deus. Eu me atrevera a censurá-la (atrevera-me, o que foi bem pior, a tentar consolá-la como a uma filha), mas, durante todo o tempo, ela se manteve em uma posição bem superior à minha; agora, ela quase não era mais mortal… se o que eu vira fosse mesmo real. Senti muito medo. Mas talvez não fosse real. Olhei várias vezes para ver se ele não desaparecia ou mudava. Então, quando me levantei (porque, durante todo esse tempo, eu ainda estava ajoelhada onde havia bebido água), instantes antes de eu me colocar de pé, tudo havia desaparecido. Houve um curto espaço de tempo no qual pensei que poderia ver como alguns redemoinhos de neblina se assemelhavam a torres e muros. Mas logo depois percebi que não havia semelhança alguma. O que eu estava olhando era simplesmente o nevoeiro e ele fazia meus olhos doerem.

Agora, você que está lendo, julgue por si. Naquele instante em que vi ou pensei ter visto a Casa, isso depõe contra os deuses ou contra mim? Será que eles (se fossem responder) usariam isso em sua defesa? E se foi apenas um sinal, uma pista, convidando-me para responder ao enigma de determinada maneira, e não de outra? Eu não lhes darei esse privilégio. De que vale um sinal que, por si mesmo, é somente

Até que tenhamos rostos

outro enigma? Pode ter sido — vou até considerar — uma visão verdadeira; a nuvem sobre meus olhos mortais pode se haver dissipado por um segundo. Pode não ter sido; não seria fácil, para alguém distraído e, provavelmente, ainda não totalmente desperto como ela parecia estar, examinando a neblina, à meia-luz, fantasiar sobre o que havia, por tantas horas, preenchido seus pensamentos? Não seria ainda mais fácil, para os próprios deuses, produzir todo esse encantamento com o propósito de zombar de nós? Em ambos os casos, trata-se de uma zombaria divina. Eles constroem o enigma e, então, permitem uma visão que não pode ser provada e que tudo o que faz é acelerar e complicar o redemoinho desconcertante de nossa adivinhação. Se eles tinham a intenção honesta de nos orientar, por que sua orientação não é clara e objetiva? Psique era capaz de falar com clareza quando tinha três anos; e você vem me dizer que os deuses ainda não são capazes de fazer o mesmo?

Quando voltei para perto de Bardia, ele havia acabado de acordar. Não lhe disse o que eu tinha visto; até escrever este livro, eu não havia contado a ninguém.

Nossa viagem de volta foi desconfortável, pois não havia sol e o vento estava batendo em nossos rostos o tempo todo, com chuvas rápidas, às vezes. Eu, sentada atrás de Bardia, sofri menos que ele.

Paramos em algum lugar por volta do meio-dia, sob a proteção de um pequeno arbusto, para comer o que havia sobrado de nossa refeição. É claro que eu tinha pensado no meu enigma durante toda a manhã, e foi lá, temporariamente longe do vento e em um lugar de certa forma mais aquecido (será que Psique estava aquecida? Um clima bem pior parecia estar se aproximando), que decidi contar a Bardia toda a história; só não contei sobre o momento no qual olhei para o nevoeiro. Eu sabia que ele era um homem honesto, discreto e, ao seu próprio modo, sábio.

Ele me ouviu atenciosamente, mas não disse nada quando terminei. Tive de pedir que ele me desse uma resposta.

— Como você vê tudo isso, Bardia?

— Senhora, não é do meu feitio dizer mais do que eu possa acrescentar sobre deuses e questões divinas. Não sou ímpio. Eu não comeria com a mão esquerda, nem me deitaria com a minha esposa na lua cheia, nem abriria um pombo para limpá-lo com uma faca de ferro, nem faria qualquer coisa que fosse inconveniente ou profana, ainda que o próprio Rei ordenasse. E, quanto aos sacrifícios, sempre fiz tudo que se pode esperar de um homem da minha classe. Mas, para qualquer coisa além disso, penso que, quanto menos Bardia se intromete na vida dos deuses, menos eles se intrometem na vida de Bardia.

Mas eu estava determinada a ouvir seu conselho.

— Bardia, você acha que minha irmã está louca?

— Olhe, senhora, seria melhor que essa palavra não fosse pronunciada. Louca? A Bendita, louca? Além disso, nós a vimos e qualquer um poderia dizer que ela estava em seu mais perfeito juízo.

— Então, você acha que realmente havia um palácio no vale, embora eu não conseguisse vê-lo?

— Não sei bem o que é *realmente*, em se tratando de casas de deuses.

— E quanto a esse amante que vem a ela no escuro?

— Não tenho nada a dizer sobre ele.

— Ah, Bardia, entre as lanças, os homens dizem que você é o mais corajoso! Está com medo até mesmo de sussurrar seu pensamento para mim? Estou precisando desesperadamente de um conselho.

— Conselho sobre o que, senhora? O que pode ser feito?

Até que tenhamos rostos

— Como você interpreta esse enigma? Alguém realmente vai até ela?

— Ela diz que sim, senhora. Quem sou eu para dizer que a Bendita mente?

— Quem é ele?

— É ela quem sabe.

— Ela não sabe nada. Confessa que nunca o viu. Bardia, que tipo de amante é esse que proíbe sua noiva de ver o seu rosto?

Bardia ficou em silêncio. Segurava um cascalho entre o polegar e o indicador, e fazia pequenos rabiscos no chão.

— E então? — perguntei.

— Não parece haver muito de enigma a esse respeito — disse ele, enfim.

— Então, qual é a sua resposta?

— Eu diria, falando como um homem mortal, e é muito provável que os deuses saibam mais, eu diria que ele é alguém cujo rosto e cuja forma, se fossem vistos, dariam a ela pouco prazer.

— Uma coisa assustadora?

— Eles a chamam de Noiva do Bruto, senhora. Mas está na hora de retomarmos a viagem. Passamos só um pouco da metade do caminho — e foi se levantando enquanto falava.

Seu pensamento não era novo para mim; era tão somente a mais terrível das suposições que contendiam e se debatiam em minha mente. No entanto, fiquei chocada ao ouvir isso de seus lábios porque compreendi que ele não tinha nenhuma dúvida a esse respeito. Eu já conhecia Bardia muito bem e podia ver claramente que toda a minha dificuldade em obter uma resposta dele vinha de seu temor de me afirmar aquilo, e não de qualquer incerteza que tivesse em relação ao assunto. Como ele havia dito, o que era um enigma para mim não

Doze

o era para ele. E foi como se todo o povo de Glome falasse comigo por meio dele. A forma como ele pensava, todo homem prudente e temente aos deuses de nossa nação e de nosso tempo sem dúvida pensaria o mesmo. Minhas outras conjecturas nem sequer passariam pela cabeça deles. Eis a resposta objetiva e solar como o meio-dia. Por que procurar mais? O deus e o Bruto da Sombra eram apenas um. Ela fora entregue a ele. Nós havíamos recebido nossa chuva e a água e, como parecia provável, um período de paz com Phars. Os deuses, por sua vez, receberam-na em seus recônditos secretos, onde alguma coisa, tão ofensiva a ponto de não se mostrar a ninguém, uma coisa sagrada e repugnante, fantasmagórica, demoníaca ou bestial, ou tudo isso junto (não dá para dizer, em se tratando de deuses)... desfrutou dela como quis.

Fiquei tão deprimida que, ao prosseguirmos em nossa jornada, nada em mim sequer lutou contra essa resposta de Bardia. Suponho que eu tenha me sentido como um prisioneiro torturado se sente quando jogam água em seu rosto para despertá-lo de seu desmaio, e a verdade, mais dura do que todas as suas fantasias, se mostra novamente a ele, de maneira clara, dura e inequívoca. Naquela ocasião, pareceu-me que todas as minhas outras suposições haviam sido apenas sonhos agradáveis inventados por meus desejos, mas eu agora havia acordado. Nunca houve nenhum enigma; o pior era a verdade, e a verdade era óbvia. Somente o terror teria me cegado por tanto tempo.

Bati a mão no cabo da espada, debaixo da minha capa. Antes da minha doença, eu havia jurado que, se não houvesse outra saída, eu mataria Psique em vez de deixá-la entregue à lascívia ou à fome de um monstro. Agora, mais uma vez, eu tomava uma decisão. Fiquei meio assustada quando percebi o teor de minha decisão. "Eu chegaria a esse ponto",

145

Até que tenhamos rostos

meu coração dizia; eu até mesmo poderia matá-la (Bardia já me ensinara o golpe direto, e onde aplicá-lo.) Minha ternura, então, voltou e eu chorei, nunca de uma forma tão amarga, até não poder mais dizer se eram lágrimas ou a chuva que encharcavam meu véu. (À medida que o dia ia passando, a chuva ficava mais constante.) E, nessa ternura, perguntei a mim mesma por que deveria salvá-la do Bruto, ou adverti-la contra ele, ou intrometer-me nesse assunto. "Ela está feliz", dizia meu coração. "Seja loucura, seja um deus, seja um monstro, seja lá o que for, ela está feliz. Você viu por si mesma. Ela está dez vezes mais feliz lá na Montanha do que você poderia fazê-la aqui. Deixe-a sozinha. Não atrapalhe. Não estrague o que você já sabe que não pode fazer."

Havíamos alcançado o pé das colinas (se fosse possível enxergar através da chuva), quase à vista da casa de Ungit. Meu coração não me convenceu. Agora, eu me dava conta de que há um amor mais profundo que o daqueles que buscam somente a felicidade da pessoa amada. Um pai acharia que a filha está feliz vivendo como uma prostituta? Uma mulher consideraria o seu amado feliz na condição de um covarde? Minha mão voltou para a espada. "Ela não consideraria", pensei. Aconteça o que acontecer, ela não consideraria. Qualquer que seja o rumo que as coisas tomem, qualquer que seja o preço, pela morte dela ou pela minha ou por mil mortes, ainda que enfrente os deuses "face a face", como dizem os soldados, Psique não será — ainda mais, de mão beijada — diversão para um demônio.

"Nós ainda somos filhas de um rei", declarei.

Eu mal acabara de dizer isso quando tive uma boa razão para lembrar, de um modo diferente, que eu era uma das filhas do rei, e de qual rei. Pois agora estávamos cruzando o Shennit novamente e Bardia (cuja mente estava sempre

Doze

pensando no que aconteceria no momento seguinte) dizia que, quando tivéssemos passado a cidade e antes que chegássemos ao palácio, era melhor que eu descesse do cavalo e subisse pela pequena trilha — onde Redival vira Psique ser adorada pela primeira vez — e então cruzasse os jardins pelos fundos, até a área das mulheres. Pois era fácil imaginar como meu pai reagiria se descobrisse que eu (supostamente doente demais para trabalhar com ele na Sala das Colunas) havia viajado até a Árvore Sagrada.

Treze

Estava quase escuro no palácio e, quando cheguei à porta de minha câmara, ouvi uma voz dizendo em grego:

— E então?

Era Raposa, que ficara de tocaia ali, conforme me contaram minhas criadas, como um gato diante da toca do rato.

— Viva, vovô — e o beijei. — Volte o mais rápido que puder. Estou toda molhada e preciso tomar um banho, me trocar e comer. Eu lhe conto tudo quando você voltar.

Quando eu já estava trocada e terminando o jantar, ele bateu à porta. Eu o fiz entrar e sentar-se comigo à mesa. Então, eu lhe servi uma bebida. Não havia ninguém conosco, exceto a pequena Poobi, minha criada de pele escura, que era uma mulher fiel, amorosa e não sabia grego.

— Você disse *viva* — começou Raposa, erguendo sua taça. — Veja. Eu fiz um sacrifício a Zeus, o Salvador. — Ele fez isso à maneira grega, com um rápido giro da taça, em um gesto que deixa cair apenas uma gota.

— Sim, vovô, viva, bem e dizendo que está feliz.

— Sinto como se meu coração fosse se partir de alegria, filha. Você me diz coisas nas quais mal consigo acreditar.

Treze

— Essa é a boa notícia, vovô. Agora temos a ruim.

— Deixe-me ouvi-la. Tudo faz parte.

Então, eu lhe contei toda a história, mas omiti o vislumbre no nevoeiro. Foi terrível para mim ver a luz se apagando de seu rosto enquanto eu prosseguia, e sentir que era eu quem a apagava. E me perguntei: "Você mal consegue suportar isso, como suportará destruir a felicidade de Psique?".

— Ai de mim, pobre Psique! — disse Raposa. — Nossa filhinha! E quanto ela deve ter sofrido! Heléboro é o remédio certo; com descanso, paz e cuidado amoroso... ah, nós a recuperaríamos, não tenho dúvida, se pudéssemos cuidar bem dela. Mas como lhe dar todas essas coisas de que ela tanto necessita? Minha mente está enferrujada, filha. Devemos pensar, planejar. Eu queria ser Odisseu, sim, ou Hermes.

— Você pensa, então, que ela está louca?

Ele deu uma rápida olhadela em minha direção.

— Ora, filha, em que mais você tem pensado?

— Você acha que isso é tolice, suponho. Mas não esteve com ela, vovô. Ela falava com tanta tranquilidade. Não havia nenhuma desordem em sua fala. Ela era capaz de rir com alegria. Seu olhar não era selvagem. Se eu tivesse os olhos bem fechados, teria acreditado que seu palácio era tão real quanto este.

— Mas seus olhos estavam abertos e você não o viu.

— Você não acha, não como uma possibilidade, não como uma ínfima chance, que pode haver coisas que sejam reais, embora não possamos vê-las?

— Certamente que sim. Coisas como Justiça, Equidade, a Alma ou as notas musicais.

— Não, vovô, não estou me referindo a coisas assim. Se existem almas, não poderia haver casas de almas?

Até que tenhamos rostos

Ele passou a mão por seus cabelos com um gesto antigo, familiar, de desânimo professoral.

— Filha — disse ele —, você me faz crer que, depois de todos esses anos, sequer começou a compreender o que significa a palavra *alma*.

— Sei muito bem o que você quer dizer com isso, vovô. Mas você, até mesmo você, sabe tudo? Não existem coisas, e eu quero dizer *coisas*, que não podemos ver?

— Em abundância. Coisas atrás das nossas costas. Coisas bem distantes. E todas as coisas, se estiver suficiente escuro.

— Ele se inclinou para a frente e colocou sua mão sobre a minha. — Começo a pensar, filha, que, se eu conseguir apanhar aquele heléboro, é melhor que a primeira dose seja sua.

No começo da conversa, eu havia pensado em lhe contar sobre a visão, sobre meu vislumbre do palácio. No entanto, não consegui fazê-lo: ele era a pior pessoa do mundo para ouvir essa história. Já estava me fazendo sentir vergonha de metade das coisas nas quais eu vinha pensando. E, nesse momento, um pensamento mais animador me ocorreu.

— Então, talvez — disse eu — esse amante que vai até ela no escuro também seja parte da loucura.

— Eu gostaria de crer nisso — disse Raposa.

— Por que não, vovô?

— Você disse que ela está bem nutrida e corada? Que não está morrendo de fome?

— Nunca a vi em melhor estado.

— Então quem a tem alimentado durante todo esse tempo? Fiquei em silêncio.

— E quem a retirou dos ferros?

Nunca havia pensado nessa questão.

— Vovô, o que você tem em mente? — perguntei. — Você, dentre todos os homens, não está sugerindo que ele seja o deus. Você riria de mim se eu dissesse isso.

Treze

— Seria mais provável que eu chorasse. Ah, filha, filha, filha, quando terei removido a ama-seca e a anciã e o sacerdote e o profeta de sua alma? Você acha que a Natureza Divina... ora, isso é profano, ridículo. Também diria que o universo desejou ou que a Natureza das Coisas alguma vez bebeu na adega de vinho?

— Eu não disse que era um deus, vovô — respondi. — Estou perguntando quem você acha que ele é.

— Um homem, um homem, é claro — disse Raposa, batendo com sua mão na mesa. — O quê? Você ainda é uma criança? Não sabe que existem homens na Montanha?

— Homens! — suspirei.

— Sim. Nômades, homens falidos, criminosos, ladrões. Onde está o seu bom senso?

A indignação deixou-me corada e levantei-me de um salto. Porque qualquer filha de nossa casa que se tenha unido, ainda que por um casamento legal, a alguém sem (ao menos por parte de um dos pais) linhagem divina estaria cometendo uma abominação extrema. O pensamento de Raposa era insuportável.

— O que você está dizendo? — perguntei. — Psique morreria sobre estacas pontiagudas antes que...

— Fique em paz, filha — disse Raposa. — Psique não sabe. Imagino que algum ladrão ou fugitivo tenha encontrado a pobre menina, enlouquecida de terror, sozinha e com sede também (muito provavelmente), e, então, a retirou daqueles grilhões. E se ela não estava em seu juízo perfeito, o que possivelmente balbuciaria em seus delírios? Sua casa de ouro e de âmbar na Montanha, é claro. Ela tem essa fantasia desde a infância. O sujeito pegaria a deixa. Seria o mensageiro do deus... ora, é daí que vem seu deus do vento ocidental. Seria o próprio homem. Ele a levaria até esse vale.

151

Até que tenhamos rostos

Sussurraria a ela que o deus, o Noivo, viria naquela noite. E que voltaria quando se fizesse escuridão.

— Mas e o palácio?

— Sua velha fantasia, despertada pela loucura e considerada realidade. E tudo o que ela disser ao canalha sobre a sua bela casa, ele vai confirmar. Talvez acrescente algo. De modo que a ilusão é cada vez mais fortalecida.

Pela segunda vez naquele dia, fiquei totalmente apavorada. A explicação de Raposa parecia muito clara e evidente, de modo a não deixar dúvida alguma. Enquanto Bardia falava, sua explicação causava a mesma impressão.

— A impressão, vovô — disse eu estupidamente —, é que você interpretou o enigma de forma correta.

— Não é preciso ser nenhum Édipo. Mas o verdadeiro enigma ainda precisa ser decifrado. O que faremos agora? Ah, estou enferrujado, enferrujado. Acho que seu pai estragou meus miolos ao me bater nos ouvidos. Deve haver alguma maneira... mas nós temos pouquíssimo tempo.

— E pouquíssima liberdade. Não posso fingir estar acamada por mais tempo. E, tão logo o Rei souber que estou curada, como poderei retornar à Montanha?

— Ah, quanto a isso, eu havia me esquecido. Chegaram notícias hoje. Os leões foram vistos de novo.

— O quê? — gritei, aterrorizada. — Na Montanha?

— Não, não, não é tão ruim assim. Na verdade, a notícia é mais para algo bom do que ruim. Em algum lugar ao sudoeste de Ringal. O Rei fará uma grande caçada aos leões.

— Os leões estão de volta... então, Ungit nos enganou, afinal. Talvez sacrifique Redival dessa vez. O Rei está muito enfurecido?

— Enfurecido? Não. Ora, você acreditaria que a perda de um vaqueiro e (o que ele valoriza muito mais) de alguns de seus melhores cães, além de não sei quantos bois, foi a melhor

Treze

notícia que ele já ouviu? Eu nunca o vi tão animado. Ele não falou em outra coisa o dia inteiro que não fosse cães e batedores e clima... e tamanha inspeção e tamanho alvoroço: mensagens a esse e àquele nobre... longas conversas com caçadores; inspeção de canis; ferraduras em cavalos; cerveja fluindo como água; até mesmo eu ganhei tapinhas nas costas por pura camaradagem, de modo que fiquei com minhas costelas doendo. Mas o que nos interessa é que ele estará fora na caçada pelos próximos dois dias, no mínimo. Com sorte, talvez sejam cinco ou seis.

— Esse é o tempo que temos para trabalhar.

— Nada mais que isso. Ele parte amanhã, ao amanhecer. E, de qualquer maneira, teremos pouco tempo depois disso. Ela morrerá se o inverno apanhá-la na Montanha. Morar a céu aberto... E ela estará com uma criança, sem dúvida, antes que tenhamos tempo de nos situar.

É como se eu tivesse sido atingida no coração.

— Maldito seja esse homem! — vociferei. — Amaldiçoado seja, amaldiçoado seja! Psique grávida de um mendigo? Nós o empalaremos se o apanharmos. Ele morrerá aos poucos. Ah, eu poderia rasgar seu corpo somente com meus dentes.

— Você obscurece os nossos conselhos, e a sua própria alma, com essas emoções — disse Raposa. — Se houvesse algum lugar no qual pudéssemos escondê-la (se conseguirmos apanhá-la)!

— Eu tinha pensado que poderíamos escondê-la na casa de Bardia — disse eu.

— Bardia! Ele nunca receberia em sua casa alguém que foi sacrificado. Ele tem medo de sua própria sombra, em se tratando de deuses e fábulas de velhas matronas. Ele é um tolo.

153

Até que tenhamos rostos

— Isso, ele não é — disse eu com bastante firmeza, pois Raposa me irritava com o desprezo que nutria pelas pessoas corajosas e honestas que não tinham traços de sua sabedoria grega.

— E, ainda que Bardia concordasse em recebê-la — acrescentou Raposa —, sua mulher não permitiria. E todos sabem que Bardia está amarrado às tiras do avental da esposa.

— Bardia! Um homem daqueles. Eu não acreditaria...

— Ora, ele é tão libidinoso quanto Alcebíades. O cidadão casou-se com ela sem dote... por sua beleza, faça-me o favor. A cidade inteira sabe disso. E ela manda nele como se fosse seu escravo.

— Ela deve ser uma mulher muito vil, vovô.

— O que nos importa se ela é ou não? Mas você não precisa pensar em encontrar refúgio para nossa querida naquela casa. Eu irei além, filha. Não há alternativa senão enviá-la para fora de Glome. Se alguém na cidade soubesse que ela não morreu, iria atrás dela e a sacrificaria novamente. Se pudermos deixá-la com alguém da família da mãe dela... mas eu não vejo como fazer isso. Ah, Zeus, Zeus, Zeus, se eu tivesse dez hoplitas e um homem são para comandá-los!

— Não consigo ver nem mesmo como fazê-la deixar a Montanha. Ela parecia obstinada, vovô. Não me obedece mais. Penso que teremos de recorrer à força.

— E não temos força nenhuma. Eu sou um escravo e você, uma mulher. Não podemos levar doze lanceiros à Montanha. E, se pudéssemos, o segredo nunca seria guardado.

Depois disso, ficamos sentados em silêncio por um bom tempo. O fogo crepitava e Poobi, sentada com as pernas cruzadas ao lado da lareira, colocava mais lenha e jogava um jogo estranho, de contas, típico de seu povo (ela certa vez tentou me ensinar, mas eu nunca consegui aprender). Dezenas de

Treze

vezes Raposa fez menção de falar, mas desistiu em todas elas. Ele era rápido na elaboração de planos, mas ainda mais ligeiro para observar suas falhas.

Por fim, eu disse:

— Tudo se resume a isso, vovô. Devo voltar a Psique. Preciso, de algum modo, dominá-la. Uma vez que se vir ao nosso lado, reconhecendo sua vergonha e o perigo que corria, então nós três devemos planejar o melhor que pudermos. Ela e eu talvez saiamos pelo mundo juntas, vagando como Édipo.

— E eu com vocês — disse Raposa. — Você, uma vez, ordenou-me que fugisse. Dessa vez, eu farei isso.

— Uma coisa é certa — disse eu —, ela não será deixada com o bandido que abusou dela. Eu vou escolher qualquer caminho, qualquer caminho, que não seja esse. Depende de mim. Sua mãe morreu. (E que outra mãe ela conheceu senão eu?) Seu pai não é nada, nada como pai e nada como rei também. A honra de nossa casa, o bem da própria Psique, somente eu sobrei para cuidar disso. Ela não será abandonada. Eu... eu...

— O que, filha? Você está pálida! Vai desmaiar?

— Se não houver nenhum outro modo de resolver isso, eu vou matá-la.

— Babai! — disse Raposa, tão alto que Poobi parou seu jogo e o encarou. — Filha, filha. Você está indo além de toda a razão e de sua natureza. Sabe o que é isso? Há uma parte de amor em seu coração, cinco partes de ira e sete partes de orgulho. Os deuses sabem que também amo Psique. E você sabe que a amo tanto quanto você. É uma tristeza amarga que a nossa criança, nossa Ártemis e Afrodite, todas em uma só, viva uma vida de mendiga e repouse nos braços de um mendigo. No entanto, nem mesmo isso... deve ser motivo para mencionar impiedades tão detestáveis quanto a

Até que tenhamos rostos

que você disse. Ora, encare os fatos com objetividade, como o fazem a razão e a natureza, e não como a paixão os desenharia. Ser pobre e passar necessidade, ser a esposa de um homem pobre...

— Esposa! Você quer dizer sua prostituta, sua meretriz, sua concubina, sua cortesã.

— A Natureza não conhece nenhum desses nomes. O que você chama de casamento é feito pela lei e pelos costumes, não pela natureza. O casamento natural não é outra coisa senão a união do homem que persuade a mulher, a qual, então consente. E assim...

— O homem que persuade, ou, mais provavelmente, força ou engana, sendo algum assassino, forasteiro, traidor, escravo foragido ou outro tipo de imundície?

— Imundície? Talvez eu não veja da mesma forma que você vê. Eu mesmo sou um forasteiro e um escravo; e pronto para ser um foragido, correndo o risco de ser açoitado e morrer, por amor a você e a ela.

— Você é dez vezes meu pai — disse eu, trazendo sua mão até meus lábios. — Eu não quis dizer isso. Mas, vovô, há questões que você não entende. Psique disse isso também.

— Doce Psique — disse ele. — Eu falei isso a ela muitas vezes. E estou alegre por ela ter aprendido a lição. Ela sempre foi uma boa aluna.

— Você não acredita no sangue divino de nossa casa.

— Ah, sim. De todas as casas. Todos os homens têm sangue divino, pois o deus habita em todos os homens. Somos todos um. Até mesmo o homem que tomou Psique. Eu o chamei de canalha e de vil. E ele muito provavelmente é. Mas talvez não seja. Um homem bom pode ser um foragido ou um desertor.

156

Treze

Fiquei em silêncio. Essas coisas não representavam nada para mim.

— Filha — disse Raposa de repente (penso que nenhuma mulher, pelo menos nenhuma mulher que tenha amado você, tenha feito isso). — O sono chega cedo para os homens velhos. Mal consigo manter meus olhos abertos. Deixe-me ir. Talvez possamos ver as coisas com mais clareza pela manhã.

O que eu poderia fazer, senão dispensá-lo? Eis o ponto no qual os homens, até mesmo os mais confiáveis, falham conosco. Seus corações nunca se entregam totalmente a uma questão, de modo que nenhuma ninharia de alimento, ou de bebida, ou de sono, ou uma piada, ou uma mulher se coloque entre eles e a questão, e então (mesmo se você for uma rainha) você não receberá mais nada de bom deles até que façam o que precisam fazer. Naqueles dias, eu ainda não havia compreendido isso. Uma grande desolação se abateu sobre mim.

— Todos me deixaram — disse eu, sozinha. — Ninguém se importa com Psique. Ela vive na periferia de seus pensamentos. Ela é menos para eles, muito menos, do que Poobi é para mim. Eles pensam um pouco nela e então se cansam e vão fazer outra coisa; Raposa para o seu sono e Bardia para sua boneca ou esposa ranzinza. Você está sozinha, Orual. O que quer que tenha de ser feito, você terá de planejar e executar sozinha. Nenhuma ajuda virá. Todos os deuses e mortais se afastaram de você. Você deve decifrar o enigma. Nenhuma palavra lhe será dita até que você tire conclusões erradas e eles todos se juntem para acusá-la, ridicularizá-la e puni-la por isso.

Eu disse a Poobi que fosse para a cama. Então, fiz uma coisa que acho que poucos fizeram. Falei com os deuses eu mesma, sozinha, com as palavras que me vieram à mente,

Até que tenhamos rostos

fora do templo e sem sacrifício. Prostrei-me no chão e clamei a eles com todo o meu coração. Retirei todas as palavras que havia dito contra eles. Prometi que faria qualquer coisa que me pedissem se tão somente me enviassem um sinal. Eles não me deram nenhum. Quando comecei, havia um clarão vermelho de fogo no quarto e chuva no telhado; quando voltei a me levantar, o fogo havia diminuído um pouco, e a chuva caía como antes.

Então, quando percebi que estava totalmente sozinha, eu disse:

— Preciso fazer isso... o que quer que seja... amanhã. Então, esta noite eu preciso descansar.

Deitei-me na cama. Eu estava naquele estado em que o corpo está tão cansado que o sono vem logo, mas a mente está tão angustiada que nos acorda no instante em que o corpo já se encontra saciado. E a mente me acordou algumas horas depois da meia-noite, tirando-me qualquer possibilidade de continuar dormindo. O fogo se extinguira e a chuva havia cessado. Fui até a minha janela e fiquei olhando a escuridão tempestuosa, enrolando meu cabelo nos pulsos, com os nós dos dedos contra as têmporas, e refleti.

Minha mente estava muito mais clara. Eu, agora, conseguia perceber que tinha estranhamente tomado as explicações de Bardia e de Raposa (enquanto cada uma durou) como verdades absolutas. No entanto, uma delas deveria ser falsa. E eu não conseguia descobrir qual, pois ambas estavam bem embasadas em seus próprios argumentos. Se as coisas em que as pessoas acreditavam em Glome fossem verdadeiras, então o que Bardia disse era válido. Por outro lado, se a filosofia de Raposa fosse verdadeira, o que ele dissera permanecia valendo. Eu, no entanto, não conseguia descobrir o que estava certo, se as doutrinas de Glome ou a sabedoria da

Treze

Grécia. Eu era filha de Glome e discípula de Raposa. Percebi que, por anos a fio, minha vida fora vivida em duas metades, que nunca se juntaram.

Então, eu devia desistir de tentar julgar Bardia e meu mestre. E, tão logo pensei nisso, dei-me conta (e me perguntei se não havia visto antes) que isso não fazia diferença alguma, pois havia um ponto com o qual ambos concordavam. Os dois pensavam que algo mau ou vergonhoso havia tomado Psique para si. Ladrão assassino ou o fantasmagórico Bruto das Sombras — importava realmente qual dos dois fizera isso? O que nenhum deles sustentava era que algo bom ou belo vinha ter com ela à noite. Ninguém, exceto eu, havia flertado com tal pensamento por um momento sequer. Por que eles flertariam? Somente meus desejos desesperados poderiam ter feito isso parecer possível. A coisa vinha na escuridão e não se permitia ser vista. Que amante evitaria os olhos de sua noiva a menos que tivesse uma razão terrível para isso?

Até mesmo eu havia pensado o oposto por um instante, enquanto olhava para o que parecia ser uma casa do outro lado do rio.

— Ele não vai tê-la — eu disse a mim mesma. — Ela não vai repousar naqueles abraços detestáveis. Esta noite precisa ser a última noite em que isso vai acontecer.

De repente, surgiu diante de mim a memória de Psique no vale próximo à Montanha, com seu rosto brilhante, transbordando de alegria. Minha tentação terrível estava de volta: deixá-la viver aquele sonho tolo e feliz, ao custo do que viesse dele, poupando-a, sem arrastá-la ao sofrimento. Devo ser para ela uma fúria vingativa, e não uma mãe gentil? E parte de minha mente agora dizia: "Não se intrometa. Qualquer coisa poderia ser verdade. Você está diante de milagres que

Até que tenhamos rostos

não compreende. Tenha cuidado, tenha cuidado. Quem sabe que ruína você poderia causar sobre a cabeça dela e sobre a sua?". No entanto, com a outra parte de mim, eu respondi que era, de fato, sua mãe e também seu pai (tudo o que ela podia ter de um ou de outro), que meu amor deveria ser responsável e previdente, e não indolente e indulgente, que há uma ocasião em que o amor tem de ser inflexível. Afinal, o que ela era senão uma criança? Se essa situação estava além do meu entendimento, quão mais distante não estaria do entendimento dela? Crianças devem obedecer. Tempos atrás, havia me doído muito fazer o barbeiro-cirurgião arrancar-lhe o espinho. No entanto, eu não lhe fiz bem?

Eu havia fortalecido a minha resolução. Sabia agora o que (entre as duas coisas) deveria ser feito, e não passaria do dia que, em breve, nasceria — desde que Bardia não fosse à caça aos leões e que eu conseguisse livrá-lo daquela sua esposa. Assim como um homem, mesmo em meio a grande dor ou tristeza, ainda pode se sentir importunado por uma mosca zumbindo em seu rosto, eu me importunava com a ideia de que sua esposa, seu animalzinho de estimação, repentinamente começasse a nos atrasar ou atrapalhar.

Deitei em minha cama para esperar a manhã chegar, de algum modo tranquila e mais serena agora, que eu sabia o que fazer.

Quatorze

Na minha percepção, demorou até que o palácio ficasse agitado, embora essa agitação tivesse começado cedo, por causa da caçada do Rei. Esperei até que todo aquele barulho começasse de fato. Então, levantei-me e me vesti com as mesmas roupas que havia usado no dia anterior e tomei nos braços a mesma urna. Dessa vez, coloquei dentro dela um lampião e um pequeno jarro de óleo e uma longa faixa de linho de um palmo e meio de largura, igual àquelas que as damas de honra usam em Glome, enrolada sobre o corpo. A minha jazia no meu baú desde a noite do casamento da mãe de Psique. Então, chamei Poobi para me servir a refeição, da qual comi apenas uma parte, e a outra coloquei na urna, embaixo da faixa. Quando notei, pelo barulho dos cavalos, das trombetas e dos gritos que a comitiva do Rei havia partido, coloquei meu véu e uma capa e desci. Ordenei ao primeiro escravo que encontrei que descobrisse se Bardia estava acompanhando a caçada e, caso estivesse no palácio, que o enviasse até mim. Esperei por ele na Sala das Colunas. Tive um sentimento de estranha liberdade ao me ver ali sozinha e, na verdade, mesmo tomando todos os cuidados, não consegui evitar a percepção

Até que tenhamos rostos

de que a casa estava, da forma que se encontrava, iluminada e liberta, diante da ausência do Rei. Pensei, pela aparência de todos ali, que toda a família sentia o mesmo.

Bardia veio até mim.

— Bardia — disse eu —, preciso voltar à Montanha.

— Impossível ir comigo, senhora — disse ele. — Fui poupado da caçada (que azar o meu) com apenas um propósito: vigiar a casa. Devo até mesmo dormir aqui até que o Rei retorne.

Isso me deixou bastante frustrada.

— Ah, Bardia, o que faremos? Estou em um grande apuro. Isso tem a ver com a questão da minha irmã.

Bardia esfregou o dedo indicador sobre o lábio superior, num gesto que costumava fazer quando se sentia confuso.

— E a senhora não sabe montar — disse ele. — Eu me pergunto... mas não, isso é tolice. Não há como confiar em um cavalo com um cavaleiro que não saiba montar. E não dá para ir daqui a alguns dias, certo? O melhor seria conseguir outro homem.

— Mas, Bardia, tem que ser você. Ninguém mais conseguiria... trata-se de uma missão muito secreta.

— Eu poderia deixar Gram com a senhora por dois dias e uma noite.

— Quem é Gram?

— O baixinho, de pele morena. É um bom homem.

— Mas é capaz de segurar a língua?

— Acho que o difícil é fazê-lo colocar a língua para fora. Em dez dias, nós mal o ouvimos dizer dez palavras. Mas ele é um homem fiel, fiel a mim, acima de tudo, pois certa vez eu tive a chance de fazer-lhe um grande favor.

— Não será como ir com você, Bardia.

— É a melhor alternativa que a senhora tem, a menos que possa esperar.

Quatorze

Mas eu disse que não podia esperar, e Bardia, então, chamou Gram. Ele tinha um rosto fino, olhos bem negros e (me pareceu) olhou para mim como se tivesse medo. Bardia lhe disse para pegar seu cavalo e esperar por mim no cruzamento entre a pequena trilha e a estrada para a cidade.

Assim que ele saiu, eu disse:

— Bardia, dê-me uma adaga.

— Uma adaga, senhora? E para quê?

— Para usar como adaga. Vamos, Bardia, você sabe que não tenho más intenções.

Ele olhou com certa estranheza para mim, mas apanhou a adaga. Eu a coloquei no cinto, no mesmo lugar em que, na véspera, estava a espada.

— Adeus, Bardia — despedi-me dele.

— *Adeus*, senhora? Irá para mais tempo que uma noite?

— Eu não sei, não sei — respondi.

Então, com toda pressa e deixando-o pensativo, saí a pé pela trilha e me encontrei com Gram. Ele me colocou sobre o cavalo (tocando-me, a menos que seja fantasia minha, como alguém que toca uma serpente ou uma bruxa) e nós começamos a jornada.

Nada poderia ter sido mais diferente do que aquele dia de viagem em relação ao anterior. Não ouvi mais que um "Sim, senhora" ou "Não, senhora" de Gram, o dia inteiro. Chovia muito e, mesmo entre as pancadas, o vento soprava úmido. O céu estava cinzento e ventava, e as pequenas colinas e os vales, que haviam parecido tão variados com seu brilho e suas sombras para Bardia e para mim no outro dia, estavam todos mergulhados em uma única tonalidade. Nós havíamos saído muitas horas mais tarde, e já estava mais perto da noite do que do meio-dia quando descemos da selada para o vale secreto. E ali, por fim, como que por algum truque

163

Até que tenhamos rostos

dos deuses (talvez tenha sido isso mesmo), o tempo se abriu de um modo que foi difícil não pensar que o vale tinha luz própria e que as chuvas fortes apenas o circundavam, como faziam as montanhas.

Levei Gram até o lugar no qual Bardia e eu havíamos passado a noite e lhe disse que me esperasse ali e não cruzasse o rio.

— Devo seguir adiante sozinha. Talvez eu retorne ao anoitecer, ou no meio da noite, mas acho que, a despeito do tempo que eu passar neste lado, estarei naquela direção, perto do vau. Não venha ao meu encontro, a menos que eu o chame.

Como sempre, ele disse "Sim, senhora", parecendo estar gostando muito pouco dessa aventura.

Fui até o vau, que ficava a uma boa distância de Gram. Meu coração estava frio como gelo, pesado como chumbo e duro como terra, mas agora eu estava livre de todas as dúvidas e ponderações. Coloquei meu pé sobre a primeira pedra da travessia e chamei o nome de Psique. Ela devia estar muito perto, pois quase imediatamente eu a vi descendo até a margem. Poderíamos ter sido vistas, naquele momento, como duas imagens do amor, a feliz e a séria — ela tão jovem, com o rosto iluminado e alegria em seus olhos e membros; eu, pesada e resoluta, carregando a dor em minhas mãos.

— Então, eu acertei, Maia — disse ela tão logo cruzei a água e nós nos abraçamos. — O Rei não foi impedimento para você vir, não foi? Saúde-me como uma profetisa!

Isso me deixou um pouco assustada, pois havia esquecido a profecia que fizera. No entanto, deixei para pensar nisso mais tarde. Agora, tinha um trabalho a fazer; não devo, agora mais que nunca, ficar duvidando ou ponderando novamente.

Ela me levou a certa distância da água — não sei para que parte de seu palácio fantasma... e nos sentamos. Tirei minha capa, coloquei de lado meu véu e a urna.

Quatorze

— Ah, Orual — disse Psique —, que nuvem de tempestade em seu rosto! Você ficava com essa cara quando eu era criança e você ficava brava comigo.

— Alguma vez fiquei brava? Ah, Psique, você acha que eu lhe dei bronca ou lhe neguei algo sem machucar meu coração dez vezes mais do que o seu?

— Irmã, não quero dizer que tenha encontrado qualquer defeito em você.

— Então, não encontre nenhum defeito em mim hoje também, pois precisamos conversar muito seriamente, de verdade. Agora escute, Psique. Nosso pai não é um pai. Sua mãe (a paz esteja com ela!) está morta e você nunca viu os parentes dela. Eu tenho sido, tenho tentado ser e ainda devo ser o pai, a mãe e todos os parentes que você possui. E o Rei também.

— Maia, você tem sido tudo isso e muito mais desde o dia em que nasci. Você e o querido Raposa são tudo o que eu já tive.

— Sim, Raposa. Tenho algo a dizer sobre ele também. Então, Psique, se há alguém que se importa com você, que a aconselha ou protege, ou se há alguém para lhe dizer o que faz jus à honra de nosso sangue, esse alguém só pode ser eu.

— Mas por que você está dizendo tudo isso, Orual? Você não acha que deixei de amá-la porque agora tenho um marido para amar também, acha? Se você compreendesse, isso me faria amá-la — ora, isso me faria amar a todos e a tudo — muito mais.

Sua declaração me fez tremer, mas eu disfarcei e continuei.

— Eu sei que você me ama, Psique. E acho que não conseguiria viver se você não me amasse. Mas você precisa também confiar em mim.

Ela não disse nada. E agora eu havia chegado ao cerne da questão e isso quase me emudeceu. Fiquei procurando maneiras de começar a falar.

Até que tenhamos rostos

— Você falou, da última vez — disse eu —, do dia em que tiramos o espinho de sua mão. Nós a machucamos naquele dia, Psique. Mas fizemos o que era certo. Os que amam podem ferir. E eu vou precisar feri-la de novo, hoje. E, Psique, você ainda é somente um pouco mais que uma criança. Não pode tomar suas próprias decisões. Você terá de me deixar orientá-la e conduzi-la.

— Orual, eu tenho um marido para me conduzir agora.

Foi difícil não sentir raiva ou horror com sua fixação a esse respeito. Mordi meus lábios e então disse:

— Ah, criança, é com relação a esse marido (como você o chama) que devo entristecê-la. — Olhei bem nos olhos dela e disse, objetivamente: — Quem é ele? O que é ele?

— Um deus — disse ela, com a voz baixa e trêmula. — E, eu acho, o deus da Montanha.

— Ai, Psique, você está enganada. Se soubesse a verdade, preferiria morrer a deitar-se em sua cama.

— A verdade?

— Devemos encarar isso, criança. Seja bastante corajosa. Deixe-me arrancar esse espinho. Que tipo de deus seria esse que não ousa mostrar o rosto?

— *Não ousa*?! Você quase me faz sentir raiva, Orual.

— Pois pense bem, Psique. Nada que é belo esconde o rosto. Nada que é honesto esconde o nome. Não, não, escute. Em seu coração, você precisa enxergar a verdade, mas, você tenta desafiá-la com palavras. Pense. De quem você foi chamada de noiva? Do Bruto. E pense de novo. Se não é o Bruto, quem mais habita estas montanhas? Ladrões e assassinos, homens mais que brutos, e lascivos como bodes, podemos estar certas. Você é um prêmio que eles recusariam, se cruzasse o caminho deles? Eis o seu amante, criança. Ou um monstro... sombra e monstro em um só, talvez uma coisa

166

Quatorze

fantasmagórica, morta-viva, ou um vilão sagaz cujos lábios, mesmo sobre seus pés ou sobre a borda de seu manto, seria uma mancha para o nosso sangue.

Ela ficou em silêncio por um longo tempo, olhando para seu colo.

— E então, Psique — enfim, comecei, o mais ternamente que pude, mas ela tirou a mão que eu havia colocado sobre a dela.

— Você está errada em relação a mim, Orual. Se estou pálida, é de raiva. Pronto, irmã, já superei. Vou perdoá-la. Você não deseja, e eu prefiro acreditar que você não deseja, nada senão meu bem. Mesmo assim, como, ou por que, você anuviou e atormentou a própria alma com esses pensamentos... mas chega disso. Se você algum dia me amou, deixe esses pensamentos de lado.

— Anuviei meus pensamentos? Eles não são só meus. Diga-me, Psique, quem são os dois homens mais sábios que você conhece?

— Ora, Raposa é um deles. O segundo... conheço tão poucos. Suponho que Bardia seja sábio, à sua maneira.

— Você disse, naquela noite, na sala de cinco paredes, que ele era um homem prudente. Agora, Psique, esses dois, tão sábios e tão diferentes, concordaram um com o outro e comigo em relação a esse seu amante. Concordaram sem sombra de dúvida. Nós três estamos seguros. Ele é ou o Bruto das Sombras ou um bandido.

— Você contou a eles a minha história, Orual? Não deveria. Não lhe dei autorização. Meu senhor não deu. Ah, Orual! Você agiu mais como Batta do que como você mesma.

Não pude evitar que meu rosto ficasse vermelho de raiva, mas eu não iria fugir a esse confronto.

— Sem dúvida — respondi. — Não há fim para o segredo desse... desse *marido*, como você o chama. Criança, esse

Até que tenhamos rostos

amor vil mexeu tanto com a sua cabeça que você não consegue enxergar a coisa mais óbvia? Um deus? No entanto, como você mesmo declara, ele se esconde, foge e sussurra "Shhh" e "Guarde segredo" e "Não me traia", como um escravo fugitivo.

Não tenho certeza se ela escutou essas palavras. O que ela disse em seguida foi:

— Raposa também! Isso é muito estranho. Nunca pensei que ele tivesse acreditado no Bruto.

Eu não disse que ele tinha acreditado. Mas, se foi isso o que ela concluiu de minhas palavras, então pensei que não seria minha tarefa corrigir. Era um erro para ajudá-la a encontrar a verdade. E eu precisava de qualquer ajuda para conduzi-la nessa direção.

— Nem ele nem eu nem Bardia — declarei — acreditamos, por um momento sequer, em sua fantasia de que ele é o deus, nem que esse matagal selvagem é um palácio. E pode acreditar, Psique, que, se pudéssemos perguntar a qualquer homem ou mulher em Glome, todos diriam a mesma coisa. A verdade está muito clara.

— Mas o que tudo isso significa para mim? Como todos vocês saberiam? Eu sou a esposa dele. Eu sei.

— Como você pode saber se nunca o viu?

— Orual, como você pode ser tão simplista? Eu... como seria possível eu não saber?

— Mas como, Psique?

— O que devo responder a essa pergunta? Não é adequado... é... e especialmente para você, irmã, que é uma virgem.

Aquele pudor matronal, vindo da menina que ela era, quase pôs fim à minha paciência. Foi quase (mas eu acho que ela não tinha essa intenção) como se ela tivesse zombado de mim. Eu, no entanto, me controlei.

Quatorze

— Bem, se você está tão segura, Psique, não vai se recusar a se submeter a uma prova.

— Que prova? Não preciso de prova alguma.

— Eu trouxe um lampião e óleo. Veja. Aqui estão. — Coloquei os objetos ao lado dela. — Espere até que ele, ou isso, durma. E então olhe.

— Não posso fazer isso.

— Ah!... Entende? Você não tolera nem mesmo um teste. E por quê? Porque você mesma não está segura. Se estivesse, estaria ansiosa por fazê-lo. Se ele é, como você diz, um deus, uma olhadinha esclarecerá todas as suas dúvidas. O que você chama de nossos pensamentos obscuros será dissipado. Mas você não ousa.

— Ah, Orual, que pensamento perverso! A razão pela qual não posso olhar para ele, menos ainda com uma trapaça dessa, que você quer que eu faça, é porque ele me proibiu.

— Eu posso pensar, Bardia e Raposa podem pensar, em uma razão apenas para tal proibição. E somente em uma para que você obedeça.

— Então você conhece pouco sobre o amor.

— Você está jogando minha virgindade na minha cara de novo? Melhor isso que a pocilga em que você se encontra. Que assim seja! Do que você agora chama de amor, não conheço nada. Você pode ficar de cochicho sobre isso com Redival mais do que comigo; ou com as meninas de Ungit, talvez, ou com as amantes do Rei. Eu conheço outro tipo de amor. Você vai descobrir como ele é. Você não...

— Orual, Orual, você está delirando — disse Psique sem raiva, encarando-me com os olhos bem abertos, triste, mas sem humildade em sua tristeza. Daria para pensar até que ela era minha mãe, e não eu (quase) a sua. Eu soube, por todo esse longo tempo, que a antiga Psique, mansa e

Até que tenhamos rostos

obediente, tinha ido embora para sempre. No entanto, isso ainda me chocava.

— Sim — confirmei. — Eu estava delirando. Você me deixou brava. Mas pensei (você vai me corrigir, não tenho dúvida, se eu estiver errada) que todos os amores, da mesma forma, fossem ávidos por livrar o objeto de seu amor de acusações vis levantadas contra ele, se pudessem fazer isso. Diga a uma mãe que seu filho é abominável. Se ele for belo, ela vai mostrar. Nada a proibiria de fazê-lo. Se ela o mantém escondido, entretanto, é porque a acusação é verdadeira. Você está com medo do teste, Psique.

— Medo? Não, eu sinto vergonha de desobedecer a ele.

— Então, na melhor das hipóteses, olhe para o que você está fazendo dele! Algo pior que o nosso pai. Alguém que a ama poderia ficar com raiva por você descumprir uma ordem tão irracional, e por uma razão tão boa?

— Tolice, Orual — respondeu ela, balançando a cabeça.

— Ele é um deus. Ele tem bons motivos para fazer o que faz, pode ter certeza. Como eu poderia conhecê-los? Eu sou apenas sua simples Psique.

— Então, você não vai fazê-lo? Você acha, você diz que acha, que pode provar que ele é um deus e libertar-me dos temores que adoecem meu coração. Mas você não vai fazer isso.

— Eu faria, se pudesse, Orual.

Olhei ao redor. O sol estava quase se pondo atrás da selada. Em pouco tempo, ela me dispensaria. Eu me levantei.

— Temos que pôr um fim nisso — disse eu. — Você vai fazer o teste. Psique, eu lhe ordeno que faça.

— Querida Maia, minhas obrigações não são mais para com você.

— Então, minha vida acaba agora — declarei.

Quatorze

Joguei minha capa para longe, estendi meu braço esquerdo despido e finquei a adaga nele até a ponta aparecer do outro lado. Puxar o ferro de volta causou uma dor ainda pior, mas até agora não acredito quão pouco a senti.

— Orual! Você está louca? — gritou Psique, levantando-se de um salto.

— Você vai encontrar um pano nessa urna. Amarre o meu ferimento — pedi-lhe, sentando-me e segurando o braço para deixar que o sangue caísse sobre a urze.

Eu pensava que ela fosse gritar, contorcer as mãos ou desmaiar. Mas eu estava enganada. Ela ficou bastante pálida, mas manteve todo o seu bom senso. Amarrou meu braço. O sangue ficou pingando dobra após dobra, mas finalmente ela o estancou. (Meu golpe havia sido suficientemente bem-sucedido. Se eu, àquela altura, soubesse o tanto que sei agora sobre o interior de um braço, talvez... quem sabe?... não teria tomado a decisão de fazer o que fiz.)

O curativo não poderia ser concluído de imediato. Quando voltamos a conversar, o sol estava baixando e o ar estava mais frio.

— Maia, por que você fez isso? — perguntou Psique.

— Para lhe provar que estou falando sério, menina. Escute. Você tem me levado a atitudes desesperadoras. Eu deixo a escolha em suas mãos. Jure sobre este corte, ainda molhado com meu sangue, que nesta noite você vai fazer o que eu lhe ordenei; senão, mato você e depois me mato.

— Orual — disse ela, com postura de rainha, erguendo sua cabeça —, você poderia ter me poupado dessa ameaça. Todo o seu poder sobre mim está na outra promessa.

— Então jure, menina. Você nunca me viu deixar de cumprir minha palavra.

Dessa vez não consegui compreender a expressão em seu rosto. Acho que é assim que um amante — quero dizer, um

171

Até que tenhamos rostos

homem que ama — olharia para uma mulher que tivesse sido falsa com ele. E, por fim, ela disse:

— Você está realmente me ensinando sobre tipos de amor que eu não conhecia. É como olhar para o fundo de um poço. Não sei se gosto ou se odeio o seu tipo de amor. Ah, Orual, tomar o meu amor por você, porque você sabe que ele está enraizado em mim e não pode ser diminuído por nenhum amor mais novo, e transformá-lo em uma ferramenta, uma arma, um objeto de conduta e de controle, um instrumento de tortura, isso me leva a pensar que nunca conheci você. Independentemente do que acontecer depois, o que existia entre nós morre aqui.

— Chega de subterfúgios — disse eu. — Nós duas vamos morrer aqui, na mais pura verdade e no mais puro sangue, se você não jurar.

— Se eu fizer o que você está me pedindo — disse ela, irritada —, não será porque tenho qualquer dúvida em relação ao meu esposo ou ao seu amor. Será apenas porque penso melhor dele do que de você. Ele não pode ser cruel como você. Não acredito nisso. Ele vai saber como fui torturada até desobedecer e, então, vai me perdoar.

— Ele não precisa saber — disse-lhe eu.

O olhar de desprezo que ela me lançou esfolou minha alma. Mas essa nobreza nela... não fora eu mesma quem a ensinou a ser nobre? O que havia nela que não fosse obra minha? E agora ela usava isso para olhar para mim como se eu fosse o que há de mais baixo no mundo.

— Você pensou que eu esconderia isso dele? Que não diria a ele? — perguntou, cada palavra como uma lixa friccionando a pele esfolada. — Bem, isso faz parte de um todo. Vamos, como você diz, colocar um ponto final. Você se torna cada vez mais desconhecida para mim, a cada palavra. E eu a amei tanto; amei, honrei, confiei e (enquanto foi apropriado)

Quatorze

obedeci a você. E agora... mas não posso ter seu sangue na soleira da minha porta. Você escolheu bem a sua ameaça. Eu juro. Onde está sua adaga?

Eu havia conquistado minha vitória e meu coração estava em tormento. Tive o terrível desejo de retirar todas as minhas palavras e implorar por seu perdão. Mas fiquei segurando a adaga. (O "juramento sobre o corte", como nós o chamamos, é o mais forte juramento de Glome.)

— Mesmo agora — disse Psique —, sei o que estou fazendo. Sei que estou traindo o melhor dos amantes e que, talvez, antes do nascer do sol, toda a minha felicidade esteja destruída para sempre. Esse é o preço que você impôs para a minha vida. Bem, eu preciso pagá-lo.

Ela fez seu juramento. Minhas lágrimas brotaram descontroladamente e eu tentei falar, mas ela virou o rosto.

— O sol está quase se pondo — disse ela. — Vá. Você salvou a sua vida; vá e a viva como puder.

Descobri que estava ficando com medo dela. Percorri caminho de volta até o riacho, atravessando-o de algum modo. E a sombra da selada cruzou todo o vale enquanto o sol se punha.

Quinze

Acho que devo ter desmaiado quando cheguei ao outro lado do rio, pois parecia haver uma lacuna em minha memória entre o momento da travessia e o momento em que me vi plenamente consciente de três coisas: do frio, da dor em meu braço e da sede. Bebi vorazmente. Então, quis comida e, nesse momento, lembrei que a havia deixado na urna, com o lampião. Minha alma relutou em chamar Gram, que, para mim, era uma companhia muito irritante. Eu achava (embora já soubesse que seria uma tolice, mesmo na época) que, se Bardia tivesse vindo comigo, tudo teria sido diferente e melhor. E meus pensamentos divagavam para imaginar tudo o que ele estaria fazendo e dizendo agora, se tivesse vindo, até que, de repente, lembrei-me dos assuntos que me haviam levado até ali. Fiquei envergonhada por ter pensado, mesmo por um único instante, em outra coisa.

Meu propósito era sentar-me no vau e ficar observando até ver uma luz (que seria Psique acendendo seu lampião). Luz que desapareceria quando ela a cobrisse e escondesse. Então, provavelmente muito tempo depois, haveria luz de novo; seria ela olhando para o mestre vil em seu sono.

Quinze

E depois disso... imediatamente depois, assim eu esperava... lá estaria Psique vindo silenciosamente na escuridão e enviando um tipo de chamado sussurrado ("Maia, Maia") junto ao riacho. E eu percorreria metade do caminho em um instante. Dessa vez, seria eu quem a ajudaria a atravessar o vau. Ela estaria chorando, consternada, enquanto eu a envolveria em meus braços e a confortaria, pois ela, então, saberia quem são seus verdadeiros amigos, voltaria a me amar e me agradeceria, trêmula, por tê-la salvado da coisa que o lampião havia mostrado. Esses pensamentos me foram muito caros quando vieram e enquanto duraram.

Mas havia também outros pensamentos. Por mais que eu tentasse, não consegui tirar da cabeça o medo de estar errada. Um deus real... isso seria impossível? Eu, no entanto, não conseguia pensar nisso. O que voltava o tempo todo em minha mente era o pensamento da própria Psique, de algum modo (eu nunca soube bem como) arruinada, perdida, destituída de toda alegria, uma figura gemendo, vagando sem rumo, a quem eu tanto prejudicara, destruindo tudo. Por incontáveis vezes naquela noite, eu tive o desejo, cruelmente forte, de cruzar novamente a água fria, gritar que eu a desobrigava de sua promessa, que ela não deveria acender o lampião e que eu lhe dera um mau conselho. Mas controlei o impulso.

Nem um pensamento nem o outro ocupavam senão a superfície de minha mente. Por baixo deles, tão profundo quanto os oceanos mais profundos dos quais Raposa havia falado, estava o abismo frio, sem esperança, criado por seu desprezo, seu desamor e seu ódio.

Como ela poderia me odiar, quando meu braço pulsava e ardia com o ferimento que eu provoquei por amor a ela? "Psique cruel, Psique cruel", solucei. Mas, então, vi que estava voltando aos sonhos que eu tivera em minha doença.

175

Até que tenhamos rostos

Então recuperei meu bom senso e me esforcei. O que quer que acontecesse, eu deveria vigiar e manter a sanidade.

A primeira luz chegou bem rápido e desapareceu de novo. Eu disse a mim mesma (embora tendo de fato o juramento dela, nunca duvidei de sua fidelidade): "Tudo bem até aqui". Isso me fez indagar, como numa nova pergunta, o que eu queria dizer por *bem*. No entanto, o pensamento passou.

O frio aumentara intensamente. Meu braço era uma barra de fogo, o resto de mim, um sincelo acorrentado àquela barra, mas sem derreter. Comecei a ver que estava fazendo algo perigoso. Eu poderia morrer — por algum ferimento ou de fome —, ou, no mínimo, pegar uma friagem que me levaria rapidamente à morte. E dessa semente cresceu ali, imediatamente, uma flor, enorme e tola, de fantasias. Pois, ao mesmo tempo (ignorando todo o questionamento sobre como isso aconteceria), eu me vi deitada sobre a pira e Psique — ela agora sabia, agora me amava novamente — batendo no peito, chorando e se arrependendo de todas as suas crueldades. Raposa e Bardia também estavam lá; Bardia chorava intensamente. Todos me amavam, uma vez que eu estava morta. Mas estou envergonhada por escrever todas essas tolices.

O que me fez parar de pensar nelas foi a próxima aparição da luz. Para os meus olhos, havia muito banhados pela escuridão, ela parecia mais brilhante do que seria possível imaginar. Brilhante e tranquila, algo doméstico naquele lugar selvagem. E, por mais tempo do que eu esperava, ela brilhou e ficou parada, e o mundo inteiro ficou imóvel ao seu redor. Então, a inércia foi interrompida.

A grande voz, que se ergueu de algum lugar perto da luz, atravessou todo o meu corpo numa onda veloz de terror que fez desaparecer até mesmo a dor em meu braço. Não era nenhum som feio; mesmo em seu rigor implacável, era

Quinze

dourado. Meu terror era a saudação que a carne mortal faz às coisas imortais. E depois — logo depois — da forte elevação de seu discurso incompreensível, veio o som de pranto. Acho (se é que essas velhas palavras têm algum significado) que meu coração, então, se partiu. Mas nem o som imortal nem as lágrimas daquela que chorava duraram mais que dois batimentos cardíacos. Eu disse batimentos, mas acho que meu coração sequer bateu até que isso tudo passasse.

Um grande relâmpago desnudou o vale aos meus olhos. Trovejou como se o céu se partisse em dois, bem acima da minha cabeça. Raios, abundantes e ininterruptos, afligiram o vale, à esquerda, à direita, perto e longe, por toda parte. Cada relâmpago mostrava árvores caídas; as colunas imaginárias da casa de Psique ruíam. E pareciam cair silenciosamente, pois o trovão encobria o baque. Mas havia outro som que ele não conseguiu ocultar. Em algum lugar distante, à minha esquerda, as pedras da Montanha estavam se quebrando. Eu vi (ou imaginei ter visto) fragmentos de rocha sendo arremessados, chocando-se contra outras rochas e erguendo-se no ar novamente como uma bola de criança que fica quicando. O rio subiu tão rápido que fui atacada repentinamente por suas águas antes que pudesse recuar, ficando molhada até a cintura. Isso, no entanto, fez pouca diferença, pois, com a tempestade, havia chegado também uma chuva intensa. Meu cabelo e minhas roupas eram como uma esponja.

Embora eu estivesse abatida e transtornada, tomei essas coisas como um bom presságio. Elas mostravam (era o que me parecia) que eu estava certa. Psique havia acordado uma coisa terrível, e essa era a fúria dessa coisa. Ele havia despertado, ela não escondeu a luz rápido o bastante; ou então — sim, era muito provável — apenas fingiu que dormia; talvez fosse uma coisa que nunca precisasse dormir. Poderia, sem

177

Até que tenhamos rostos

dúvida, destruí-la e também a mim. Mas ela saberia. E iria, na pior das hipóteses, morrer desenganada, desencantada, reconciliada comigo. Mesmo então, ainda poderíamos escapar. Se não desse, poderíamos morrer juntas. Eu me levantei, inclinada sob o impacto da chuva, para cruzar o riacho.

Acredito que nunca teria conseguido cruzá-lo — o lugar se tornara uma corredeira profunda, espumante, mortal —, mesmo que eu estivesse livre para tentar. Mas não estava. Sobreveio algo como um relâmpago que não terminava. Ou seja, sua aparência era a de um relâmpago — pálido, ofuscante, sem calor ou conforto, mostrando cada coisinha com uma nitidez feroz, mas que não terminava. Essa luz intensa pairou sobre mim calma como uma vela ardendo em uma sala trancada e selada. No centro da luz, havia algo como um homem. É estranho que eu não saiba descrever que tamanho ele tinha. Seu rosto estava bem acima de mim, embora a minha memória não me mostre a forma como a de um gigante. E não sei dizer se ele pairava, ou pareceu pairar, nas margens da água ou sobre ela.

Embora essa luz permanecesse imóvel, meu olhar para seu rosto foi tão veloz quanto um relampejar de trovão. Não conseguia suportar por muito tempo. E não somente meus olhos, mas também meu coração, o sangue e o cérebro mostraram-se fracos demais para isso. Um monstro — o Bruto das Sombras que eu e toda Glome havíamos imaginado — teria me dominado muito menos do que a beleza que havia naquele rosto. E penso que a ira (ou o que os homens chamam de ira) teria sido mais suportável que a rejeição apática e imensurável com a qual ele me olhava. Embora meu corpo estivesse prostrado onde eu quase poderia tocar seus pés, seus olhos pareciam mandar-me para uma distância infinita. Ele rejeitava, negava, rebatia e (o pior de tudo) sabia tudo

Quinze

que eu havia pensado, feito ou sido. Um verso grego diz que nem mesmo os deuses podem mudar o passado. Mas isso é verdade? Ele fez meu passado parecer que, desde o princípio, eu soubesse que o amado de Psique era um deus, e como se todas as minhas dúvidas, meus temores, suposições, debates, questionamentos com Bardia, discussões com Raposa, todas as investigações e conversas sobre esse assunto fossem tolices inventadas, poeira soprada em meus olhos por mim mesma. Você, que está lendo meu livro, julgue. Foi assim? Ou pelo menos foi assim no passado, antes que esse deus mudasse o passado? E se eles podem, de fato, mudar o passado, por que nunca o fazem com misericórdia?

A trovoada cessou, eu acho, no momento em que veio a luz tranquila. Houve um grande silêncio quando o deus falou comigo. E, da mesma forma que não havia nenhum sinal de ira (ou o que os homens chamam de ira) em seu rosto, também não parecia haver ira em sua voz. Ela soava impassível e doce, como um passarinho cantando sobre o galho acima de um homem enforcado.

— Agora Psique vai para o exílio. Ela deverá sentir fome, sede e trilhar estradas difíceis. Aqueles contra quem não posso lutar devem fazer o que querem com ela. Você, mulher, conhecerá a si mesma e seu trabalho. Você também será Psique.

A voz e a luz sumiram juntas, como se uma única faca as houvesse decepado. Então, no silêncio, ouvi novamente o som de um choro.

Nunca ouvi um choro como aquele, nem antes nem depois. Não era o choro de uma criança, nem de um homem ferido na palma da mão, nem de um homem torturado, nem de uma menina em uma cidade derrotada sendo arrastada para a escravidão. Se você ouvisse a mulher que mais odeia

Até que tenhamos rostos

no mundo chorar daquela forma, iria confortá-la. Abriria, a duras penas, um caminho por entre fogo e lanças, até alcançá-la. E eu sabia quem estava chorando, o que havia sido feito a ela e quem havia feito.

Levantei-me para ir até ela. Mas o choro já parecia estar muito longe. Ela seguiu pranteando a distância, à minha direita, rumo ao fim do vale, onde eu nunca estivera, que certamente desembocava ou dava em íngremes rochedos ao sul. E eu não consegui cruzar o riacho. Ele nem me afogou. O riacho me machucou, me congelou e me encheu de lama, mas, de algum modo, sempre que eu me agarrava a uma rocha — a terra agora não ajudaria em nada, pois grandes pedaços da margem deslizavam, a todo instante, para dentro da correnteza —, descobria que ainda estava do mesmo lado. Talvez eu não tenha conseguido nem mesmo encontrar o rio — eu estava tão desnorteada naquela escuridão, e todo o chão parecia um pântano, de modo que as poças e os riachos recém-formados me atraíam para um lado e depois para outro.

Não consigo lembrar de mais nada daquela noite. Quando o dia começou a raiar, pude ver o que a ira do deus havia feito ao vale. Tudo fora reduzido a pedras, terra batida e água imunda; árvores, arbustos, ovelhas e uma corça aqui, outra acolá, flutuavam nas águas. Se eu tivesse cruzado o primeiro rio à noite, não teria dado em nada; eu apenas teria conseguido alcançar outro banco de lama entre aquele rio e o próximo. Mesmo nesse momento, eu não conseguia parar de chamar o nome de Psique e segui chamando até que a minha voz desaparecesse, mas eu sabia que era insensatez. Eu a ouvira deixar o vale. Ela já havia partido para o exílio de que o deus havia falado. Ela havia começado a vagar, chorando,

Quinze

de terra em terra; lamentando por seu amado e (não devo enganar a mim mesma) por mim.

Voltei e encontrei Gram; ele parecia pobre e miserável, molhado e trêmulo, lançou um olhar assustado para o meu braço enfaixado e não disse nada, não fez perguntas. Comemos algo que havia nos alforjes e começamos nossa jornada. O clima estava bom o suficiente.

Agora, eu olhava para as coisas ao meu redor com novos olhos. Agora que eu tinha a prova real de que os deuses existem e de que me odiavam, parecia que eu não tinha nada a fazer senão esperar por minha punição. Eu ficava imaginando em qual barranco perigoso o cavalo escorregaria e nos lançaria longe, a algumas centenas de metros, para dentro de uma vala; ou que árvore derrubaria um tronco sobre o meu pescoço, ao passarmos embaixo dela; ou se meu ferimento necrosaria e eu morreria por causa dele. Frequentemente, lembrando que, às vezes, é do feitio dos deuses nos transformarem em animais, eu colocava a mão sob o véu para ver se sentia pelo de gato, ou focinho de cachorro, ou dentes de porco começando a crescer. Contudo, eu não estava com medo disso; ao contrário. É estranho, mas, de algum modo tranquilizador e apaziguador, olhar ao redor para a terra, para a grama e para o céu e dizer, no coração, a cada um deles: "Vocês são todos meus inimigos agora. Nenhum de vocês jamais me fará bem de novo. Vejo agora somente meus carrascos".

Mas pensei que muito provavelmente as palavras *Você também será Psique* quisessem dizer que, se ela fora para o exílio e a peregrinação, eu deveria fazer o mesmo. E isso, eu já havia pensado, aconteceria muito facilmente, se os homens de Glome não estivessem dispostos a ser governados por uma mulher. Mas o deus estava muito enganado — quer dizer então que os deuses não sabem de todas as coisas? — se

Até que tenhamos rostos

pensou que poderia me fazer sofrer ainda mais ao me dar a mesma punição que dera a Psique. Se eu pudesse carregar a dela como se fosse a minha... mas o melhor era dividir. E, com isso, senti um tipo de força resistente e apática brotando em mim. Eu seria uma boa mendicante. Eu era feia e Bardia me ensinara a lutar.

Bardia... isso me levou a refletir sobre quanto da história eu lhe contaria. E quanto eu contaria a Raposa. Eu ainda não havia pensado nisso.

Dezesseis

Entrei sorrateiramente pela parte dos fundos do palácio e logo soube que meu pai ainda não havia voltado da caçada. Mas me encaminhei, delicada e furtivamente, para o meu lugar, como se ele já estivesse em casa. Quando ficou claro em minha mente (não havia ficado, a princípio) que eu estava me escondendo não do Rei, mas de Raposa, fiquei preocupada. Antes, ele sempre fora meu refúgio e meu consolo.

Poobi gritou ao ver meu ferimento e, quando removeu a atadura — aquela parte estava ruim —, colocou outras, novas e limpas. Mal havia terminado e eu já estava comendo (com muito apetite) quando Raposa chegou.

— Filha, filha — disse ele. — Louvados sejam os deuses que a trouxeram de volta. Fiquei aflito por você o dia todo. Onde esteve?

— Na Montanha, vovô — respondi, escondendo dele meu braço esquerdo. Essa foi a primeira das minhas dificuldades. Eu não poderia contar a ele sobre o meu autoflagelo. Eu sabia, agora que o vi (não havia pensado nisso antes), que ele me repreenderia por ter feito esse tipo de pressão sobre Psique. Uma de suas máximas era a de que, se não podemos

Até que tenhamos rostos

persuadir nossos amigos por meio da razão, devemos nos contentar, "e não trazer um exército mercenário em nosso auxílio". (Ele se referia às emoções.)

— Ah, filha, isso foi muito repentino — disse ele. — Pensei que, quando nos separamos naquela noite, conversaríamos novamente pela manhã.

— Nós nos separamos para deixá-lo dormir — disse eu. As palavras saíram agressivas, contra a minha vontade, e na mesma entonação do meu pai. Então me senti envergonhada.

— Ora, esse é o meu pecado — disse Raposa, sorrindo com tristeza. — Bem, senhora, você me puniu. Mas e as notícias? Psique lhe deu ouvidos?

Não respondi a essa pergunta, mas contei-lhe da tempestade e da inundação e de como aquele vale na montanha se transformara num pântano, e de como eu havia tentado cruzar o rio e não tinha conseguido, e de como tinha ouvido Psique partir chorando, pelo lado sul, para bem longe de Glome. Não havia por que eu lhe contar do deus; ele iria pensar que eu havia enlouquecido ou sonhado.

— Você quer dizer, filha, que não chegou a conversar com ela? — perguntou Raposa, parecendo muito exausto.

— Sim — respondi. — Conversamos um pouco, antes.

— Filha, o que há de errado? Houve uma discussão? O que se passou entre vocês?

Era mais difícil responder a essa parte. No final, quando ele me perguntou mais diretamente, contei-lhe sobre o meu plano do lampião.

— Filha, filha — gritou Raposa —, que demônio colocou essa artimanha em seus pensamentos? O que você esperava fazer? Acaso o vilão ao lado dela — ele, um homem caçado e fora da lei — não iria acordar? E o que ele faria então, senão agarrá-la e arrastá-la para algum outro covil? A menos que

184

a apunhalasse no coração por receio de que ela o entregasse aos seus perseguidores. Ora, a luz já o convenceria de que ela já o havia traído. E se foi um ferimento que a fez chorar? Ah, se ao menos você tivesse buscado conselhos!

Não consegui falar nada, pois agora eu me perguntava por que, na verdade, não havia pensado em nenhuma dessas coisas e se nunca realmente acreditei que seu amante era um homem da montanha.

Raposa me encarou, indagando-se mais e mais, eu vi, diante do meu silêncio. Por fim, ele perguntou:

— Você achou fácil fazê-la agir assim?

— Não — respondi. Eu havia tirado, enquanto comia, o véu que usara o dia inteiro. Nesse momento, eu desejava muito estar com ele.

— E como você a convenceu? — perguntou.

Isso foi o pior de tudo. Não poderia lhe contar o que eu realmente tinha feito. Nem boa parte do que havia dito, pois, quando contei a Psique que ele e Bardia haviam concordado sobre seu amante, eu quis dizer que a verdade com a qual ambos concordavam era algo vergonhoso ou pavoroso. Mas, se eu dissesse isso a ele, Raposa diria que a crença de Bardia e a sua eram totalmente opostas; uma, fábulas de velhas matronas; a outra, simples probabilidades. Ele faria com que parecesse que eu havia mentido. Eu nunca iria conseguir fazê-lo entender como tudo isso parecia diferente na Montanha.

— Eu... eu falei com ela — disse eu, enfim. — Eu a persuadi.

Ele olhou longa e analiticamente para mim, mas nunca com tanta ternura, desde aqueles dias do passado, quando costumávamos cantar *A Lua desceu*, eu sentada sobre seus joelhos.

— Bem, você esconde um segredo de mim — disse ele, enfim. — Não, não se afaste de mim. Você acha que

Até que tenhamos rostos

eu tentaria pressioná-la a me contar ou, de alguma forma, arrancar a informação à força? Nunca. Amigos devem ser livres. Atormentá-la para descobrir o segredo colocaria entre nós uma barreira maior do que o fato de não me contar. Um dia... mas você deve obedecer ao deus dentro de si, e não ao deus dentro de mim. Ei, não chore. Não deixarei de amá-la ainda que você tenha cem segredos. Sou uma velha árvore e meus melhores galhos foram podados no dia em que me tornei escravo. Você e Psique foram tudo o que me restou. Agora, ah, pobre Psique! Não vejo saída para ela agora. Mas não vou perder você.

Ele me abraçou (mordi os lábios para não gritar quando seu braço tocou meu ferimento) e foi embora. Nunca antes eu tinha ficado tão feliz com sua saída. Mas também fiquei pensando em quanto ele fora mais bondoso que Psique.

Nunca contei a Bardia a história daquela noite.

Tomei uma decisão antes de dormir que, embora pareça algo pequeno, fez muita diferença para mim nos anos que se seguiram. Até então, como todas as minhas conterrâneas, eu não usava véu. Naquelas duas viagens até a Montanha, eu usei o véu porque queria manter o anonimato. Agora eu havia decidido que sempre andaria de véu. Tenho seguido essa regra, dentro e fora do palácio, desde então. É um tipo de aliança que estabeleci com a minha feiura. Houve um tempo, ainda na infância, em que eu ainda não sabia que era feia. Houve um tempo (pois neste livro não devo esconder nenhuma de minhas vergonhas ou tolices) em que acreditei, como as meninas acreditam — e como Batta sempre me dizia —, que poderia tornar a minha feiura mais suportável fazendo isso ou aquilo com minhas roupas ou com meu cabelo. Agora, escolho usar o véu. Raposa, naquela noite, foi o último homem que viu meu rosto; e não são muitas as mulheres que o têm visto também.

186

Dezesseis

Meu braço se recuperou bem (assim como todos os ferimentos em meu corpo) e, quando o Rei retornou, aproximadamente sete dias depois, eu não mais fingia estar doente. Ele chegou em casa bastante bêbado, pois houve muitos banquetes e caçadas naquela comitiva, e também estava muito mal-humorado, pois eles haviam matado apenas dois leões e ele não matou nenhum dos dois, além de ter perdido um de seus cães prediletos.

Alguns dias depois, ele chamou a mim e Raposa novamente para a Sala das Colunas. Assim que me viu de véu, gritou:

— O que é isso agora, menina? Pendurou suas cortinas? Sentiu medo de que ficássemos fascinados por sua beleza? Tire esse troço!

Foi então que descobri o que aquela noite na Montanha havia feito por mim. Ninguém que tivesse visto e ouvido o deus poderia sentir medo desse velho Rei barulhento.

— É difícil ser repreendida tanto por exibir meu rosto como por ocultá-lo — disse eu, sem colocar a mão no véu.

— Venha aqui — disse ele, sem falar alto dessa vez. Fui até ele e me aproximei tanto de sua cadeira que meus joelhos quase tocaram os dele, imóveis como uma pedra. Ver seu rosto sem que ele pudesse ver o meu parecia dar-me alguma espécie de poder. Ele estava ficando com aquela fúria branca.

— Você está começando a bancar a esperta comigo? — perguntou quase num sussurro.

— Sim — respondi, não mais alto do que ele, mas com bastante clareza. No minuto anterior, eu não sabia o que fazer ou dizer; essa pequena e única palavra saiu espontaneamente.

Ele olhou fixamente para mim enquanto daria para contar até dez, e meio que pensei que ele fosse me esfaquear. Então, deu de ombros e rangeu os dentes.

Até que tenhamos rostos

— Você é como todas as mulheres. Fala, fala, fala... convenceria a lua a sair do céu se um homem lhe desse ouvidos. Aqui, Raposa, aquelas mentiras que você escreveu estão prontas para ela copiar?

Ele nunca mais me bateu e eu nunca mais senti medo dele. E, daquele dia em diante, nunca recuei uma polegada sequer diante dele. Ao contrário, eu o pressionava — tão forte que lhe disse, pouco tempo depois, quanto era impossível para mim e para Raposa tomarmos conta de Redival se tivéssemos de trabalhar para ele na Sala das Colunas. Ele murmurou e praguejou, mas, daquele momento em diante, fez de Batta a carcereira de Redival. Batta se tornara muito próxima dele recentemente e passava muitas horas no Quarto do Rei. Não acho que ele a tivesse em sua cama — mesmo em seus melhores dias, ela dificilmente se tornara o que ele chamava de "apetitosa" —, mas ela fofocava e cochichava e o bajulava e lhe preparava possets,[1] pois ele já estava ficando velho. Ela parecia igualmente íntima, na maior parte do tempo, de Redival; mas ambas formavam uma dupla que a qualquer momento estaria pronta para arrancar o olho uma da outra e, no momento seguinte, fofocar e falar mal dos outros.

Essa e todas as outras coisas que estavam acontecendo no palácio não significavam nada para mim. Eu era como um homem condenado à espera de seu carrasco, pois acreditava que, em breve, algum golpe repentino dos deuses se abateria sobre mim. Mas, como os dias se passavam e nada acontecia, comecei a ver, no início com certa relutância, que eu talvez estivesse destinada a viver, e até mesmo a viver uma vida rotineira e bastante longa.

---

[1] Posset era uma bebida quente feita com leite e coalhada de vinho ou cerveja, muitas vezes temperada. [N.E.]

Dezesseis

Quando entendi isso, fui sozinha ao quarto de Psique e o arrumei exatamente como era antes de todas as nossas tragédias terem início. Encontrei alguns versos em grego que pareciam ser um hino ao deus da Montanha. Esses, eu queimei. Decidi que não iria manter nada relacionado a essa parte dela. Até mesmo as roupas que ela usara no último ano, também as queimei; mas as que ela havia usado antes, especialmente o que tinha sobrado das que costumava usar na infância, e as joias que tanto amava quando criança, isso eu guardei no lugar apropriado. Quis que estivesse tudo bem-arrumado, pois, na hipótese de ela poder voltar, encontraria tudo como estava quando ainda era feliz e ainda era minha. Depois tranquei o quarto e lacrei a porta. E, com toda a minha força, tranquei uma porta em minha mente. A menos que quisesse enlouquecer, eu deveria colocar de lado todos os pensamentos em relação a ela, à exceção dos que se reportavam aos seus primeiros e felizes anos. Eu nunca falava sobre ela. Se as minhas criadas mencionassem seu nome, eu ordenava que ficassem quietas. Se Raposa o mencionasse, eu ficava quieta e mudava de assunto. Passei a me sentir menos confortável na companhia de Raposa do que no passado.

No entanto, eu lhe fazia muitas perguntas sobre o que ele chamava de partes físicas da filosofia, sobre fogo primitivo e como a alma se ergue do sangue, e sobre os ciclos do universo; e também sobre plantas e animais e as posições, os solos, ares e governos das cidades. Eu agora queria aprender coisas difíceis e acumular conhecimento.

Tão logo me recuperei de meu ferimento, retornei com muito empenho às minhas aulas de esgrima com Bardia. Voltei mesmo antes que meu braço esquerdo pudesse empunhar um escudo, pois ele disse que lutar sem escudos também era uma habilidade que deveria ser aprendida. Ele disse (e agora sei que é verdade) que eu fizera um grande progresso.

Até que tenhamos rostos

Meu objetivo era ter cada vez mais aquela força, firme e séria, que me sobreveio quando ouvi a sentença do deus; por meio de aprendizado, luta e trabalho, eu queria expulsar tudo de feminino que havia em mim. Às vezes, à noite, quando o vento uivava ou a chuva caía, abatia-se sobre mim, como a água de uma represa que se rompe, um enorme e angustiado assombro: se Psique estava viva, onde estaria numa noite daquelas e se as rudes esposas de camponeses a estariam expulsando de sua porta, com frio e fome. Mas então, depois de mais ou menos uma hora de choro, contorções e súplica aos deuses, eu me recompunha e reparava a represa.

Logo Bardia me ensinou a montar um cavalo tão bem quanto lutar com espada. Ele me tratava e falava comigo, cada vez mais, como se eu fosse um homem. E isso tanto me feria como me agradava.

As coisas foram assim até o meio do inverno, quando há uma grande festa em nosso país. No dia seguinte, o Rei voltou para casa, aproximadamente três horas depois do meio-dia, depois de algumas comemorações das quais havia participado na casa de um nobre, e, ao subir os degraus que levam à varanda, ele caiu. Estava tão frio naquele dia que a água que os criados haviam usado para lavar os degraus congelara ali. Ele caiu em cima da perna direita, na beirada de um degrau, e, quando os homens correram para ajudá-lo, ele uivou de dor e era capaz de morder as mãos de qualquer um que o tocasse. Em seguida, começou a xingá-los por deixá-lo ali, congelando. Assim que cheguei, acenei com a cabeça para que os escravos o levantassem e o carregassem para dentro, a despeito do que ele dissesse ou fizesse. Nós o colocamos sobre a cama, em grande agonia, e chamamos o barbeiro-cirurgião, que disse (como todos havíamos imaginado) que ele havia quebrado o fêmur.

Dezesseis

— Mas não tenho recursos para tratar disso, senhora, ainda que o Rei permitisse que meus dedos se aproximassem.

Enviei um mensageiro à casa de Ungit, ao Segundo Sacerdote, que tinha a fama de bom cirurgião. Antes que ele viesse, o Rei se enchera de vinho forte, em quantidade suficiente para provocar febre em um homem são, e, assim que o Segundo Sacerdote se livrou de suas roupas e passou a mexer na perna, ele começou a gritar como um animal e tentou arrancar a adaga da mão do Sacerdote. Então, Bardia e eu sussurramos um para o outro e fizemos entrar seis dos guardas para segurar o Rei. Entre gritos, ele apontava para mim com seus olhos (suas mãos estavam presas) e berrava:

— Tirem-na daqui! Tirem essa aí com o véu. Não deixem que ela me torture. Eu sei quem ela é. Eu sei.

Ele não conseguiu dormir naquela noite, nem no dia e na noite que se seguiram (além da dor na perna, ele tossia como se seu peito fosse explodir), e sempre que nos retirávamos do quarto, Bardia lhe dava mais vinho. Eu mesma não ficava muito tempo no Quarto do Rei, pois ver-me o deixava ainda mais agitado. Ele continuava dizendo que sabia quem eu era por causa do meu véu.

— Mestre — disse Raposa —, ela é apenas a princesa Orual, sua filha.

— Sim, isso é o que ela lhe diz — retrucava o Rei. — Eu é que sei. Ela não estava manipulando um ferro quente e vermelho na minha perna a noite inteira? Eu sei quem ela é... ai! Ai! Guardas! Bardia! Orual! Batta! Tirem-na daqui!

Na terceira noite, o Segundo Sacerdote, Bardia, Raposa e eu ficamos todos do lado de fora do quarto, falando em sussurros. O nome do Segundo Sacerdote era Arnom; ele era um homem de pele morena, não muito mais velho que eu, de bochechas lisas como um eunuco (o que ele não

191

Até que tenhamos rostos

poderia ser, pois, embora Ungit tivesse eunucos, somente um homem em toda a sua integridade poderia exercer o pleno sacerdócio).

— É provável que isso termine na morte do Rei — disse Arnom.

"Então", pensei, "é assim que tudo vai começar. Haverá um novo mundo em Glome e, se eu seguir com a minha vida, serei expulsa. Eu também serei uma Psique".

— Penso o mesmo — disse Raposa. — E isso ocorre em um momento delicado. Há muito trabalho a ser feito.

— Mais do que você pensa, Lysias — disse Arnom. (Eu nunca antes tinha ouvido Raposa ser chamado por seu nome verdadeiro.) — A casa de Ungit está vivendo o mesmo drama que a casa do Rei.

— O que você quer dizer com isso, Arnom? — perguntou Bardia.

— O Sacerdote enfim está morrendo. Se eu for habilidoso, ele sobreviverá por mais uns cinco dias.

— E você o sucederá? — indagou Bardia. O sacerdote acenou afirmativamente com a cabeça.

— A menos que o Rei proíba — acrescentou Raposa. Essa era uma lei irrevogável em Glome.

— É extremamente necessário — disse Bardia — que Ungit e o palácio tenham uma só mente neste momento. Há aqueles que poderiam aproveitar-se da situação para suscitar intrigas em Glome — disse Bardia.

— Sim, é muito necessário — disse Arnom. — Ninguém se insurgirá contra nós dois.

— É sorte nossa — disse Bardia — que não exista razão para contendas entre a Rainha e Ungit — disse Bardia.

— A Rainha? — indagou Arnom.

— A Rainha — responderam, juntos, Bardia e Raposa.

192

Dezesseis

— Se pelo menos a princesa fosse casada! — disse Arnom, inclinando-se educadamente. — Uma mulher não é capaz de liderar os exércitos de Glome em uma guerra.

— Esta Rainha pode — disse Bardia; e o modo como ele projetou sua mandíbula inferior fez com que ele mesmo parecesse um exército inteiro. Notei Arnom olhando fixamente para mim, e acho que meu véu me serviu melhor que a mais corajosa expressão facial no mundo, talvez melhor do que a beleza teria me servido.

— Há somente uma diferença entre Ungit e a casa do Rei — disse ele —, e isso diz respeito a Crumbles. Se não fosse pela doença do Rei e do Sacerdote, eu teria vindo aqui antes para falar disso.

Eu sabia tudo sobre o assunto e sabia agora em que ponto nós estávamos. Crumbles era uma terra boa, do outro lado do rio, e havia uma briga de gato e cachorro desde que eu começara a trabalhar para meu pai sobre a quem aquela terra pertencia, ou quanto dela pertencia, ao Rei ou a Ungit. Eu sempre pensei (um pouco, pois era obrigada a amar Ungit) que ela deveria pertencer à Casa dela, que, na verdade, estava parcamente provida para a função dos sacrifícios contínuos. E também achava que, uma vez que Ungit estivesse razoavelmente suprida com terra, os sacerdotes poderiam parar de extorquir as pessoas comuns por meio de ofertas.

— O Rei ainda está vivo — observei. Eu não havia falado antes e minha voz surpreendeu a todos. — Mas, por causa de sua doença, agora eu sou a boca do Rei. É seu desejo dar Crumbles a Ungit, de graça e perpetuamente, e que a aliança seja firmada, sob uma condição.

Bardia e Raposa olharam para mim, admirados. Mas Arnom perguntou:

— Qual é a condição, senhora?

193

Até que tenhamos rostos

— Que os guardas de Ungit estejam, daqui em diante, sob as ordens do Capitão da guarda do Rei, e sejam escolhidos pelo Rei (ou seu sucessor) e se mantenham sob a sua obediência.

— E pagos pelo Rei (ou seu sucessor) também? — perguntou Arnom, rápido como um relâmpago.

Eu não havia pensado nesse golpe, mas julguei que qualquer resposta firme seria melhor que a mais sábia ponderação.

— Isso — respondi — deve ser de acordo com as horas de serviço que eles tiverem na casa de Ungit e aqui.

— A senhora, quero dizer, o Rei, está exigindo bastante — disse o sacerdote.

Mas eu sabia que ele aceitaria, pois estava certa de que Ungit estava mais necessitada de boa terra que de lanças. Além disso, seria difícil para Arnom assumir o sacerdócio se o palácio estivesse contra ele. Meu pai então começou a urrar de dentro do quarto e o sacerdote foi vê-lo.

— Muito bem, filha — sussurrou Raposa.

— Vida longa à Rainha — sussurrou Bardia. Eles, então, seguiram Arnom.

Fiquei do lado de fora, no grande salão, que estava vazio, a lareira com o fogo baixo. Foi um momento estranho na minha vida. Ser uma rainha — isso não adoçaria a água amarga contra a qual eu estivera construindo a barragem em minha alma. Isso poderia, no entanto, fortalecer a barragem. Então, de um jeito bem diferente, veio-me o pensamento de que meu pai morreria. Isso me deixou atordoada. A amplitude de um mundo no qual ele não estava... a luz clara de um céu no qual aquela nuvem não mais viajaria... liberdade. Suspirei profundamente — de certo modo, o mais doce suspiro em toda a minha vida. Cheguei perto de esquecer minha grande e principal tristeza.

Dezesseis

Mas apenas por um momento. O silêncio era grande e a maioria da casa estava na cama. Pensei ter ouvido um som de choro — uma menina chorando —, o som que sempre, querendo ou não, eu ouvia. Ele parecia vir de fora, da parte dos fundos do palácio. Instantaneamente, coroas, políticas e meu pai estavam a mil léguas distantes da minha mente. Em uma tortura de esperança, fui rapidamente para o outro extremo do salão e então saí pela pequena porta entre a leiteria e o alojamento dos guardas. A lua estava brilhando, mas o ar não estava tão parado quanto pensei. E onde estava o choro agora? Então, pensei tê-lo ouvido novamente. "Psique", chamei. "Istra! Psique!" Fui caminhando na direção do som. Eu, agora, estava menos segura sobre o que se tratava. Lembrei-me de que, quando as correntes do poço balançavam um pouco (e naquele momento havia brisa suficiente para balançá-las), podem fazer um barulho parecido. Ah, o engano, a amargura!

Parei e escutei. Não havia mais choro. Mas algo se movia em algum lugar. Então, vi um vulto, trajando uma capa, atravessar uma faixa de luar e enterrar-se em meio a alguns arbustos. Fui atrás dele o mais rápido que pude. Na sequência, enfiei a mão no meio dos arbustos. Outra mão encontrou a minha.

— Delicadamente, querida — disse uma voz. — Leve-me à soleira do Rei.

Era uma voz completamente estranha, e de homem.

195

Dezessete

— Quem é você? — perguntei, desvencilhando minha mão e saltando para trás como se tivesse tocado uma cobra. — Saia e mostre-se. — Pensei que fosse um amante de Redival e que Batta, além de carcereira, também estivesse bancando a alcoviteira.

Um homem esguio e alto saiu do meio do arbusto.

— Um suplicante — disse ele, mas com uma felicidade em sua voz que não soava como súplica. — E alguém que nunca deixa uma menina bonita sem um beijo.

Ele teria colocado um braço em torno de meu pescoço se eu não o tivesse evitado. Ele, então, viu a ponta da minha adaga cintilante sob o luar e riu.

— Você tem bons olhos se conseguir enxergar beleza neste rosto — disse eu, virando-me para certificar-me de que ele conseguia ver a barreira branca do véu.

— Somente bons ouvidos, irmã — disse ele. — Aposto que uma menina com uma voz como a sua é bela.

A aventura como um todo era, para uma mulher como eu, tão rara que quase tive o desejo tolo de estendê-la. O mundo estava muito estranho naquela noite. Mas eu recobrei os sentidos.

— Quem é você? — perguntei. — Diga-me rápido, ou chamarei os guardas.

— Não sou nenhum ladrão, linda — disse ele —, embora confesse que você me apanhou num movimento sorrateiro, como um ladrão. Pensei que já pudesse haver algum parente meu em seu jardim, alguém que eu não quisesse encontrar. Sou um suplicante do Rei. Pode levar-me até ele? — Ele deixou que eu ouvisse algumas moedas tilitando em sua mão.

— A menos que a saúde do Rei melhore repentinamente, eu sou a Rainha — respondi.

Ele deu um grave assovio e riu.

— Se é assim, Rainha, fiz um impressionante papel de bobo. Então sou seu suplicante, suplico por algumas noites, talvez apenas uma, de abrigo e proteção. Sou Trunia, de Phars.

A notícia quase me deixou em estado de choque. Já escrevi aqui que esse príncipe estivera em guerra com seu irmão Argan e o velho rei, seu pai.

— Você foi derrotado, então? — perguntei.

— Abatido em escaramuça com a cavalaria — respondeu — e tive que fugir, o que não seria problema exceto por me haver perdido no caminho e acabar aqui em Glome. E então meu cavalo começou a mancar a menos de cinco quilômetros daqui. O pior é que o efetivo do meu irmão está estacionado ao longo da fronteira. Se você puder me esconder por um dia ou dois — os mensageiros dele estarão à sua porta ao amanhecer, sem dúvida — para que eu possa chegar a Essur e voltar ao meu exército principal em Phars, em breve mostrarei a ele e a todo o mundo se fui derrotado.

— Está certo, Príncipe — disse eu. — Mas, se o recebermos como suplicante, devemos, de acordo com a lei, defendê-lo. E eu não sou uma rainha tão inexperiente a ponto de pensar que posso guerrear contra Phars neste momento.

Até que tenhamos rostos

— Está uma noite fria para dormir ao relento — disse ele.

— Você seria muito bem-vindo se não fosse um suplicante, Príncipe. Mas, nessa condição, você é muito perigoso. Posso dar-lhe abrigo somente como prisioneiro.

— Prisioneiro? — repetiu ele. — Então, Rainha, boa noite.

Ele saiu em disparada, como se não estivesse cansado (embora eu tivesse ouvido o tom de cansaço em sua voz), e correu como alguém que está acostumado a correr. Mas aquela corrida foi a sua destruição. Eu poderia ter-lhe dito onde estava a velha mó. Ele caiu estatelado, conseguiu pôr-se de pé com admirável presteza e então soltou um grito agudo de dor, esforçou-se, esbravejou e parou.

— Torcido, se é que não quebrei — disse ele. — Maldito o deus que inventou o tornozelo do homem! Bem, você pode chamar seus lanceiros, Rainha. Sou um prisioneiro. E essa prisão me levará ao carrasco do meu irmão?

— Nós o salvaremos, se pudermos — respondi. — Se pudermos, de algum modo, fazer isso sem guerrearmos com Phars, faremos.

O alojamento dos guardas ficava daquele lado da casa, como eu disse, de modo que foi muito fácil chamá-los e, ainda assim, manter os olhos fixos no Príncipe. Tão logo os ouvi saindo, eu disse:

— Ponha o capuz sobre o rosto. Quanto menos pessoas souberem o nome de meu prisioneiro, mais livres estarão minhas mãos.

Eles o apanharam e o levaram mancando até o saguão, acomodando-o no banco ao lado da lareira, e eu pedi que lhe trouxessem vinho e mantimentos, e ao barbeiro-cirurgião, que lhe fizesse um curativo no tornozelo. Depois fui para o Quarto do Rei. Arnom havia partido. O Rei tinha piorado,

198

seu rosto estava com um tom vermelho-escuro e sua respiração, ofegante. Ele parecia não conseguir falar, mas eu me perguntava, enquanto seus olhos vagavam entre nós três, o que ele estaria pensando e sentindo.

— Onde você esteve, filha? — perguntou Raposa. — Recebemos notícias terríveis. Um mensageiro acabou de cavalgar até aqui para nos dizer que Argan de Phars, com três, ou talvez quatro, vintenas de cavalos, cruzou a fronteira e agora se encontra a uns quinze quilômetros daqui. Ele afirma que está em busca de seu irmão Trunia.

Quão rapidamente aprendemos a ser rainha ou rei! Até a véspera eu me preocupava muito pouco com quantos estrangeiros armados estariam cruzando nossas fronteiras; nesta noite, porém, era como se alguém tivesse batido em meu rosto.

— E — disse Bardia —, quer ele realmente acredite que temos Trunia aqui, quer tenha cruzado a fronteira de uma terra falida apenas para dar uma demonstração barata de coragem e recuperar sua reputação desgastada... seja como for...

— Trunia está aqui — disse eu.

Antes que sua surpresa os deixasse abrir a boca para falar, eu os conduzi à Sala das Colunas, pois descobri que não suportaria os olhos de meu pai sobre nós. Os outros pareciam não considerá-lo outra coisa senão um homem morto. Ordenei que acendessem luzes e fogo na sala da torre, a antiga prisão de Psique, e que o Príncipe fosse levado para lá depois de se alimentar. Em seguida nós três seguimos apressadamente para nossa conversa.

Todos concordávamos a respeito de três pontos. Primeiro, que, se Trunia superasse seu infortúnio presente, provavelmente, no fim, derrotaria Argan e governaria Phars. O velho rei estava senil e não decidia mais nada. Quanto mais durasse

Até que tenhamos rostos

a disputa, mais o partido de Trunia provavelmente cresceria, pois Argan era falso, cruel e odiado por muitos e, além disso, trazia sobre si, de sua primeira batalha (muito antes de esses problemas todos começarem), uma velha mancha de covardia que o havia transformado em um ser desprezível. Segundo, Trunia, como Rei de Phars, seria um vizinho muito melhor para nós do que Argan, especialmente se o protegêssemos em seu pior momento. Mas, por último, não estávamos em condições de guerrear contra Phars, nem mesmo somente contra os partidários de Argan em Phars; a pestilência havia matado muitos dos nossos jovens e ainda não tínhamos praticamente grão algum.

Foi então que um novo pensamento, vindo do nada, chegou fervilhante em minha mente.

— Bardia, o príncipe Argan é um bom esgrimista? — perguntei.

— Há dois melhores nesta mesa, Rainha.

— E ele hesitaria em fazer qualquer coisa que revivesse a velha história contra a sua coragem?

— Supostamente, sim.

— Então se lhe oferecêssemos um duelo por Trunia, se empenhássemos a cabeça de Trunia em um único combate, ele, de certa forma, estaria obrigado a aceitá-lo.

Bardia pensou por um momento.

— Ora — disse ele —, isso soa como parte de uma velha canção. No entanto, pelos deuses, quanto mais penso nisso, mais gosto. Embora sejamos fracos, ele não vai querer lutar conosco enquanto estiver guerreando em casa. Não se lhe dermos uma alternativa. E a esperança dele está em manter ou conseguir o favor de seu povo. Ele não tem nada disso sobrando, mesmo agora. E é detestável estar perseguindo o irmão em nossos portões, como se estivesse caçando

Dezessete

uma raposa. Isso não o fará ser mais amado. Se, por fim, ele recusar o combate, seu nome terá uma fama ainda pior. Penso que seu plano tem sentido, Rainha.

— Isso é muito sábio — disse Raposa. — Mesmo que nosso homem seja morto e tivermos de entregar Trunia, ninguém poderá dizer que nós o tratamos mal. Salvaremos nosso bom nome e não estaremos em guerra com Phars.

— E, se o nosso desafiante matar Argan — disse Bardia —, então teremos dado o passo seguinte para estabelecer Trunia no trono e teremos ganhado um bom amigo, pois todos dizem que ele é um homem justo.

— Para tornar tudo ainda mais claro, amigos — disse eu —, deixemos que o nosso desafiante seja alguém tão desprezível que seria por demais vergonhoso para Argan recusar-se a lutar.

— Isso é bem sutil, filha, e arriscado para Trunia. Não queremos que o nosso homem seja derrotado — disse Raposa.

— Em que está pensando, Rainha? — perguntou Bardia, torcendo seu bigode, como costumava fazer. — Não podemos pedir que ele lute contra um escravo, se é isso que quer dizer.

— Não, contra uma mulher — disse eu.

Raposa me encarou com perplexidade. Eu nunca lhe havia dito sobre meus treinos com a espada, em parte porque era cautelosa ao mencionar Bardia a ele, pois ouvir Bardia sendo chamado de tolo ou de bárbaro me deixava com raiva. (Bardia, por sua vez, chamava Raposa de greguinho e de "tecelão de palavra", mas isso nunca me irritava com a mesma intensidade.)

— Uma mulher? — indagou Raposa. — Eu estou louco ou você está?

E agora um grande sorriso que faria bem a qualquer coração se estampou no rosto de Bardia. Mas ele abanou a cabeça.

Até que tenhamos rostos

— Joguei xadrez por muito tempo para arriscar minha Rainha — disse ele.

— O que, Bardia? — indaguei, estabilizando minha voz o máximo que podia. — Você estava apenas me bajulando quando disse que eu era melhor esgrimista que Argan?

— Não. Eu apostaria meu dinheiro na senhora se tivesse de apostar. Mas, nessas coisas, sempre há sorte e habilidade.

— E coragem também, você diria.

— Não temo pela senhora em relação a isso, Rainha.

— Não faço a menor ideia do que vocês estão falando — disse Raposa.

— A Rainha quer, ela própria, lutar por Trunia, Raposa — disse Bardia. — E ela teria condições de fazer isso. Lutamos muitas vezes juntos. Os deuses jamais fizeram alguém — homem ou mulher — com tamanho dom natural para isso. Ah, senhora, senhora, é mesmo uma pena que eles não a tenham feito homem.

(Ele disse isso o mais bondosa e carinhosamente possível, como se um homem derramasse um galão de água fria em seu ensopado, na certeza de que você iria gostar.)

— Monstruoso, contra os costumes, a natureza e a modéstia — disse Raposa. Nessas questões ele era um grego autêntico; ainda achava bárbaro e escandaloso que as mulheres em nossa terra andassem com o rosto descoberto. Algumas vezes, eu dissera a ele, quando éramos felizes, que eu deveria chamá-lo não de vovô, mas de vovó. Essa era outra razão pela qual eu nunca lhe contei sobre as aulas de esgrima.

— De qualquer forma, a mão da Natureza desandou quando me fez — disse eu. — Se tenho traços duros como os de um homem, por que não deveria também lutar como um homem?

— Filha, filha — disse Raposa. — Por misericórdia de mim, se não for por outra coisa, tire esse pensamento horrível

Dezessete

de sua cabeça. O plano de um campeão e de um combate foi bom. Como essa tolice poderia melhorá-lo?

— Ela o torna muito melhor — observei. — Você acha que sou tão simplória a ponto de fantasiar que já estou em segurança no trono de meu pai? Arnom está comigo. Bardia está comigo. Mas e os nobres e o povo? Não sei nada deles e eles nada sabem sobre mim. Se alguma das esposas do Rei tivesse sobrevivido, suponho que eu talvez conhecesse as esposas e filhas dos nobres. Mas meu pai nunca permitiu que as víssemos, muito menos que víssemos os próprios lordes. Eu não tenho amigos. Esse combate não serviria para chamar a atenção deles para mim? Não gostariam mais da ideia de ter uma mulher como soberana se ela lutasse por Glome e matasse um homem?

— Nesse sentido — disse Bardia —, isso seria incomparável. Não haveria ninguém senão a senhora nos lábios e nos corações do povo por um ano.

— Filha, filha — disse Raposa, com os olhos cheios de lágrimas —, é a sua vida. A sua vida. Primeiro meu lar e minha liberdade se foram; depois, Psique; agora você. Você não deixará nenhuma folha nessa velha árvore?

Eu poderia ver dentro de seu coração, pois sabia que ele agora me implorava com a mesma angústia que senti quando implorei a Psique. As lágrimas represadas em meus olhos, por trás do véu, eram lágrimas de compaixão por mim, mais do que por ele. Mas eu não as deixei cair.

— Já tomei a minha decisão — disse eu. — E nenhum de vocês consegue pensar em uma solução melhor para nos livrarmos do perigo. Sabemos onde Argan está, Bardia?

— No Vau Vermelho, disse o mensageiro.

— Então envie nosso arauto imediatamente. Os campos entre a cidade e o Shennit devem ser o local do combate.

203

Até que tenhamos rostos

O momento, o terceiro dia a partir de agora. Os termos são os seguintes: se eu tombar, entregaremos Trunia a ele e não o acusaremos pela entrada ilegal em nossas terras. Se ele tombar, Trunia será um homem livre e tem salvo-conduto para atravessar a fronteira rumo ao seu povo, em Phars, ou para onde quiser. Em ambos os casos, todos os estrangeiros deverão estar fora de Glome em dois dias.

Eles se entreolharam e não disseram nada.

— Vou para a cama agora — disse eu. — Providencie o envio da mensagem, Bardia, e então vá para a cama também. Uma boa noite a ambos.

Eu sabia, pelo rosto de Bardia, que ele iria obedecer, embora ele não expressasse seu assentimento em palavras.

Deixei a sala rapidamente e fui para o meu quarto.

Estar ali sozinha e em silêncio foi como chegar repentinamente ao abrigo de um muro em um dia agitado pelo vento, a fim de recuperar o fôlego e me recompor. Desde que Arnom dissera, horas antes, que o Rei estava morrendo, parecia haver outra mulher agindo e falando em meu lugar. Chame-a de Rainha, mas Orual era alguém diferente e agora eu era Orual outra vez. (E me perguntava se era assim que todas as princesas se sentiam.) Olhei para as coisas que a Rainha havia feito e me surpreendi. Aquela Rainha realmente pensou que mataria Argan? Eu, Orual, como agora percebia, não acreditava. Não estava sequer segura de que seria capaz de lutar contra ele. Eu nunca tinha usado espadas afiadas antes. Não havia nada em jogo nas minhas batalhas além da expectativa de agradar ao meu mestre (não que isso fosse, para mim, uma coisa menos importante). Como seria se, quando o dia chegasse, as trombetas soassem e as espadas fossem desembainhadas, a coragem me faltasse? Eu seria motivo de zombaria para o mundo inteiro; eu era capaz

Dezessete

de ver o olhar envergonhado no rosto de Raposa, de Bardia. Eu podia ouvi-los dizendo: "E, por outro lado, como a sua irmã foi corajosamente para a oferenda! É estranho que ela, tão mansa e humilde, fosse a corajosa no fim das contas!".

E então ela seria bem superior a mim em tudo: na coragem, na beleza e naqueles olhos favorecidos pelos deuses com visões de coisas invisíveis e até mesmo na força (lembro-me de como me agarrou quando lutamos). — Ela não será — disse eu com todas as minhas forças. — Psique? Ela nunca teve uma espada nas mãos em sua vida, nunca fez trabalho de homem na Sala das Colunas, nunca entendeu (mal ouviu falar) de questões de Estado... uma vida de menina, uma vida de criança...

Perguntei a mim mesma, repentinamente, o que eu estava pensando. "Será que minha doença está voltando?", refleti. Pois isso estava começando a se assemelhar àqueles sonhos vis que eu tivera em minhas alucinações, quando os deuses cruéis colocaram em minha mente a fantasia horrível e louca de que era Psique a minha inimiga. Psique, minha inimiga? Ela, minha filha, coração do meu coração, que eu tinha ofendido e arruinado, a razão de os deuses estarem prontos para me matar? E agora eu via meu desafio ao Príncipe de um modo bem diferente. É claro que ele me mataria. Ele era o carrasco dos deuses. E essa seria a melhor coisa do mundo; muito melhor que alguns dos destinos pelos quais eu havia procurado. Toda a minha vida deve agora ser um deserto arenoso — quem poderia ter ousado acreditar que ela seria tão curta? E isso combinava tão bem com todos os pensamentos diários que eu tinha desde a sentença do deus que eu agora me perguntava como poderia ter esquecido aquele deserto arenoso nas últimas horas.

Tinha sido o reinado como rainha que fizera isso — todas aquelas decisões a serem tomadas, vindas desordenadas sobre

Até que tenhamos rostos

mim, sem que houvesse espaço sequer para eu respirar, e com muitas coisas dependendo de cada uma delas; toda aquela velocidade, a habilidade, o perigo e a força do jogo. Então, decidi que, nos dois dias que me restavam, eu os governaria com o que havia de melhor; e se, por algum motivo, Argan não me matasse, eu reinaria até onde os deuses me permitissem. Não era orgulho — o brilho do nome — que me movia, pelo menos não tanto. Estava me apegando ao reinado como um homem abatido começa a buscar o garrafão de vinho, ou como uma mulher abatida, se tiver beleza, pode começar a buscar amantes. Tratava-se de uma arte que não dá a ninguém tempo para ficar atordoado. Se Orual pudesse dissolver-se por completo na figura da Rainha, os deuses quase teriam sido enganados.

Mas Arnom havia dito que meu pai estava morrendo? Não, não exatamente.

Levantei-me e retornei ao Quarto do Rei, sem uma vela, tateando pelo caminho, esgueirando-me junto às paredes, pois ficaria muito envergonhada se alguém me visse. Ainda havia luzes no quarto. Haviam deixado Batta para ficar com ele. Ela estava sentada na cadeira dele, bem próximo ao fogo, dormindo o sono barulhento de uma velha bêbada. Fui para o lado da cama. Aparentemente, ele estava bem acordado. Acho que ninguém seria capaz de dizer se os ruídos que ele estava emitindo seriam uma tentativa de falar. Mas a expressão em seus olhos, quando me viu, era inconfundível. E era de terror. Será que ele me reconhecera e pensava que eu viera para matá-lo? Ou imaginava que eu era Psique, que tinha retornado da terra dos mortos para levá-lo consigo?

Alguns dirão (talvez os deuses) que, se eu o tivesse matado de fato, não teria sido menos ímpia. Porque, enquanto ele olhava para mim amedrontado, eu também olhava para ele, mas todo o meu medo era o de que ele talvez vivesse.

206

Dezessete

O que os deuses esperam de nós? Minha libertação estava agora muito próxima. Um prisioneiro pode até suportar pacientemente a masmorra, mas, se ele quase escapou, se experimentou sua primeira inalação ao ar livre... como ser recapturado, voltar para o ruído das algemas, para o cheiro da palha?

Olhei novamente para o seu rosto — apavorado, idiota, quase o rosto de um animal. Um pensamento de conforto me ocorreu: "Ainda que ele viva, nunca mais irá recuperar a razão".

Voltei para o meu quarto e dormi profundamente.

Dezoito

No dia seguinte, assim que me levantei, fui ao Quarto do Rei para dar minha primeira olhada nele; de fato, nenhuma amante ou médico jamais observou cada simples mudança na respiração e no pulso de um homem adoentado tão de perto quanto eu. Enquanto ainda estava ao seu lado na cama (não observei nenhuma alteração nele), Redival entrou, toda alvoroçada, o rosto banhado em lágrimas, e disse:

— Ah, Orual, o Rei está morrendo? E o que aconteceu ontem à noite? Quem é o jovem estranho? Dizem que é um homem maravilhoso, belo e que parece corajoso como um leão. Ele é um príncipe? Ah, irmã, o que vai acontecer conosco se o Rei morrer?

— Eu serei a Rainha, Redival. E você será tratada de acordo com o seu comportamento.

Mesmo antes de as palavras saírem da minha boca, ela já estava me bajulando e beijando minha mão e desejando-me alegria e dizendo que sempre tinha me amado mais que qualquer outra pessoa no mundo. Isso me deu náuseas. Nenhum dos escravos se rebaixaria tanto assim. Mesmo quando eu ficava com raiva e eles sentiam medo, todos sabiam que o

Dezoito

melhor não seria lamuriar-se como um mendigo; não há nada que me deixe menos compadecida.

— Não seja tola, Redival — disse eu, empurrando-a para longe da minha mão. — Eu não vou matá-la. Mas, se você colocar o nariz para fora de casa sem o meu consentimento, vou mandar açoitá-la. Agora saia.

À porta, ela se virou e disse:

— Mas você vai me arrumar um marido, Rainha, não vai?

— Sim, provavelmente dois — disse eu. — Tenho uma dúzia de filhos de reis pendurados em meu guarda-roupa. Vamos, saia.

Então, chegou Raposa, que olhou para o Rei e murmurou:

— Ele talvez resista por alguns dias. — Então, voltou-se para mim: — Filha, eu me comportei mal na noite passada. Acho que essa oferta de lutar você mesma contra o príncipe é uma bobagem e, além disso, inadequada. Mas eu não devia ter chorado, implorado ou forçado você a fazer nada por causa do seu amor. O amor não é algo que mereça ser usado.

Ele interrompeu o que estava dizendo porque Bardia chegou à porta.

— Já temos aqui um arauto que veio de Argan, Rainha — disse ele. — Nosso homem encontrou o Príncipe (maldita seja a sua insolência) a menos de quinze quilômetros.

Fomos para a Sala das Colunas (os olhos de meu pai me seguiam com terror) e autorizamos a entrada do arauto. Era um homem forte e alto, vestido elegantemente, como um pavão. Sua mensagem, desprovida de palavras rebuscadas, foi a de que seu mestre havia aceitado o combate. Mas ele disse que sua espada não deveria manchar-se com o sangue de uma mulher, de modo que traria uma corda consigo para me enforcar no momento em que me desarmasse.

— Essa é uma arma com a qual confesso não ter nenhuma habilidade — disse eu. — E, portanto, é injusto que seu

209

Até que tenhamos rostos

mestre a traga. Mas ele é mais velho que eu (sua primeira batalha foi, acho, há muito tempo), de modo que permitiremos que ele faça isso, para compensar sua idade.

— Não posso dizer isso ao Príncipe, Rainha — disse o arauto.

Então, pensei que havia dito o bastante (eu sabia que os outros ouviriam essa humilhação ainda que Argan não ouvisse) e passamos a dispor metodicamente sobre todas as condições da luta e as centenas de pequenas coisas a serem acertadas. Foi a melhor parte da hora antes que o arauto partisse. Raposa, eu podia perceber, estava em grande dor enquanto todas essas providências eram tomadas, a luta tornando-se cada vez mais real e irrevogável a cada palavra. Eu, agora, era praticamente a Rainha, mas, às vezes, Orual sussurrava uma palavra fria no ouvido da Rainha.

Depois disso, veio Arnom e, mesmo antes que ele falasse, sabíamos que o velho Sacerdote estava morto e que Arnom o sucedera. Ele usava as peles, as vesículas e a máscara de pássaro pendurada em seu peito. A visão de tudo isso produziu em mim um choque repentino, como um sonho desprezível, esquecido ao despertar, mas subitamente relembrado ao meio-dia. Uma segunda olhada, no entanto, me devolveu o equilíbrio. Ele não seria tão terrível quanto o velho Sacerdote. Ele era apenas Arnom, com quem eu tivera uma ótima negociação no dia anterior. Não havia o sentimento de que Ungit tivesse entrado na sala com ele. E isso desencadeou estranhos pensamentos em minha mente.

No entanto, eu não tinha tempo para acalentá-los. Arnom e Raposa foram para o Quarto do Rei e começaram a conversar sobre sua condição (os dois pareciam se entender muito bem) e Bardia me chamou para fora da sala. Saímos pela pequena porta oriental, por onde Raposa e eu havíamos

Dezoito

passado na manhã em que Psique nasceu, e ali demos voltas entre os canteiros de ervas enquanto conversávamos.

— Agora, Rainha, esta é a sua primeira batalha.

— E você duvida da minha coragem?

— Não da sua coragem para ser morta, Rainha. Mas a senhora nunca matou ninguém, e essa é uma questão de matar ou morrer.

— E então?

— Ora, só isso. Mulheres e meninos falam facilmente sobre matar um homem. No entanto, creia-me, é algo difícil de se fazer. Quero dizer, pelo menos da primeira vez. Há algo no homem que vai contra isso.

— Você acha que eu me compadeceria dele?

— Não sei se é compaixão. Mas, na primeira vez que fiz isso, foi a coisa mais difícil do mundo obrigar minha mão a fincar a espada naquela carne viva.

— Mas você a fincou.

— Sim, meu inimigo era incompetente. Mas e se ele tivesse sido rápido? Esse é o perigo, percebe? Há um momento em que uma pausa, a quinta parte do tempo que se leva para piscar, pode custar uma chance. E essa poderia ser a sua única chance, e então a senhora teria perdido a batalha.

— Não acho que minha mão se atrasaria, Bardia — disse eu. Eu estava tentando testar isso na minha mente. Imaginei meu pai, bem de novo, vindo em minha direção, em um de seus antigos ataques de fúria. Tive certeza de que minha mão não falharia ao apunhalá-lo. Ela não falhou quando apunhalei a mim mesma.

— Bem, espero que não — disse Bardia. — Mas a senhora tem que fazer o exercício. Eu exijo que todos os recrutas o façam.

— O exercício?

211

Até que tenhamos rostos

— Sim. A senhora sabe que vão matar um porco hoje pela manhã. A senhora deve ser o açougueiro, Rainha.

Percebi imediatamente que, se eu recuasse, haveria menos da Rainha e mais de Orual em mim.

— Estou pronta — disse eu.

Eu entendera a tarefa muito bem, pois, é claro, costumávamos ver muitos animais sendo abatidos, desde que éramos crianças. Redival sempre assistia e sempre gritava; eu via com menos frequência e ficava muda. Então, fui e matei meu porco. (Matávamos os porcos sem sacrificá--los, pois esses animais são uma abominação para Ungit; há uma história sagrada que explica a razão.) E jurei que, se voltasse viva do combate, Bardia, Raposa, Trunia e eu comeríamos as partes mais nobres dele no jantar. Então, depois de tirar meu avental de açougueiro e me lavar, voltei para a Sala das Colunas, pois eu havia pensado em algo que precisava ser feito agora que minha vida duraria apenas mais dois dias. Raposa já estava ali; chamei Bardia e Arnom como testemunhas e alforriei Raposa.

Em seguida, caí em desespero. Não consigo entender como havia sido tão cega para não ver isso antes. Meu único pensamento era o de salvá-lo do escárnio e da negligência e talvez de ser vendido por Redival caso eu morresse. Mas agora, tão logo os outros dois lhe desejavam alegria beijando-o no rosto, eu me dava conta de tudo. "Sua partida será uma perda em nossos conselhos", "Há muitos em Glome que lamentarão ao vê-lo partir", "Não faça sua viagem no inverno". O que eles estavam dizendo?

— Vovô! — gritei, não a Rainha agora; só Orual, completamente criança. — Eles estão querendo dizer que você vai me deixar? Você vai embora?

Raposa lançou para mim um olhar de infinita preocupação, trêmulo.

212

Dezoito

— Livre? — murmurou. — Você quer dizer que eu poderia... eu posso... não importaria tanto mesmo se eu morresse no caminho. Não se eu pudesse descer até o mar. Haveria atuns, azeitonas. Não, seria muito cedo no ano para azeitonas. Mas o cheiro dos portos. E caminhar no mercado conversando, conversando de verdade. Mas vocês não sabem, tudo isso é tolice, nenhum de vocês sabe. Eu deveria estar lhe agradecendo, filha. Mas, se você alguma vez me amou, não fale comigo agora. Amanhã. Deixe-me partir. — Ele puxou a capa por sobre a cabeça e tateou seu caminho para fora da sala.

E agora esse jogo de ser rainha, que havia me sustentado e me mantido ocupada desde que eu acordara naquela manhã, acabava de me desapontar por completo. Nós já havíamos preparado tudo para o combate. Havia o restante do dia e todo o dia seguinte para esperar; e, pairando sobre tudo, essa nova desolação de que, se eu vivesse, teria de ser sem Raposa.

Saí para os jardins. Eu não subiria até aquele terreno atrás das pereiras; ali era onde ele, Psique e eu tivemos os momentos mais felizes. Vaguei miseravelmente pelo outro lado, a oeste do pomar de maçãs, até que o frio me fizesse entrar. Era um dia escuro e congelante, sem sol. Sinto tanto vergonha como medo de reviver, ao escrever, os pensamentos que tive. Em minha ignorância, eu não conseguia entender a força do desejo que atraía meu velho mestre para a sua terra. Eu havia morado em um único lugar durante toda a minha vida; tudo em Glome, para mim, era desinteressante, comum, imutável e até mesmo cheio de memórias de terror, luto e humilhação. Eu não tinha noção de como é a aparência do lar rememorado para um exilado. Fiquei amargurada pelo simples fato de Raposa desejar deixar-me. Ele havia sido a

213

Até que tenhamos rostos

viga-mestra de toda a minha vida, algo (achava eu) tão forte e consistente e, na verdade, tão pouco reconhecido quanto o nascer do sol e a própria terra. Em minha estupidez, eu pensava que era para ele o que ele era para mim. — Tola! — disse para mim mesma. — Ainda não aprendeu que você não significa tanto assim para ninguém? O que você é para Bardia? Tanto, talvez, quanto o velho Rei era. O coração dele está em seu lar, com sua esposa e com suas crias. Se você importasse para ele, ele nunca a deixaria lutar. O que você é para Raposa? O coração dele sempre esteve nas terras gregas. Talvez você tenha sido a consolação de seu cativeiro. Dizem que um prisioneiro consegue domar um rato. Chega até a amá-lo, de certa forma. Mas abra a porta, remova suas correntes e, nesse momento, quanto ainda vai se importar com o rato? Ainda assim, como ele poderia nos deixar, depois de tanto amor? Eu o vi novamente com Psique sobre seus joelhos; "Mais bela que Afrodite", dizia ele. — Sim, mas essa era a Psique — disse meu coração. — Se ela ainda estivesse conosco, ele ficaria. Era Psique que ele amava. Não a mim. Apesar de eu saber, enquanto falava, que isso não era verdade. Entretanto, eu não iria ou não conseguiria tirar isso da cabeça.

Raposa, no entanto, foi ao meu encontro antes de eu adormecer, seu rosto muito opaco e seus modos, muito silenciosos. Dava até a impressão de que ele tinha estado nas mãos de torturadores.

— Deseje-me sorte, filha — disse ele. — Pois eu venci uma batalha. O que é melhor para seus companheiros deve ser melhor para um homem. Sou apenas um membro do Todo e devo trabalhar no lugar no qual fui colocado. Eu ficarei e...

— Ah, vovô! — disse eu e chorei.

Dezoito

— Paz, paz — disse ele, abraçando-me. — O que eu teria a fazer na Grécia? Meu pai está morto. Meus filhos, com certeza, me esqueceram. Minha filha... eu não seria somente um problema, *um sonho desgarrado na luz do dia*, como diz o verso? De qualquer forma, trata-se de uma longa jornada, cercada de perigos. Eu talvez nunca consiga chegar ao mar.

E assim ele continuou, menosprezando suas obras, como se temesse que eu o fizesse mudar de ideia. Mas eu, com o rosto encostado em seu peito, sentia apenas alegria.

Fui ver meu pai muitas vezes naquele dia, mas não observei nenhuma mudança nele.

Naquela noite dormi mal. Não era o medo do combate, mas certa inquietação que vinha das muitas mudanças que os deuses estavam lançando sobre mim. A morte do velho Sacerdote, por si só, era suficiente para me fazer refletir por uma semana. Tinha esperado muito por ela (e, portanto, se ele tivesse morrido antes, Psique talvez tivesse sido salva), mas nunca esperei realmente vê-lo partir mais do que acordar em uma manhã e descobrir que a Montanha Cinzenta havia desaparecido. A libertação de Raposa, embora eu mesma a tivesse promovido, me pareceu outra mudança radical. Como se a doença de meu pai retirasse algumas vigas e o mundo inteiro — todo o mundo que eu conhecia — desmoronasse aos pedaços. Eu estava entrando em uma terra estranha e nova. Ela era tão nova e estranha que eu não conseguia, naquela noite, sequer sentir a minha grande tristeza. Isso me surpreendia. Uma parte de mim conseguiu agarrar de novo aquela tristeza; ela dizia: "Orual morre se deixar de amar Psique". Mas a outra parte dizia: "Deixe Orual morrer. Ela nunca conseguiria ser uma rainha".

O último dia, a véspera da batalha, parecia um sonho. Cada hora que passava o tornava mais inacreditável. O burburinho

Até que tenhamos rostos

e a notícia do meu combate haviam atravessado fronteiras (não era parte de nossa política fazer as coisas em segredo) e havia uma multidão nas portas do palácio. Embora eu não valorizasse a aprovação deles mais do que considerava adequado — eu ainda me lembrava de como se haviam levantado contra Psique —, quer goste, quer não, suas aclamações aceleraram meu pulso e enviaram uma espécie de loucura ao meu cérebro. Alguns dos nobres, lordes e anciãos, vieram me visitar. Todos me aceitaram como Rainha e eu falei pouco, mas, acho, falei bem — Bardia e Raposa elogiaram minha fala — e observei seus olhos encarando meu véu e expressamente se perguntando o que ele escondia. Então, eu fui até o príncipe Trunia na sala da torre e lhe disse que havíamos encontrado um campeão (mas não disse quem) para lutar por ele e que ele seria levado sob custódia honrosa para assistir à luta. Embora fosse uma notícia desconfortável para ele, ele era um homem justo o bastante para não ver que nós o estávamos usando tanto quanto nossa fraqueza permitiria. Depois ordenei que nos trouxessem vinho, para que bebêssemos juntos. No entanto, quando a porta se abriu — e isso, naquele momento, me deixou com muita raiva —, em vez do mordomo de meu pai, foi Redival quem entrou, trazendo a jarra e a taça. Fui tola por não ter previsto isso. Eu a conhecia bem o bastante para imaginar que, com a presença de um estranho na casa, ela abriria caminho a dentadas por entre as paredes de pedra, a fim de ser vista. No entanto, até eu mesma fiquei impressionada em ver que irmãzinha humilde, tímida, modesta e prestativa (talvez até uma irmã oprimida e quebrantada) ela podia personificar ao carregar aquele vinho, com seu olhar cabisbaixo (que não deixou passar nenhum detalhe, desde os pés feridos de Trunia até o último fio de cabelo de sua cabeça) e a sua seriedade infantil.

Dezoito

— Quem é essa beleza? — perguntou Trunia assim que ela saiu.

— É minha irmã, a Princesa Redival — respondi.

— Glome é um jardim de rosas, mesmo no inverno — disse ele. — Mas por que, Rainha cruel, você esconde o próprio rosto?

— Se você se tornar mais próximo de minha irmã, ela sem dúvida lhe dirá — respondi, mais agressiva do que pretendia.

— Ora, pode ser que sim — disse o Príncipe — se o seu campeão vencer amanhã. Caso contrário, a morte será minha esposa. Mas, se eu viver, Rainha, não permitirei que essa amizade entre nossas casas desapareça. Por que não me casar com alguém de sua linhagem? Talvez até mesmo com você, Rainha.

— Não há espaço para dois em meu trono, Príncipe.

— Sua irmã, então?

Era, é claro, uma oferta a ser aceita. Embora, por um momento, dizer sim a isso me deixasse irritada; muito provavelmente porque eu pensava que esse príncipe era vinte vezes bom demais para ela.

— Até onde posso ver — disse-lhe —, esse casamento pode ser realizado. Devo falar com meus conselheiros primeiro. De minha parte, a ideia me agrada bastante.

O dia terminou mais estranho do que havia começado. Bardia me levara aos alojamentos para o último treino.

— Aí está aquela sua antiga falha, Rainha — disse ele—, no contra-ataque. Acho que a superamos, mas preciso vê-la perfeita.

Continuamos a prática por meia hora e, quando paramos para respirar, ele disse:

— Está tão perfeita quanto é possível ser. Tenho certeza de que, se a senhora e eu lutássemos com espadas afiadas, a

217

Até que tenhamos rostos

senhora me mataria. Mas há mais duas coisas a dizer. A primeira: se acontecer, Rainha — e muito provavelmente isso não acontecerá, por causa do seu sangue divino —, mas, se acontecer de quando você tiver tirado a capa e a multidão tiver se calado e você estiver caminhado para a arena para encontrar seu homem; se a senhora sentir medo, não dê ouvidos a si mesma. Todos nós sentimos medo em nossa primeira luta. Eu mesmo sinto toda vez que luto. E a segunda coisa: aquela loriga que a senhora tem usado é excelente para o seu peso e a sua forma física. Mas ela tem uma aparência muito modesta. Algo dourado combinaria melhor com uma rainha e um campeão. Vejamos o que há no Quarto do Rei.

Eu já disse que o Rei guardava todo tipo de armas e de armaduras ali. Assim, fomos para lá. Raposa estava sentado ao lado da cama — por que ou com quais pensamentos, eu não sei. Não era possível que ele amasse seu velho mestre.

— Ainda nenhuma mudança — disse ele.

Bardia e eu começamos a examinar as malhas e logo passamos a divergir, pois eu pensava que estaria mais segura e flexível na cota de malha que eu conhecia, mais do que qualquer outra, e ele seguia dizendo: "Espere, espere, aqui tem uma melhor". E foi quando estávamos mais ocupados que a voz de Raposa atrás de nós disse: — Acabou.

Viramo-nos e olhamos. A criatura sobre a cama, que tinha estado semiviva por tanto tempo, agora estava morta. Havia morrido (se é que tinha condições de entender) vendo uma menina roubar seu arsenal.

— Que a paz esteja com ele — disse Bardia. — Terminaremos aqui bem rapidamente. Então as criadas poderão vir e lavar o corpo. — E nos voltamos de imediato para resolver a questão da loriga.

E, então, aquilo em que pensei por tantos anos finalmente ocorreu em meio a uma confusão de atividades que eram, no

Dezoito

momento, mais importantes. Uma hora depois, quando olhei de volta, a cena me surpreendeu. Porém, desde então, tenho notado frequentemente que a morte de quase todo mundo provoca muito menos comoção do que poderíamos esperar. Homens mais bem-amados e mais dignos de amor que meu pai partem causando apenas um pequeno redemoinho.

Decidi usar a minha velha loriga, mas ordenamos ao armeiro que a polisse bem, a fim de que parecesse ser de prata.

Dezenove

Em um grande dia, o que o torna grande pode ocupar a menor parte dele — assim como uma refeição leva pouco tempo para ser consumida, mas abater, assar e temperar, e os posteriores lavar e limpar, tudo isso pode ocupar um tempo longo o bastante. Minha luta contra o príncipe durou cerca de um sexto de hora; no entanto, as coisas que a envolveram tomaram mais de doze horas.

Para começar, agora que Raposa era um homem livre e a Lanterna da Rainha (como nós o chamávamos, embora meu pai tivesse deixado de lado esse cargo), eu o teria na luta, esplendidamente vestido. Mas você não teria tido tanto trabalho com uma menina rabugenta indo ao seu primeiro banquete. Ele dizia que todas as roupas de bárbaros eram bárbaras e que, quanto mais finas, piores. No fim, ele iria com sua velha beca fora de moda. E, quando havíamos acabado de aprontá-lo, Bardia disse que queria que eu lutasse sem o meu véu. Ele achava que o véu poderia atrapalhar minha visão e não sabia como poderia ser mais bem usado, se sobre o capacete ou por baixo dele. Mas eu me recusei a lutar com o rosto descoberto. No fim, Poobi costurou uma espécie

Dezenove

de capuz ou máscara com um bom tecido, mas de um tipo que não fosse transparente; a peça tinha dois orifícios para os olhos e cobria todo o capacete. Tudo isso era desnecessário, pois eu havia lutado contra Bardia usando meu antigo véu dezenas de vezes. A máscara, no entanto, me deixava com uma aparência terrível, de fantasma.

— Se ele é o covarde que dizem que é — disse Bardia —, isso vai lhe dar um frio na barriga.

Então, tivemos de partir bem cedo, pois, aparentemente, a multidão nas ruas nos faria cavalgar lentamente. Assim, trouxemos Trunia e logo iniciamos a cavalgada. Falaram algo de vesti-lo com elegância também, mas ele se recusou.

— Quer seu campeão mate, quer seja morto — disse ele —, não fará diferença se eu estiver vestido de púrpura ou em meu velho traje de batalha. Mas onde está o seu campeão, Rainha?

— Você verá quando chegarmos ao campo, Príncipe — respondi.

Trunia alarmou-se quando me viu pela primeira vez coberta como um fantasma; sem pescoço ou capacete à vista, mas olhos vazados em um capuz branco; espantalho ou leproso. Pensei que seu assombro prenunciava muito bem como seria o encontro com Argan.

Vários nobres e anciãos esperavam por nós no portão, com o objetivo de nos acompanhar pela cidade. É fácil adivinhar o que eu estava pensando. Foi assim que Psique saíra naquele dia para curar o povo; e saiu assim também no outro dia, para ser oferecida ao Bruto. Talvez, pensei, tenha sido isso o que o deus quis dizer quando falou *Você também será como Psique*. Talvez eu também fosse uma oferenda. E esse era um pensamento bom, seguro de se ter. Mas a coisa estava tão próxima agora que eu pensava muito pouco em minha

Até que tenhamos rostos

própria morte ou vida. Com todos aqueles olhos sobre mim, meu único cuidado foi o de fazer uma exibição corajosa, tanto naquele momento como na luta. Eu teria dado dez talentos a qualquer profeta capaz de predizer que eu lutaria bem por cinco minutos e, em seguida, seria morta.

Os nobres que cavalgavam ao meu lado estavam muito sérios. Suponho (e, na verdade, um ou dois chegaram até mesmo a confessar isso mais tarde, quando passei a conhecê--los) que pensavam que Argan rapidamente me desarmaria, mas que meu desafio insano era uma maneira tão boa quanto qualquer outra de fazer com que ele e Trunia saíssem de nosso país. Mas, enquanto os nobres estavam tristes, o povo comum nas ruas gritava de alegria e atirava os chapéus para o alto. Isso me teria deixado lisonjeada se eu não tivesse olhado para suas expressões faciais. Ali, pude ler facilmente sua mente. Eles não estavam pensando nem em mim nem em Glome. Qualquer luta era, para eles, uma atração gratuita; e a luta de uma mulher com um homem era ainda melhor por não ser comum — assim como quem não sabe distinguir uma melodia de outra e se reúne para ouvir uma harpa, se alguém tocá-la com os pés.

Quando, enfim, chegamos ao campo aberto ao lado do rio, ainda haveria mais demora. Arnom estava lá com sua máscara de pássaro e havia um boi para ser sacrificado; os deuses se haviam envolvido tão bem em nossos assuntos que não havia nada a fazer senão dar-lhes um quinhão. E, à nossa frente, na outra extremidade do campo, estavam os cavaleiros de Phars, e Argan, sentado no seu cavalo bem no meio deles. Era a coisa mais estranha do mundo olhar para ele, um homem como qualquer outro, e pensar que um de nós em breve mataria o outro. *Matar*, essa parecia uma palavra que eu nunca antes havia pronunciado. Ele era um homem

Dezenove

de cabelo e barba cor de palha, magro, mas, ainda assim, um pouco encorpado e com lábios avantajados. Uma pessoa muito desagradável. Ele e eu desmontamos, nos aproximamos um do outro e ambos tivemos de provar um pequeno pedaço da carne do boi e prestar juramentos, em nome de nossos povos, de que todos os acordos seriam mantidos.

Então, pensei, agora certamente deixarão que comecemos a luta. (Naquele dia, o sol estava pálido em um céu cinzento, e soprava um vento cortante; "Eles querem que congelemos antes de lutar?", pensei.) Mas agora o povo tinha de ser afastado com a ponta das lanças, o espaço deveria ser aberto, e Bardia deveria ir para o outro lado e sussurrar algo ao comandante de Argan, e ambos deveriam ir e sussurrar algo a Arnom, e o trombeteiro de Argan e o meu deveriam estar posicionados lado a lado.

— Agora, Rainha — disse subitamente Bardia, quando eu já havia praticamente desistido de até mesmo chegar ao fim de todos os preparativos —, que os deuses a guardem!

Raposa estava de pé, com seu rosto imóvel como ferro; ele teria chorado se tivesse tentado falar alguma coisa. Vi um grande choque de surpresa sobrevir a Trunia (e nunca o culpei por haver empalidecido) quando tirei a capa, desembainhei a espada e me dirigi ao campo aberto.

Os homens de Phars caíram na gargalhada. Nossa multidão torcia. Argan estava a dez passos de mim, depois a cinco, e então ficamos um de frente para o outro.

Senti que ele começou a me desprezar; havia uma preguiçosa insolência em seus primeiros movimentos. Mas tirei pele dos nós de seus dedos com um golpe de sorte (e talvez tenha até mesmo deixado sua mão dormente por um tempo) e isso o fez acordar. Embora meus olhos nunca se desviassem da espada dele, eu, de algum modo, via também seu rosto. "Irritadiço", pensei. Ele tinha a testa enrugada e uma espécie

Até que tenhamos rostos

de irritação detestável nos lábios que, talvez, já mascarasse algum temor. De minha parte, não sentia nenhum medo agora que já estávamos de fato ali; definitivamente, eu não acreditava no combate. Parecia mais uma das minhas lutas simuladas com Bardia; os mesmos golpes, estratagemas, entraves. Até mesmo o sangue em seus dedos não fazia qualquer diferença; uma espada sem corte ou as costas de uma espada teriam provocado o mesmo resultado.

Você, o grego para quem escrevo, talvez nunca tenha lutado na vida; ou, se lutou, muito provavelmente lutou como um hoplita. A menos que eu estivesse com você e tivesse uma espada, ou, ao menos, um bastão na mão, não teria como lhe explicar o que aconteceu. Logo senti que ele não me mataria. Mas eu tinha menos certeza de que eu poderia matá-lo. Sentia muito medo de que a luta durasse tempo demais e que sua grande força fosse me destruindo pouco a pouco. Do que me lembrarei para sempre é a mudança que logo se estampou em seu rosto, o que, para mim, foi uma surpresa total. Naquela hora não entendi. Agora acho que compreendo. Desde então, tenho visto o rosto de outros homens no momento em que começam a acreditar que "A morte é isso". Você vai reconhecê-la se já a tiver visto; a vida mais viva que nunca, uma intensidade violenta e torturante de vida. E foi então que ele cometeu seu primeiro grande erro e eu perdi minha oportunidade. Pareceu que um longo tempo se passou (na verdade, foram apenas alguns minutos) até que ele cometesse o mesmo erro. E dessa vez eu estava preparada. Dei o golpe certeiro e então, em um único movimento, girei minha espada e fiz um corte profundo na parte interna da perna, onde nenhuma cirurgia poderia deter o sangramento. Pulei para trás, é claro, caso sua queda me levasse ao chão junto com ele, de modo que o primeiro homem que matei sujou-me menos de sangue do que o primeiro porco que matei.

As pessoas correram até ele, mas não havia qualquer possibilidade de salvar sua vida. O grito da multidão reverberava em meus ouvidos, soando estranho, como soam todas as coisas quando você está usando um capacete. Não perdi nem mesmo o fôlego; a maioria das minhas sessões com Bardia haviam sido muito mais longas. No entanto, senti uma fraqueza súbita e as minhas pernas tremiam; também me senti diferente, como se algo tivesse sido tirado de mim. Tenho me perguntado com frequência se as mulheres se sentem assim quando perdem a virgindade.

Bardia (com Raposa bem ao seu lado) veio correndo até mim, com lágrimas nos olhos e a alegria espalhada por todo o rosto. — Bendita! Bendita! — gritava ele. — Rainha! Guerreira! Minha melhor aluna! Deuses, como a senhora lutou bonito! Um golpe para ser lembrado para sempre. Ele levou minha mão esquerda até seus lábios. Eu chorava bastante e mantinha a cabeça bem abaixada para que ele não visse as lágrimas que escorriam por debaixo da máscara. Mas, muito antes de eu haver recuperado a voz, todos estavam ao meu redor (Trunia ainda sobre o cavalo, porque não podia andar), com elogios e agradecimentos, até eu me sentir quase incomodada com isso, embora um pequeno espinho de orgulho, doce e afiado, se estendesse para dentro de mim. Não havia paz alguma. Eu deveria falar ao povo e aos homens de Phars. Deveria, ao que me parecia, fazer uma grande quantidade de coisas. E pensei: "Que saudade daquela tigela de leite, que bebi a sós, naquela leiteria fria, no primeiro dia em que usei uma espada!".

Assim que minha voz retornou, pedi meu cavalo, montei, levei-o para perto de Trunia e lhe dei minha mão. Assim,

Até que tenhamos rostos

cavalgamos alguns metros adiante e paramos em frente aos homens de Phars.

— Estrangeiros — disse eu —, vocês viram o príncipe Argan morto em um combate limpo. Há alguma dúvida em relação à sucessão de Phars?

Meia dúzia deles, que haviam sido, sem dúvida, os principais simpatizantes de Argan, não me deram outra resposta senão virar as costas e partir. Os demais, remanescentes, ergueram seus capacetes e suas lanças, e clamaram por Trunia e por paz. Então, soltei sua mão e ele cavalgou adiante, para o meio deles, e logo estava conversando com seus capitães.

— Agora, Rainha — disse Bardia em meu ouvido —, faz-se absolutamente necessário que a senhora convide alguns dos nossos notáveis e alguns dos de Phars (o Príncipe nos dirá quais) para um banquete no palácio. E convide Arnom também.

— Um banquete, Bardia? De pão de feijão? Você sabe que, em Glome, as despensas estão vazias.

— Temos o porco, Rainha. E Ungit deve deixar-nos ter uma porção do boi; falarei com Arnom sobre isso. Você deve sangrar a adega do Rei por algum motivo esta noite, e então o pão será menos notado.

Assim, minha fantasia de um jantar íntimo com Bardia e Raposa foi frustrada e, antes que minha espada fosse limpa do sangue de minha primeira batalha, eu já me via toda mulher novamente, envolvida com os cuidados próprios de uma dona de casa. Se pelo menos eu conseguisse me livrar de todos eles e conseguisse chegar ao chefe dos serviçais antes que eles alcançassem o palácio e descobrissem que vinho nós realmente tínhamos! Meu pai (e, sem dúvida, Batta) tivera o suficiente para nadar nele durante seus últimos dias.

Dezenove

No fim, éramos vinte e cinco (contando comigo) que retornávamos do campo para o palácio. O Príncipe estava ao meu lado, dizendo todo tipo de coisas agradáveis sobre mim (de fato, ele tinha algum motivo) e sempre me implorando para que eu lhe deixasse ver meu rosto. Era apenas um tipo de galanteio amigável e não teria significado algum para qualquer outra mulher. Para mim, era algo novo e (devo confessar isso também) tão doce que eu não tinha escolha senão manter o jogo por mais algum tempo. Eu havia sido feliz, muito mais feliz do que poderia esperar ser novamente, com Psique e Raposa, há muito tempo, antes dos nossos problemas. Agora, pela primeira vez em minha vida (e pela última), eu estava alegre. Um mundo novo, muito brilhante, parecia estar se abrindo ao meu redor.

Tratava-se, é claro, do velho truque dos deuses: encher bastante um balão antes que alguém o estoure.

Eles o estouraram logo depois que cruzei a soleira da minha casa. Uma menininha que eu nunca tinha visto antes, uma escrava, saiu de algum canto onde estava escondida e sussurrou algo no ouvido de Bardia. Ele estivera muito feliz até então; a luz do sol sumiu do seu rosto. Ele então veio até mim e disse, com uma expressão envergonhada:

— Rainha, o dia de trabalho está terminado. A senhora não vai precisar de mim agora. Eu apreciaria se me permitisse voltar para casa. Minha esposa está tomada por dores de parto. Não pensamos que já seria agora. Eu ficaria feliz se pudesse ficar com ela esta noite.

Entendi, naquele momento, todas as raivas do meu pai. Mas me contive ao máximo e disse:

— Ora, Bardia, é mais que apropriado que você vá. Recomendações minhas à sua esposa. E ofereça este anel a Ungit, para um parto seguro. — O anel que tirei de meu dedo era o melhor que eu tinha.

227

Até que tenhamos rostos

Seus agradecimentos foram sinceros, embora mal tivesse tempo de expressá-los antes de sair em alta velocidade. Suponho que ele nunca tenha sonhado o que me fizera com estas palavras "*O dia de trabalho está terminado*". Sim, era isso, só um dia de trabalho. Eu era o seu trabalho; ele ganhava o seu pão como meu soldado. Quando sua cota de trabalho para o dia terminava, ele ia para casa, como outros homens contratados, e assumia sua verdadeira vida.

O banquete daquela noite foi o primeiro em que estive e o último no qual fiquei sentada até o fim (não nos reclinamos à mesa como os gregos, mas nos sentamos em cadeiras ou bancos). Posteriormente, embora eu tenha dado muitos banquetes, nunca fiz mais do que entrar três vezes, saudar os convidados mais importantes, falar com todos e sair novamente, sempre com duas das minhas criadas me auxiliando. Isso tem me poupado muito desgaste, além de expressar uma grande noção de meu orgulho ou de minha modéstia, o que tem sido de grande utilidade. Naquela noite, fiquei sentada até bem próximo do fim, a única mulher no meio daquele grupo. Três partes de mim eram uma Orual envergonhada e assustada, que aguardava ansiosamente uma repreensão de Raposa por estar ali e que estava extremamente só; a quarta parte era a Rainha, orgulhosa (embora também confusa), em meio ao calor e ao barulho, às vezes sonhando em rir alto e beber muito como um homem e um guerreiro e, no momento seguinte, mais alucinadamente, respondendo ao flerte de Trunia, como se o véu ocultasse o rosto de uma bela mulher.

Quando saí e cheguei ao frio e à tranquilidade da galeria, minha cabeça girava e doía. E "Argh!", pensei, "que coisas vis são os homens!". Àquela altura, todos estavam bêbados (exceto Raposa, que havia saído mais cedo), mas sua

Dezenove

bebedeira me causou menos mal-estar do que sua comilança. Eu nunca tinha visto os homens se divertindo antes: a voracidade, a disputa, os arrotos, os soluços, a indecência de tudo aquilo, os ossos jogados ao chão, os cães brigando aos nossos pés. Todos os homens eram assim? Bardia também...? E então minha solidão retornou. Minha solidão dupla, por Bardia, por Psique. Não havia como dissociar. O retrato, o sonho impossível de uma idiota, era que tudo tivesse sido diferente desde o princípio e ele seria meu marido e Psique, nossa filha. E eu então estaria em trabalho de parto... com Psique... e por mim é que ele estaria voltando para casa. Mas agora descobria o poder maravilhoso do vinho. Compreendo por que os homens se embebedam. O efeito que produziu em mim não apagou essas aflições de forma alguma, mas as fez parecerem gloriosas e nobres, como uma música triste, e eu, de algum modo, nobre e honrada por está-las sentindo. Eu era como uma rainha grandiosa e triste em uma canção. Não evitei as grossas lágrimas que brotavam dos meus olhos. Eu as apreciei. Para dizer a verdade, eu estava bêbada; fiz papel de idiota.

E, então, fui para a minha cama de idiota. O que era aquilo? Não, não, eu não era uma menina chorando no jardim. Ninguém com fome, frio ou que tivesse sido banido estava tremendo ali, ansiando por entrar, mas sem se atrever a fazê-lo. Eram as correntes balançando no poço. Seria tolice levantar, sair e voltar a chamá-la: Psique, Psique, meu único amor. Eu sou uma grande rainha. Matei um homem. Estou bêbada como um homem. Todos os guerreiros bebem bastante depois da batalha. Os lábios de Bardia em minha mão foram como o toque de um relâmpago. Todos os grandes príncipes têm concubinas ou amantes. Lá está o choro de novo. Não, são apenas os baldes no poço.

Até que tenhamos rostos

— Feche a janela, Poobi. Vá para a cama, filha. Você me ama, Poobi? Me dê um beijo de boa noite. Boa noite.

O Rei está morto. Ele nunca mais vai puxar meu cabelo de novo. Um golpe certeiro e, então, um corte na perna. Isso o teria matado. Eu sou a Rainha; vou matar Orual também.

Vinte

No dia seguinte, cremamos o velho Rei. No outro, noivamos Redival com Trunia (e o casamento se realizou um mês depois). Ao terceiro dia, todos os estrangeiros partiram e ficamos com a casa só para nós. Meu reinado de fato teve início.

Devo agora passar rapidamente por muitos anos (embora eles tenham representado a parte mais longa de minha vida) durante os quais a Rainha de Glome ocupava mais e mais de mim enquanto Orual tinha cada vez menos. Eu a tranquei ou deixei adormecida o máximo que pude em algum lugar bem no meu íntimo; ela permaneceu aninhada ali. Era como ter uma criança, mas ao contrário: lentamente, o que eu carregava em mim ficava cada vez menor e menos vivo.

Pode ser que alguém que esteja lendo este livro tenha ouvido fábulas e canções sobre meu reino, minhas guerras e minhas grandes ações. Que essa pessoa esteja certa de que a maioria dessas histórias é falsa, pois eu já sei que as conversas de rua, especialmente em terras vizinhas, dobraram ou triplicaram a verdade, e minhas ações, da forma que foram, têm sido misturadas às de outra grande rainha guerreira que

Até que tenhamos rostos

viveu muito tempo atrás (eu acho), mais ao norte, e se construiu uma admirável colcha de retalhos a partir das maravilhas e dos insucessos de ambas. Mas a verdade é que, depois da minha luta contra Argan, houve apenas três guerras nas quais lutei, e uma delas, a última, contra os homens de Wagon, que vivem além da Montanha Cinzenta, foi uma guerra bem insignificante. E, embora eu tenha viajado com meus homens em todas essas guerras, nunca mais fui tola de pensar em mim como uma grande capitã. Tudo isso foi trabalho de Bardia e Penuan. (Eu o conheci na noite após a luta contra Argan e ele se tornou o mais confiável entre os meus nobres.) Também devo dizer o seguinte: até hoje, não estive em uma batalha em que, quando as fileiras foram organizadas e as primeiras flechas do inimigo chegaram subitamente entre nós, e os gramados e as árvores de repente se tornaram um lugar único, um Campo, algo a ser descrito em crônicas, tenha desejado de todo o coração haver ficado em casa. Nem executei, com meu braço, nenhuma obra notável, a não ser uma. Isso foi na guerra com Essur, quando alguns dos seus cavalos saíram de uma emboscada, e Bardia, cavalgando para sua posição, viu-se subitamente cercado. Eu então galopei até ele e não tive sequer consciência do que estava fazendo até que tudo estivesse resolvido, e dizem que eu matei sete homens com meus próprios golpes (naquele dia eu fui ferida). Mas, ao dar ouvidos aos boatos, você diria que eu planejei cada guerra e cada batalha, e que matei mais inimigos que todo o nosso exército junto.

Minha verdadeira força reside em duas coisas. A primeira foi que eu tive, especialmente nos primeiros anos, dois conselheiros muito bons. Não teria sido possível contar com companheiros melhores, pois Raposa entendia do que Bardia ignorava, e nenhum dos dois se importava nem um pouco

Vinte

com sua própria dignidade ou com seu progresso quando minhas necessidades estavam em jogo. E passei a entender (o que minha ignorância de menina mantivera escondido de mim) que as gozações e zombarias que eles dirigiam um ao outro eram, na verdade, uma espécie de jogo. Nenhum dos dois tampouco era bajulador. Nesse sentido, pude tirar algum benefício da minha feiura; eles não pensavam em mim como mulher. Se pensassem, seria impossível que nós três, sozinhos, ao pé da lareira da Sala das Colunas (como frequentemente ficávamos), conversássemos com tanta liberdade. Aprendi com eles mil coisas sobre os homens.

Minha segunda força estava em meu véu. Eu nunca teria acreditado, até prová-lo, no que ele faria por mim. Desde o princípio (e isso tudo começou naquela noite no jardim, com Trunia), assim que meu rosto se tornou invisível, as pessoas começaram a descobrir todos os tipos de beleza em minha voz. No princípio, era "profunda como a de um homem, mas nada no mundo seria menos viril"; mais tarde, e até ela se tornar mais rouca com a idade, era como a voz de um espírito, uma sereia, Orfeu, como quisesse. E, conforme os anos se passavam e cada vez menos pessoas na cidade (e nenhuma além dos seus muros) eram capazes de se lembrar do meu rosto, mais incríveis se tornavam as histórias sobre o que aquele véu escondia. Ninguém acreditava que fosse algo tão trivial quanto o rosto de uma mulher feia. Alguns diziam (quase todas as mulheres mais jovens diziam) que ele era terrivelmente assustador, como a cara de um porco, de um urso, de um elefante. A melhor história era a de que eu não tinha rosto algum; se você rasgasse o meu véu, encontraria um espaço vazio. Mas outra vertente (mais contada entre os homens) dizia que eu usava véu porque minha beleza era tão fascinante que, se eu a deixasse ser vista, todos os homens

233

Até que tenhamos rostos

do mundo enlouqueceriam; ou então que Ungit sentia inveja da minha beleza e prometera me destruir se eu expusesse meu rosto. A consequência de todo esse absurdo foi que eu me transformei em algo muito misterioso e assustador. Vi embaixadores, que eram valentes na batalha, ficarem brancos como crianças assustadas em minha Sala das Colunas quando eu me virava e olhava para eles (e não sabiam se eu estava olhando ou não) e ficava em silêncio. Fiz com que os mais experientes mentirosos ruborizassem e vomitassem a verdade, usando a mesma tática.

A primeira coisa que fiz foi mudar meus aposentos para o lado norte do palácio, a fim de ficar longe daquele som que as correntes faziam no poço. Embora, à luz do dia, eu soubesse muito bem que som era aquele, à noite nada do que eu fizesse poderia curar-me de considerá-lo o choro de uma menina. No entanto, a mudança dos meus aposentos e as mudanças posteriores (pois experimentei todos os lados da casa) de nada adiantaram. Descobri que não havia nenhuma parte do palácio em que o balanço dessas correntes não pudesse ser ouvido à noite, ou seja, quando o silêncio era mais profundo. É algo que não teria descoberto quem não estivesse sempre aterrorizado de ouvir um som; e, ao mesmo tempo (era Orual, Orual recusando-se a morrer), terrivelmente aterrorizado de não ouvi-lo se, dessa vez — e, se possível, pela última vez, depois de dez mil zombarias —, ele fosse real, se Psique tivesse voltado. Mas eu sabia que isso era tolice. Se Psique estivesse viva e pudesse retornar, e quisesse retornar, teria feito isso há muito tempo. Ela deve estar morta agora, ou ter sido capturada e vendida como escrava... Quando esse pensamento vinha, meu único recurso era me levantar, a despeito de estar frio ou já ser tarde, e ir à Sala das Colunas procurar alguma coisa para fazer. Li e escrevi ali até

Vinte

quase não enxergar mais — minha cabeça em chamas, meus pés latejando de frio.

É claro que tive meus concorrentes em todo mercado de escravos e olheiros em todas as terras que eu pudesse alcançar, e escutei todas as histórias de viajantes que pudessem nos dar alguma pista de Psique. Fiz isso por anos a fio, mas isso se tornou muito entediante para mim, porque eu sabia que era tudo em vão.

Antes que meu reinado completasse um ano (lembro-me bem do tempo, pois os homens colhiam figos), ordenei que Batta fosse enforcada. Investigando uma fala fortuita que um cavalariço repetiu na minha presença, descobri que ela era, havia muito tempo, a peste de todo o palácio. Nenhuma ninharia podia ser dada a qualquer um dos outros escravos, e dificilmente um bom bocado cairia em suas tigelas sem que Batta tivesse sua parte; de outra forma, ela contaria mentiras sobre eles que fariam com que fossem açoitados ou levados às minas. E, depois que Batta foi enforcada, continuei com minhas ações e reduzi o contingente de escravos para melhor administrá-los. Havia muitos deles. Alguns ladrões e prostitutas, esses eu vendi. Muitos dos bons, homens e mulheres, se fossem robustos e prudentes (pois, caso contrário, libertar um escravo não é outra coisa senão ter um novo mendigo à porta), eu libertei e dei-lhes terra e habitação para seu sustento. Separei-os em pares e os casei. Em algumas ocasiões, deixei até mesmo que escolhessem sua própria esposa ou seu próprio marido, o que é uma maneira estranha e rara de promover casamentos igualitários entre escravos, mas que funcionou muito bem. Embora fosse uma grande perda para mim, libertei Poobi e ela escolheu um homem muito bom. Algumas de minhas horas mais felizes foram passadas ao lado da lareira, em sua pequena casa. E essas pessoas libertas,

Até que tenhamos rostos

em sua maioria, tornaram-se prósperos agricultores, todos vivendo nas proximidades do palácio e muito fiéis a mim. Foi como ter um segundo grupo de guardas.

Organizei melhor as minas (são minas de prata). Ao que parece, meu pai nunca havia pensado nelas, a não ser como um lugar de punição. "Levem-no para as minas!", dizia ele. "Eu vou lhe ensinar. Faça-o trabalhar até morrer." No entanto, havia mais morte do que trabalho nas minas, e o lucro era pouco. Assim que consegui um bom administrador (Bardia era incomparável em encontrar esses homens), comprei escravos fortes e jovens para as minas, fiz com que tivessem acomodações secas e boa comida, e garanti-lhes que qualquer um deles poderia ser livre quando tivesse, contando dia a dia, encontrado determinada quantidade de metal. A quantidade era tal que um homem determinado poderia esperar receber sua liberdade em dez anos; mais adiante, reduzimos esse tempo para sete. Isso diminuiu os rendimentos no primeiro ano, mas os elevou em um décimo no terceiro; agora, chegaram novamente à metade dos rendimentos nos dias do meu pai. Nossa prata é a melhor em toda essa região e uma das principais fontes de nossa riqueza.

Tirei Raposa do buraco imundo no qual ele havia dormido durante todos esses anos e lhe providenciei acomodações nobres no lado sul do palácio e terra para o seu sustento, para que não parecesse que ele dependia da minha generosidade. Também lhe dei dinheiro para comprar livros (se isso fosse possível). Foi necessário um bom tempo para que os comerciantes, talvez a vinte reinos de distância, soubessem que havia mercado para livros em Glome, e ainda mais tempo para que os livros chegassem até nós, passando por várias mãos e quase sempre atrasando um ano ou mais na viagem. Raposa arrancava os próprios cabelos quando via o

Vinte

preço dos livros. "O valor de um óbolo por um talento", dizia. Pegávamos o que conseguíamos obter, e não o que escolhíamos. Assim, construímos o que era, para os padrões de uma terra bárbara, uma nobre biblioteca: ao todo, dezoito obras. Tínhamos a poesia de Homero sobre Troia, incompleta, até o trecho em que ele fala sobre o choro de Pátroclo. Tínhamos duas tragédias de Eurípedes, uma sobre Andrômeda e outra na qual Dioniso diz o prólogo e o coro é composto por mulheres selvagens. Havia também um livro muito bom e útil (sem métrica) sobre a criação e o tratamento de cavalos e bois, a vermifugação de cães e temas afins. Além disso, alguns dos diálogos de Sócrates; um poema de Estesícoro em homenagem a Helena; um livro de Heráclito; e um livro muito longo e difícil (também sem métrica) que começa dizendo que *todos os homens, por natureza, desejam conhecimento.* Assim que os livros começaram a chegar, Arnom passou a ficar sempre com Raposa, aprendendo a ler, e logo outros homens vieram, em sua maioria jovens filhos de nobres.

Agora eu começava a viver como uma rainha, a conhecer meus nobres e a ser cortês para com as grandes senhoras do reino. E assim, por necessidade, vim a conhecer a esposa de Bardia, Ansit. Eu pensava que ela fosse de uma beleza estonteante; mas a verdade é que ela era baixinha e agora, depois de ter tido oito filhos, estava muito gorda e disforme. Todas as mulheres de Glome engordavam assim, cedo demais. (Essa era uma coisa que, parece, ajudava a alimentar a fantasia de que eu tinha um rosto lindo por trás de meu véu. Por ser virgem, mantive meu físico, e isso — se você não visse o meu rosto — foi bastante aceitável por um longo tempo.) Fiz um enorme esforço para ser polida com Ansit — mais que polida, até mesmo amável. Mais que isso, eu a teria amado de fato, por Bardia, se pudesse ter feito isso. Ela, no entanto,

Até que tenhamos rostos

era muda como um rato na minha presença; tinha medo de mim, eu pensava. Quando tentávamos conversar, seus olhos vagavam pela sala como se perguntasse: "Quem vai me livrar disso?". Num estalo, não sem sentir certa alegria, me ocorreu um pensamento: "Será que ela tem ciúmes?". E assim foi, por todos esses anos, sempre que nos encontramos. Às vezes eu dizia a mim mesma: "Ela deitou na cama dele, e isso é ruim. Ela gerou seus filhos, e isso é pior. No entanto, ela já esteve agachada ao lado dele numa emboscada? Já cavalgou com ele, joelho com joelho, sentada na garupa? Ou compartilhou uma garrafa de água fedorenta com ele ao final de um dia sedento? Nos olhares românticos que trocaram, houve algum como os que trocam os verdadeiros companheiros em uma despedida, quando tomam caminhos diferentes, ambos para um grande perigo? Eu conheci, tive tanto dele que ela jamais poderia sonhar. Ela é o seu brinquedo, a sua diversão, o seu lazer, o seu conforto. Eu faço parte da sua vida de homem".

É estranho pensar como Bardia ia e vinha diariamente entre a Rainha e a esposa, com a certeza de que cumprira sua tarefa para com ambas (como de fato cumpria) e sem perceber, não há dúvida, o conflito que havia estabelecido entre elas. É isso que significa ser homem. O único pecado do qual os deuses nunca nos perdoam é o de termos nascido mulheres.

A tarefa que mais me irritava como rainha era ter de ir com frequência à casa de Ungit e oferecer sacrifícios. Seria bem pior se a própria Ungit não estivesse agora enfraquecida (talvez meu orgulho me tenha feito pensar assim). Arnom havia aberto novas janelas nas paredes e sua casa não estava tão escura. Ele também a mantinha de forma diferente, limpando o sangue depois de cada sacrifício e borrifando água fresca; assim, cheirava mais limpo e menos santo. E Arnom estava aprendendo com Raposa a falar como um filósofo

Vinte

sobre os deuses. A grande mudança aconteceu quando ele propôs erigir uma imagem dela — uma imagem em forma de mulher, ao estilo grego — em frente à velha pedra disforme. Acho que ele gostaria de se haver livrado da pedra por completo, mas ela é, em certo sentido, a própria Ungit, e o povo teria enlouquecido se ela fosse removida. Era uma tarefa audaciosa ter uma imagem como ele queria, pois ninguém em Glome teria capacidade de fazê-la; ela teria de ser trazida, não das próprias terras gregas, mas de terras nas quais os homens tivessem sido treinados pelos gregos. Eu agora era rica e o ajudei com a prata. Não sabia bem por que fizera isso; acho que senti que uma imagem desse tipo seria, de algum modo, uma derrota para a Ungit velha, faminta e sem rosto, cujo terror pairara sobre mim durante toda a minha infância. A nova imagem, quando chegou enfim, pareceu a nós, bárbaros, maravilhosamente bela e cheia de vida, mesmo quando levamos sua brancura e nudez para dentro de sua casa. E, quando a pintamos e a vestimos com suas roupas, ela se transformou em uma maravilha para todas as terras próximas, e os peregrinos vinham vê-la. Raposa, que já havia visto obras maiores e mais belas em sua terra, ria-se dela.

Desisti de encontrar um quarto no qual não ouvisse aquele barulho que, às vezes, eram correntes balançando ao vento e, às vezes, era Psique, perdida e empobrecida, chorando em minha porta. Em vez disso, construí muros de pedra ao redor do poço e coloquei um telhado de palha sobre eles, acrescentando uma porta. Os muros eram bem espessos, meu construtor me disse que eram até espessos demais. — A senhora está desperdiçando pedra boa, Rainha — disse ele —, o suficiente para fazer dez novos chiqueiros. Por um tempo, depois disso, comecei a ter uma visão feia nos meus sonhos, ou entre o dormir e o despertar, na qual eu havia emparedado e

239

Até que tenhamos rostos

amordaçado com pedras não um poço, mas a própria Psique (ou Orual). Mas isso também passou. Não ouvi mais Psique chorando. Um ano depois disso, derrotei Essur.

Raposa estava envelhecendo e precisava descansar; ele vinha cada vez menos à minha Sala das Colunas. Estava muito ocupado escrevendo uma história de Glome. Ele a escreveu duas vezes, em grego e em nossa própria língua, a qual ele, agora, percebia que poderia ser eloquente. Era estranho, para mim, ver nossa própria fala registrada em letras gregas. Nunca disse a Raposa que ele sabia menos dela do que imaginava, de modo que o que ele escrevia era geralmente engraçado, e ainda mais onde ele imaginava ser muito eloquente. Quanto mais envelhecia, menos se parecia com um filósofo e mais falava de eloquência, figuras de linguagem e poesia. Sua voz se tornara mais estridente e ele conversava cada vez mais. Com frequência, ele me confundia com Psique; às vezes me chamava de Crethis, e em outras, até por alguns nomes de meninos, como Charmides ou Glaucon.

Eu, no entanto, estava bastante ocupada para passar muito tempo com ele. O que eu não fazia? Fiz com que todas as leis fossem revisadas e lavradas em pedra no centro da cidade. Estreitei e aprofundei o Shennit até que as barcaças pudessem chegar aos nossos portões. Fiz uma ponte onde outrora estivera o velho vau. Construí cisternas para que não ficássemos sem água quando houvesse um ano de seca. Tornei-me conhecedora de gado e comprei bons bois e carneiros, melhorando, assim, nossas criações. Eu fiz e eu fiz e eu fiz — e o que importa o que eu fiz? Cuidei de todas essas coisas apenas como um homem se ocupa de uma caçada ou de um jogo, de forma que lhe ocupa a mente e parece duradouro enquanto acontece, mas então o animal é morto ou o rei recebe xeque-mate, e agora quem se importa? Era assim comigo, em quase todas as noites da minha vida; uma

Vinte

pequena escadaria me levava da festa ou do concílio à agitação, às habilidades e à glória de ser rainha, à minha própria câmara para ficar sozinha comigo mesma — ou seja, com o nada. Ir para a cama e acordar de manhã (eu geralmente acordava bem cedo) eram horas ruins... — tantas centenas de noites e manhãs. Às vezes eu me perguntava quem ou o que nos manda essa repetição sem sentido de dias e noites e estações e anos; não é como ouvir um moleque estúpido assoviando a mesma melodia várias vezes, até que você se pergunta como ele é capaz de suportá-la?

Raposa morreu, e eu lhe fiz um funeral digno de rei e escrevi quatro versos gregos que foram gravados em seu túmulo. Não os escreverei aqui para evitar que um grego de verdade ria deles. Isso aconteceu no fim da colheita. O túmulo está atrás das pereiras, onde ele costumava ensinar a Psique e a mim no verão. Então, os dias e meses e anos se passaram novamente como antes, girando e girando como uma roda, até que chegou um dia em que olhei ao meu redor e para os jardins, o palácio, o cume da Montanha Cinzenta a leste e pensei que não conseguiria mais suportar ver essas mesmas coisas todos os dias, até morrer. As próprias bolhas de piche sobre as cercas de madeira dos currais pareciam as mesmas que eu vira antes que Raposa chegasse a Glome. Decidi sair em excursão e viajar para outras terras. Estávamos em paz com todos. Bardia, Penuan e Arnom poderiam fazer tudo que fosse necessário enquanto eu estivesse fora; Glome, de fato, havia sido cuidada e educada até o ponto de quase governar a si mesma.

Levei comigo o filho de Bardia, Ilerdia, e a filha de Poobi, Alit, além de duas de minhas criadas, um grupo de lanceiros (todos homens honestos), um cozinheiro e um cavalariço, com animais carregados de tendas e mantimentos, e partimos de Glome três dias depois.

Vinte e um

A razão que me leva a contar sobre essa jornada aconteceu bem no final dela, exatamente quando pensei que já havia terminado. Fomos primeiro a Phars, onde eles fazem as colheitas depois de nós, de modo que parecia que tínhamos aquela época do ano duas vezes. Descobrimos o que havíamos acabado de deixar em casa: o som das ferramentas sendo afiadas, o canto dos ceifeiros, os campos de restolho aumentando e as áreas de cereal não colhido diminuindo. As carroças carregadas nas estradinhas, todo o suor, as queimaduras de sol e a alegria. Nós havíamos repousado dez noites ou mais no palácio de Trunia, onde fiquei impressionada ao ver como Redival havia engordado e perdido sua beleza. Como no passado, ela falava sem parar, mas apenas sobre seus filhos, e não perguntou por ninguém em Glome, a não ser Batta. Trunia nunca escutava uma palavra sequer do que ela dizia, mas ele e eu conversamos muito. Eu já havia combinado com meu concílio que seu segundo filho, Daaran, seria o Rei de Glome depois de mim. Esse Daaran era (para o filho de uma mãe tão idiota) um menino muito ajuizado. Eu poderia tê-lo amado se eu me permitisse e se Redival estivesse fora do caminho. Entretanto, eu jamais entregaria de novo meu coração a qualquer jovem criatura.

Vinte e um

Quando saímos de Phars, viramos a oeste para entrar em Essur por meio de profundas passagens através das montanhas. Esse era um país com as maiores florestas que eu já tinha visto e de rios caudalosos, com muitos passarinhos, corças e outras caças. As pessoas que me acompanhavam eram todas jovens e tinham muito prazer em suas viagens, e a viagem em si, até então, nos havia unido: todos estavam bronzeados e cheios de esperanças, cuidados, gracejos e conhecimento, tudo brotando desde que saímos de casa e sendo compartilhado entre nós. A princípio, eram cerimoniosos comigo e cavalgaram em silêncio; mas agora éramos todos bons amigos. Meu coração animou-se. As águias voavam em círculos acima de nós e as quedas d'água urravam.

Das montanhas, descemos até Essur e passamos três noites na casa do Rei. Ele não era um homem ruim, eu acho, mas muito servil e cortês comigo, pois Glome e Phars, em aliança, haviam obrigado Essur a mudar seu tom. A rainha ficou notoriamente horrorizada com meu véu e com as histórias que ouvira a meu respeito. E, daquela casa, eu havia planejado retornar ao meu lar, mas nos falaram de uma fonte natural de água quente que ficava a uns vinte e cinco quilômetros mais adiante, a oeste. Eu sabia que Ilerdia queria vê-la e pensei (entre tristeza e alegria) como Raposa teria me censurado se eu estivesse tão próxima de qualquer obra curiosa da natureza e não a examinasse. Então, eu disse que viajaríamos mais um dia e depois seguiríamos para casa.

Foi o mais calmo de todos os dias — outono puro —, muito quente, embora a luz do sol sobre o restolho parecesse envelhecida e suave, e não tão forte como nos dias quentes de verão. Parecia até que o ano estava descansando, o trabalho concluído. Sussurrei para mim mesma que eu também começaria a descansar. Quando retornasse a Glome, eu não

Até que tenhamos rostos

mais acumularia tarefa sobre tarefa. Deixaria Bardia descansar também (pois, com frequência, eu pensava que ele começava a parecer cansado) e deixaríamos as mentes mais jovens se ocuparem, enquanto nos assentaríamos sob o sol e conversaríamos sobre nossas velhas batalhas. O que mais havia para eu fazer? Por que eu não poderia ficar em paz? Pensei que isso representava a chegada da sabedoria da velha idade.

A fonte de água quente (assim como todas as coisas raras) era uma mera distração para os tolos curiosos. Depois que a vimos, seguimos adiante pelo vale agradável e verde, onde ela brotava, e encontramos um bom espaço para acampar, entre um riacho e uma floresta. Enquanto meus companheiros estavam ocupados com as tendas e os cavalos, entrei um pouco na floresta e sentei-me ali, no frescor. Logo ouvi a badalada de um sino de templo (em Essur, quase todos os templos tinham sinos) que vinha de algum lugar atrás de mim. Pensando que seria bem agradável caminhar um pouco depois de tantas horas montada em um cavalo, levantei-me e segui adiante lentamente, por entre as árvores, procurando o templo, muito vagarosamente, sem me importar se o encontraria ou não. No entanto, em poucos minutos, cheguei a um lugar coberto de musgos, sem árvores, e lá estava ele; não era maior do que uma cabana de camponês, mas era construído de pedras muito brancas, com colunas dentadas em estilo grego. Atrás dele, eu podia ver uma pequena casa de palha, onde, sem dúvida, vivia o sacerdote.

O lugar em si era bem silencioso, mas no interior do templo fazia um silêncio muito mais profundo e estava muito frio. Estava tudo limpo e vazio, sem qualquer daqueles aromas comuns aos templos, de modo que pensei que talvez pertencesse a um daqueles deuses menores e pacíficos, que se contentam em receber flores e frutos como sacrifício. Então,

Vinte e um

eu vi que devia ser uma deusa, pois havia, sobre o altar, a imagem de uma mulher, de aproximadamente sessenta centímetros, talhada em madeira, feita da melhor forma possível (na minha opinião), porque não era pintada nem folheada, mas tinha somente a pálida cor natural da madeira. O que a estragava era uma faixa ou um xale, de alguma matéria negra, amarrado ao redor da cabeça da imagem, como que para esconder seu rosto — muito parecido com o meu véu, só que o meu é branco.

Pensei que tudo isso era muito melhor do que a casa de Ungit, e diferente também. Então, ouvi um passo atrás de mim e, voltando-me, vi que um homem com um manto negro havia entrado. Era um homem idoso, com olhos tranquilos, talvez um pouco simples.

— A estrangeira quer fazer uma oferenda à deusa? — perguntou.

Coloquei duas moedas em sua mão e perguntei quem era a deusa.

— Istra — respondeu ele.

O nome não é tão incomum em Glome e nas terras vizinhas para que eu tivesse motivos para ficar alarmada; mas eu disse que nunca tinha ouvido falar de uma deusa com esse nome.

— Ah, porque é uma deusa muito jovem. Ela acabou de se tornar uma. Pois a senhora deve saber que, como muitos outros deuses, ela começou como simples mortal.

— E como se tornou uma deusa?

— Ela se tornou deusa tão recentemente que ainda é muito pobre, Estrangeira. No entanto, por uma pequena peça de prata, eu lhe contarei sua história sagrada. Obrigado, Estrangeira bondosa, obrigado. Istra será sua amiga por isso. Agora vou lhe contar a história sagrada. Era uma vez uma terra na

Até que tenhamos rostos

qual viviam um rei e uma rainha que tinham três filhas, e a mais nova era a mais bela princesa de todo o mundo...

E assim ele continuou, como fazem os sacerdotes, todos com uma voz cantada e usando palavras que ele claramente sabia de cor. E, para mim, era como se a voz do velho homem, o templo, eu mesma e minha jornada fôssemos todos personagens dessa história; pois ele estava contando a exata história de nossa Istra, da própria Psique — de como Talapal (que é a Ungit essuriana) ficara com ciúmes de sua beleza e fizera com que ela fosse oferecida a um bruto em uma montanha, e como o filho de Talapal, Ialim, o mais belo dentre os deuses, a amou e a levou para seu palácio secreto. Ele sabia até mesmo que Ialim a visitava somente na escuridão e que a havia proibido de ver seu rosto. No entanto, ele tinha uma razão bastante infantil para isso:

— Veja, Estrangeira, ele tinha de manter segredo por causa de sua mãe, Talapal. Ela ficaria furiosa com ele se soubesse que ele havia casado com a mulher a quem ela mais odiava no mundo.

Pensei comigo mesma: "Que bom que não ouvi essa história quinze anos atrás; sim, ou mesmo dez. Ela teria despertado todos os meus sofrimentos adormecidos. Agora, ela quase não me incomoda mais". Então, repentina e novamente impressionada com a estranheza da narrativa, eu lhe perguntei:

— Onde você aprendeu tudo isso?

Ele me encarou como se não tivesse entendido bem a pergunta.

— É a história sagrada — disse.

Percebi que ele era mais ingênuo que sagaz e que seria inútil questioná-lo. Tão logo me calei, ele continuou.

Mas, de repente, toda a sensação de sonho que havia em mim desapareceu. Fiquei totalmente desperta e senti o

Vinte e um

sangue subir ao meu rosto. Ele estava contando a história do jeito errado — horrível e estupidamente errado. Para começar, ele fez com que ambas as irmãs de Psique a visitassem no palácio secreto do deus (pensar em Redival indo lá!).

— E assim — disse ele —, quando suas duas irmãs viram a beleza do palácio, foram recebidas com festa e ganharam presentes, elas...

— Elas viram o palácio?

— Estrangeira, você está atrapalhando a história sagrada. É claro que elas viram o palácio. Não eram cegas. E então...

Foi como se os próprios deuses tivessem primeiro dado uma risada e, depois, cuspido em meu rosto. Essa foi a forma que a história havia tomado. Pode-se até dizer que era a forma que os deuses haviam dado a ela, pois devem ter sido eles que a colocaram na mente desse velho tolo ou na mente de outro sonhador, com quem ele a aprendeu. Como poderia algum mortal ter tomado conhecimento daquele palácio? Essa parte da verdade, eles lançaram na mente de alguém, em um sonho, ou em um oráculo, ou seja lá como fazem essas coisas; e eliminaram completamente o próprio significado, a essência, o cerne, de toda a trama. Não faço bem ao escrever um livro contra eles, contando o que mantiveram em segredo? Nunca, em sã consciência, peguei uma falsa testemunha em uma meia-verdade mais astuta. Pois, se a verdadeira história tivesse sido como a história deles, nenhum enigma me teria sido colocado; não haveria nenhuma suposição e nenhuma suposição errada. Mais que isso, essa é uma história que pertence a outro mundo, um mundo no qual os deuses se apresentam claramente e não atormentam os homens com vislumbres, nem desvelam a um o que escondem de outros, nem lhes pedem para crer naquilo que contradiz seus olhos e ouvidos e nariz e língua e dedos. Em um

247

Até que tenhamos rostos

mundo assim (será que existe algum? Certamente não é o nosso), eu teria caminhado corretamente. Os próprios deuses não teriam conseguido encontrar defeito algum em mim. E agora contar a minha história como se eu tivera a visão que me haviam negado... não é como contar a história de um aleijado sem dizer que ele mancava, ou contar que um homem revelou um segredo, mas sem dizer que isso aconteceu depois de vinte horas de tortura? Logo percebi como a história falsa cresceria, se espalharia e seria contada por toda a terra; e me perguntei quantas histórias sagradas são apenas falsidades distorcidas como essa.

— Então — dizia o sacerdote —, quando essas duas irmãs perversas armaram seu plano para arruinar Istra, trouxeram a ela o lampião e...

— Mas por que ela... elas queriam separá-la do deus, se tinham visto o palácio?

— Elas quiseram destruí-la *porque* viram o palácio.

— Mas por quê?

— Ah, porque eram invejosas. Seu marido e sua casa eram muito superiores aos delas.

Naquele momento, decidi escrever este livro. Por anos a fio, minha velha briga com os deuses havia ficado adormecida. Eu tinha passado a pensar como Bardia: não mais me metia com eles. Frequentemente, embora eu mesma tivesse visto um deus, chegava quase a acreditar que coisas assim não existem. A memória de sua voz e de seu rosto estava guardada numa daquelas salas da minha alma que eu não destrancava sem motivo. Agora, de imediato, sabia que estava diante deles de novo: eu, sem nenhuma força, eles, com toda a força do mundo; eu, visível para eles, eles, invisíveis para mim; eu, facilmente ferida (já tão ferida que toda a minha vida não tinha sido outra coisa senão esconder e estancar meu

Vinte e um

ferimento), eles, invulneráveis; eu, uma, eles, muitos. Todos esses anos, eles deixaram apenas que eu fugisse deles o máximo que um gato permite que o rato fuja. Agora, peguem! E lá estão as garras novamente sobre mim. Bem, eu podia falar. Esclarecer a verdade. Poderia fazer o que talvez nunca ninguém no mundo tivesse feito e que deveria ser feito agora. O caso contra eles deveria ser registrado.

Inveja! Eu, com inveja de Psique? Senti repulsa não apenas da maldade contida nessa mentira, mas também de sua monotonia. É como se os deuses tivessem mentes como as das pessoas mais vis. O que lhes pareceu mais fácil, o que lhes pareceu ser o motivo mais provável e simples para ser apresentado em uma história, foi a paixão maçante e limitada dos pedintes das ruas, dos templos-bordéis, do escravo, da criança, do cachorro. Eles não conseguiriam contar mentira melhor do que essa, se tivessem de mentir?

— ... e vagueia pela terra, chorando, chorando, sempre chorando. Por quanto tempo o velho homem estivera falando? Aquela única palavra soava em meus ouvidos como se ele a tivesse repetido mil vezes. Armei-me e minha alma permaneceu em guarda. Mais um momento e eu teria começado a ouvir o som de novo. Ela teria chorado naquela pequena floresta, fora da porta do templo.

— Basta! — gritei. — Você acha que não sei que uma menina chora quando seu coração se parte? Continue, continue.

— Vagueia, chorando, chorando, sempre chorando — disse ele. — E cai sob o poder de Talapal, que a odeia. E, é claro, Ialim não pode protegê-la, porque Talapal é sua mãe e ele tem medo dela. Assim, Talapal atormenta Istra e a obriga a realizar todos os tipos de trabalhos pesados, coisas que parecem impossíveis. Mas, quando Istra executa todas as tarefas,

Até que tenhamos rostos

então, por fim, Talapal a liberta e ela se une novamente a Ialim e se torna uma deusa. Nós, então, tiramos seu véu negro, eu troco meu manto preto por um branco e nós oferecemos...

— Você quer dizer que ela, um dia, se unirá novamente ao deus; e então você tirará o véu dela? Quando isso vai acontecer?

— Nós tiramos o véu e eu troco meu manto na primavera.

— Você acha que me importo com o que você faz? A cena já aconteceu ou não? Istra está, agora, vagando pela terra ou já se tornou uma deusa?

— Mas, Estrangeira, a história sagrada é sobre as coisas sagradas, as coisas que fazemos no templo. Na primavera e durante todo o verão, ela é uma deusa. Então, quando chega a colheita, trazemos um lampião ao templo à noite e o deus foge. Então, nós a cobrimos com um véu. E durante todo o inverno ela fica vagando e sofrendo; chorando, sempre chorando...

Ele não sabia nada. A história e o culto eram tudo uma coisa só em sua mente. Ele não conseguia entender o que eu estava perguntando.

— Ouvi sua história contada de outra maneira, velho homem. Acho que a irmã, ou as irmãs, poderiam ter mais a dizer em favor delas do que o que você sabe.

— Você pode ter certeza de que teriam muito a dizer em seu favor — respondeu ele. — Os invejosos sempre têm. Ora, minha própria esposa, agora...

Eu o saudei e saí daquele lugar frio para o calor da floresta. Podia ver, por meio das árvores, a luz vermelha do fogo que meu pessoal já havia acendido. O sol tinha se posto.

Ocultei tudo que estava sentindo — na verdade, não sabia o que era, exceto que toda a paz daquela viagem outonal fora despedaçada — para não estragar o prazer de meu pessoal.

Vinte e um

No dia seguinte, entendi tudo com mais clareza. Eu jamais estaria em paz outra vez até que registrasse a minha acusação contra os deuses. Isso ardia dentro de mim. Movia-se; eu carregava o livro como uma mulher carrega um bebê.

E, dessa forma, aconteceu que não posso contar nada sobre nossa jornada de volta a Glome. Foram sete ou oito dias, e passamos por muitos lugares notáveis em Essur; e, em Glome, depois que cruzamos a fronteira, vimos, por toda parte, tamanhas paz e abundância, e tanto respeito e, eu acho, amor para comigo que isso tudo deveria ter me deixado alegre. Mas meus olhos e meus ouvidos estavam tapados. O dia todo e, quase sempre, a noite toda também, eu relembrava cada passagem da história verdadeira, despertando terrores, humilhações, lutas e angústias em que eu não pensava havia anos, deixando Orual acordar e falar, quase desenterrando-a do túmulo, do poço murado. Quanto mais eu lembrava, mais eu era capaz de lembrar — frequentemente chorando por debaixo do véu, como se nunca tivesse sido Rainha, mas nunca com tanta dor que não pudesse ser superada por minha indignação incandescente. Eu também estava ansiosa. Eu preciso escrever tudo isso rapidamente antes que os deuses encontrem uma maneira de me silenciar. Perto do anoitecer, aonde quer que Ilerdia apontasse e dissesse: "Ali, Rainha, seria um bom lugar para armar as tendas", eu respondia (antes que eu pensasse no que dizer): "Não, não. Podemos caminhar por mais uns três quilômetros esta noite, ou cinco". A cada manhã, eu acordava mais cedo. No começo, conseguia esperar, angustiando-me sob a neblina fria, escutando o sono profundo daqueles jovens dorminhocos. Logo minha paciência me abandonava. Passei a acordá-los. Acordava-os mais cedo a cada manhã. No fim, estávamos viajando como os que fogem de um inimigo vitorioso. Fiquei quieta, e isso

Até que tenhamos rostos

fez com que também ficassem quietos. Eu podia ver que eles estavam perplexos e que todo o conforto da viagem se dissipara. Suponho que conversassem à boca miúda sobre as oscilações de humor da Rainha.

Quando chegamos em casa, ainda assim não consegui me dedicar a isso tão rapidamente quanto esperava. Todos os tipos de trabalho insignificante se haviam acumulado. E agora, quando eu mais precisava de ajuda, recebera a notícia de que Bardia estava um pouco doente e acamado. Perguntei a Arnom sobre a enfermidade de Bardia, e ele disse:

— Não é nem peçonha nem febre, Rainha; é algo insignificante para um homem forte. Mas seria melhor que não se levantasse. Ele está envelhecendo, você sabe.

Isso poderia ter me deixado apreensiva, mas eu já sabia (e havia observado sinais crescentes disso) como aquela esposa dele o mimava e paparicava, como uma galinha atrás de um pintinho — não, eu poderia até mesmo jurar, além de qualquer medo real, que ela fazia isso para mantê-lo em casa e longe do palácio.

No entanto, enfim, após infinitos empecilhos, terminei meu livro, e aqui está ele. Agora, você que o lê julgue entre mim e os deuses. Eles não me deram nada para amar no mundo a não ser Psique, e então a tiraram de mim. Isso, no entanto, não foi o bastante. Eles, então, me levaram até ela em um lugar e um tempo em que, dependendo da minha palavra, ela continuaria a ser feliz ou seria lançada ao sofrimento. Eles não me disseram se ela era a noiva de um deus, ou de um louco, ou de um bruto ou ainda presa de um vilão. Não me deram nenhum sinal claro, embora eu implorasse. Eu tive de adivinhar. E, porque adivinhei errado, eles me puniram — o que é pior, me puniram por meio dela. Nem mesmo isso foi suficiente: agora eles forjavam uma história

Vinte e um

mentirosa, segundo a qual eu não tinha nenhum enigma para decifrar, mas sabia e entendia que ela era a noiva do deus e que, por minha própria vontade, eu a destruí, e isso por inveja. Como se eu fosse outra Redival. Digo que os deuses lidam conosco de maneira muito injusta. Pois eles não irão nem nos abandonar (o que seria o melhor de tudo) nem nos deixar viver nossos poucos dias por nós mesmos, tampouco se mostrarão abertamente e nos dirão o que querem que façamos. Pois isso também seria suportável. Pelo contrário, sugerem e oscilam, se aproximam de nós em sonhos e oráculos, ou em uma visão durante o dia que desaparece tão logo é vista, ficam sepulcralmente calados quando os questionamos e, então, deslizam de volta e sussurram em nossos ouvidos (palavras que não conseguimos entender) quando mais desejamos estar livres deles, e mostram para um o que ocultam de outro; o que é tudo isso senão um jogo de gato e rato, cabra-cega, um mero malabarismo? Por que os lugares sagrados têm de ser escuros?

Afirmo, portanto, que não há nenhuma criatura (sapo, escorpião ou serpente) tão nociva para o homem quanto os deuses. Que eles respondam à minha acusação se puderem! É bem capaz que eles, em vez de responderem, lancem sobre mim a loucura ou a lepra ou me transformem em uma besta, um pássaro ou uma árvore. Mas, então, todo o mundo não saberia (e os deuses saberão que todos sabem) que é assim porque eles não têm nenhuma resposta?

Parte II

Um

Não se passaram muitos dias desde que escrevi as palavras *Nenhuma resposta*, mas devo reabrir meu livro. Seria melhor reescrevê-lo desde o começo, mas acho que não há tempo para isso. A fraqueza avança sobre mim e Arnom balança a cabeça e me diz que devo descansar. Eles pensam que não sei que enviaram uma mensagem a Daaran.

Uma vez que não posso remendar o livro, devo fazer alguns acréscimos. Deixá-lo como estava seria morrer em perjúrio; sei muito mais do que sabia sobre a mulher que o escreveu. O que iniciou a mudança foi a própria escrita. Que ninguém se dedique superficialmente a uma obra dessa natureza! A memória, uma vez despertada, fará o papel de tirano. Achei que deveria registrar (pois eu estava falando como se estivesse diante de juízes e não devo mentir) minhas paixões e meus pensamentos que havia esquecido por completo. O passado sobre o qual escrevi não era o passado que eu pensava (durante todos esses anos) ter lembrado. Não consegui enxergar claramente, mesmo quando terminei o livro, muitas coisas que vejo agora. A mudança que a escrita produziu em mim (e sobre a qual não escrevi) foi somente o princípio

Até que tenhamos rostos

— apenas para me preparar para a cirurgia dos deuses. Eles usaram minha própria caneta para examinar meu ferimento.

Logo no início do texto, veio lá um golpe externo. Enquanto relatava meus primeiros anos, quando contei como Redival e eu construíamos casas de barro no jardim, mil outras coisas voltaram à minha mente, todas relacionadas aos dias nos quais não havia nem Psique nem Raposa — somente Redival e eu. Apanhando girinos no riacho, escondendo-nos de Batta no feno, esperando à porta do saguão quando nosso pai oferecia um banquete e convencendo os escravos a nos darem petiscos enquanto eles entravam e saíam. E pensei, como ela mudou terrivelmente! Isso tudo em meus pensamentos. Mas então eis o golpe externo. Além de muitos outros problemas, chegou uma mensagem de uma embaixada do Grande Rei que vive ao sul e ao leste.

— Outra calamidade — disse eu. E, quando os estrangeiros chegaram (e foi preciso passar horas conversando com eles e, depois, lhes oferecer um banquete), gostei ainda menos deles ao descobrir que o chefe deles era um eunuco. Os eunucos são grandes homens naquela corte. Esse, em particular, era o homem mais gordo que eu já tinha visto, tão gordo que seus olhos mal podiam ver por cima das bochechas, todo brilhando e cheirando a óleo, e ornado com tantas roupas vistosas como uma das meninas de Ungit. Mas, conforme falava e falava, comecei a achar que ele se parecia sutilmente com alguém que eu, há muito tempo, vira. E, como costumamos fazer, fui atrás e desisti, e fui atrás e desisti de novo, até que, de repente, quando não estava mais pensando nisso, a verdade surgiu em minha mente e eu gritei:

— Tarin!

— Ah, sim, Rainha, ah, sim — disse ele, entre malicioso e satisfeito (eu achei), com um olhar astuto. — Ah, sim, era a

Um

mim que você chamava Tarin. Seu pai não me amava, Rainha, amava? Mas... ha ha ha... ele fez minha fortuna. Ah, sim, ele me colocou no caminho certo. Com dois cortes de navalha. Mas, por ele, eu não seria o grande homem que sou agora. Desejei-lhe alegria por seu sucesso.

— Obrigado, Rainha, obrigado. É muito bom. E pensar... ha ha... que, se não fosse o temperamento do seu pai, eu continuaria carregando um escudo na guarda de um pequeno rei bárbaro, cujo reino inteiro poderia ser colocado em um canto do parque de caça de meu mestre e nunca ser notado! Você não vai ficar com raiva, vai?

Eu disse que sempre ouvira falar que o Grande Rei tinha um parque admirável.

— E sua irmã, Rainha? — perguntou o eunuco. — Ah, ela era uma menininha linda... embora... ha ha ha... tenham passado pelas minhas mãos, desde aquele tempo, mulheres muito mais finas que ela... ela ainda está viva?

— Ela é a Rainha de Phars — respondi.

— Ah, sim. Phars. Eu me lembro. Dá para esquecer os nomes de todos esses pequenos países. Sim... uma linda menininha. Fiquei com pena dela. Ela era solitária.

— Solitária? — repeti.

— Ah, sim, sim, muito solitária. Depois que a outra princesa, a bebê, chegou. Ela costumava dizer: "No começo, Orual me amou muito; então, Raposa chegou e ela me amou menos; depois chegou o bebê e ela não me amou mais". Assim, ela ficou sozinha. Lamentei por ela... ha ha ha... Ah, eu era um belo jovem naquela época. Metade das meninas em Glome estava apaixonada por mim. — Eu o levei de volta aos nossos assuntos de Estado.

Esse foi apenas o primeiro golpe, o mais leve; o primeiro floco de neve no inverno em que eu entrava, que eu percebera

259

Até que tenhamos rostos

somente porque nos diz o que está por vir. Eu não sabia, de modo algum, se Tarin falava a verdade. Ainda estou certa de que Redival era falsa e tola. E os deuses não podem me responsabilizar por sua tolice; ela a herdou do próprio pai. Mas uma coisa era certa: nunca havia pensado como deve ter sido para ela quando voltei minha atenção primeiro para Raposa e, depois, para Psique. Pois, de algum modo, eu tinha claro em minha mente, desde o princípio, que eu era a coitada e a explorada. Era ela quem tinha os cachos dourados, não?

De volta ao meu texto. O contínuo trabalho mental ao qual isso me lançou começou a transbordar no meu sono. Era um trabalho de selecionar e catalogar, separando motivo de motivo e ambos do pretexto; e essa mesma triagem seguia noite adentro em meus sonhos, mas de uma forma diferente. Eu achava que tinha diante de mim uma enorme e desesperadora pilha de sementes, trigo, cevada, papoula, centeio, painço, por que não?, e que devia triá-las e fazer pilhas separadas, cada uma de um tipo. Por que eu deveria agir assim, isso eu não sabia; no entanto, uma punição eterna recairia sobre mim se eu descansasse do meu trabalho por um momento, ou se, quando tudo estivesse concluído, uma única semente estivesse no monte errado. Na vida real, um homem saberia que essa é uma tarefa impossível. O tormento do sonho é que, nele, ela podia perfeitamente ser realizada. Havia uma chance em dez mil de concluir o trabalho em tempo hábil, e uma em cem mil de não cometer erro algum. Era quase certo que eu falharia e seria punida — mas não era absolutamente certo. Então, ao trabalho: buscar, olhar, recolher cada uma daquelas sementes entre o indicador e o polegar. Nem sempre entre o indicador e o polegar. Em alguns sonhos, ainda mais loucamente, eu me transformava em uma pequena formiga, e as sementes eram grandes como

Um

pedras moleiras; e, trabalhando com todas as minhas forças, até minhas seis pernas ficarem exaustas, eu as carregava até seus devidos lugares — segurando-as diante de mim, como fazem as formigas, com fardos maiores que eu mesma.

Uma coisa que mostra como os deuses me mantinham inteiramente dedicada aos meus dois trabalhos, o do dia e o da noite, é que durante todo esse tempo raramente dei importância a Bardia, exceto para reclamar de sua ausência, porque isso significava que eu tinha ainda mais obstáculos para escrever. Embora eu sentisse raiva, nada mais parecia importar, exceto a conclusão do livro. Sobre Bardia, eu apenas dizia (repetidas vezes): "Ele vai ficar de cama pelo resto da vida?" ou "É essa esposa dele".

Então, chegou um dia, quando a última frase do livro (*eles não têm nenhuma resposta*) ainda estava fresca, e eu me peguei escutando Arnom e compreendendo, como se fosse pela primeira vez, o que significavam sua aparência e sua voz.

— Você quer dizer que o lorde Bardia está em perigo? — gritei.

— Ele está muito fraco, Rainha — disse o sacerdote. — Gostaria que Raposa estivesse conosco. Nós, de Glome, somos incompetentes. A mim, parece que Bardia não tem força nem energia para lutar contra a doença.

— Bons deuses — exclamei —, por que não me fizeram entender isso antes? Ah! Escravo! Meu cavalo. Vou vê-lo.

Arnom era agora um velho e leal conselheiro. Ele colocou a mão sobre meu braço e disse com gentileza e muita seriedade:

— Rainha, será menos provável que ele se recupere se você for até ele agora.

— Acaso carrego alguma doença em mim? — indaguei.

— Há morte em minha aparência, mesmo através de um véu?

Até que tenhamos rostos

— Bardia é o seu súdito mais leal e amoroso — disse Arnom. — Vê-la mobilizaria todas as suas forças e talvez o quebrasse. Ele se levantaria por respeito e cortesia. Centenas de assuntos de Estado sobre os quais ele precisa falar com você ocupariam a mente dele. Ele faria um esforço mental enorme para se lembrar de coisas que esqueceu nesses últimos nove dias. Isso o mataria. Deixe que ele durma e sonhe. É o melhor que ele tem a fazer agora.

Foi a verdade mais amarga que já provei, mas a aceitei. Eu não teria me encolhido silenciosamente em minhas próprias masmorras se Arnom me propusesse que isso acrescentaria a Bardia a mínima chance de vida? Por três dias, suportei (eu, a velha tola, de seios caídos e flancos enrugados). No quarto, eu disse: "Não aguento mais". No quinto, Arnom veio até mim, ele mesmo chorando, e eu já sabia qual era a notícia sem que ele nada me dissesse. E é uma tolice estranha que, para mim, o pior de tudo foi o fato de Bardia ter morrido sem jamais ouvir algo que o deixaria envergonhado. Pareceu-me que tudo seria suportável se, uma única vez, eu pudesse ter ido até ele e sussurrado em seu ouvido: "Bardia, eu amo você".

Quando o colocaram sobre a pira, só pude permanecer ao seu lado para honrá-lo. Porque não era nem sua esposa, nem um parente, não podia me lamentar nem bater no peito por ele. Ah, se eu pudesse ter batido no peito, teria colocado luvas de aço ou peles de ouriço para fazê-lo.

Esperei três dias, como é o costume, e então fui consolar (é o nome que dão) a viúva. Não foram apenas a obrigação e a tradição que me levaram até ela. Porque ele a havia amado, ela era, de certo modo, uma inimiga declarada; no entanto, quem mais no mundo inteiro conversaria comigo agora?

Levaram-me ao cenáculo de sua casa, onde ela estava sentada à máquina de fiar — muito pálida, mas bastante calma.

Um

Mais calma do que eu. Certa vez, eu me surpreendi com o fato de ela não ser tão bela quanto se falava. Agora, de idade avançada, ela ganhara um novo tipo de beleza; era um tipo de rosto altivo, tranquilo.

— Senhora... Ansit — disse eu, tomando suas mãos (ela não teve tempo de afastá-las de mim) —, o que eu lhe poderia dizer? Como falar dele e não dizer que sua perda verdadeiramente não tem tamanho? E isso não é nenhum consolo. A menos que você consiga pensar, neste momento, que é melhor ter tido e perdido um tal marido do que ter aproveitado qualquer outro homem deste mundo para sempre.

— A Rainha me dá uma grande honra — disse Ansit, retirando as mãos de entre as minhas para ficar de pé, cruzá-las sobre o peito, os olhos voltados para o chão, na saudação tradicional.

— Ah, querida senhora, esqueça por um momento que sou rainha, eu lhe rogo. Por acaso você e eu nos conhecemos ontem? Depois da sua perda (e nunca pense que eu as compararia), a minha é a maior. Peço-lhe que se sente de novo. E volte à máquina de fiar. Conversaremos melhor com esse movimento. Posso me sentar ao seu lado?

Ela se sentou e voltou a fiar; seu rosto estava descansado, e seus lábios, um pouco contraídos, como os de uma dona de casa. Ela não me ajudaria.

— Foi algo muito subestimado — disse eu. — Você viu algum perigo nessa doença, a princípio?

— Sim.

— Você viu? Arnom me disse que não deveria ser nada grave.

— Ele também me disse isso, Rainha. Disse que seria uma questão simples para um homem que usasse toda a sua força para combatê-la.

263

Até que tenhamos rostos

— Força? Mas o lorde Bardia era um homem forte.

— Sim, como uma árvore que é consumida por dentro.

— Consumida? E pelo quê? Eu nunca soube disso.

— Suponho que não, Rainha. Ele estava cansado. Ele se esgotou de trabalhar, ou o esgotaram. Dez anos atrás, ele deveria ter sido dispensado e vivido como vivem os velhos. Ele não era feito de ferro ou metal, mas de carne.

— Ele nunca pareceu nem falou como um velho.

— Talvez você nunca o tenha visto, Rainha, naqueles momentos em que um homem demonstra seu esgotamento. Nunca viu seu rosto exausto logo cedo, pela manhã. Nem ouviu o gemido dele (porque jurou fazer isso) chacoalhá-lo e forçá-lo a se levantar. Nunca o viu chegar tarde do palácio, faminto, mas cansado demais para comer. Como poderia, Rainha? Eu era apenas a esposa dele. Ele era muito educado, você sabe, para cochilar ou bocejar na casa de uma Rainha.

— Você quer dizer que o trabalho...

— Cinco guerras, trinta e uma batalhas, dezenove embaixadas, cuidando de uma coisa, cuidando de outra, falando uma palavra em um ouvido e em outro, acalmando um homem aqui, intimidando outro ali e bajulando um terceiro, planejando, consultando, lembrando, supondo, prevendo... e a Sala das Colunas e a Sala das Colunas. As minas não são o único lugar no qual um homem pode trabalhar até morrer.

Isso foi pior do que o pior que eu esperava ouvir. Um raio de ira me atravessou, e então o horror da dúvida: será que isso (mas era fantasioso) era verdade? No entanto, a desgraça daquela simples suposição deixou minha voz quase humilde.

— Você fala em seu luto, senhora. Mas (perdoe-me) isso é mera fantasia. Nunca poupei a mim mais que a ele. Você está me dizendo que um homem forte se curvaria sob o peso que uma mulher ainda carrega?

Um

— Quem conhece os homens duvidaria disso? Eles são mais fortes, mas nós somos mais resistentes. Eles não vivem mais do que nós. Não suportam melhor uma enfermidade. Os homens são frágeis. E você, Rainha, era mais jovem.

Meu coração encolheu, frio e desprezível, dentro de mim.

— Se isso for verdade — disse eu —, fui enganada. Se ele tivesse mencionado ao menos uma palavra sobre isso, eu teria retirado todo fardo que havia sobre ele e o teria enviado definitivamente para casa, portando toda honra que eu pudesse lhe dar.

— Você o conhece pouco, Rainha, se pensa que ele alguma vez disse uma palavra. Ah, você deve ter sido uma rainha privilegiada; nenhum príncipe teve servos mais amorosos.

— Eu sei que tenho tido servos amorosos. Você se ressente disso? Mesmo agora em sua dor, seu coração vai fazê-la se ressentir de mim por isso? Você zomba de mim porque esse foi o único tipo de amor que eu já tive ou poderia ter? Não tenho marido; não tenho filhos. E você, você teve tudo isso...

— Tudo que você me deixou, Rainha.

— Deixei para você, tola? Que ideia maluca você tem em mente?

— Ah, eu sei muito bem que vocês não foram amantes. Isso, você me deixou. O sangue divino não se mistura com o dos súditos, é o que dizem. Você deixou a mim a porção que me cabia. Quando você o tinha usado, deixava que ele se arrastasse de volta para mim; até que precisasse dele de novo. Depois de semanas e meses em guerras, você e ele, noite e dia juntos, compartilhando as reuniões, os perigos, as vitórias, o pão dos soldados, as piadas, ele podia voltar para mim, cada vez um pouco mais magro, grisalho e com mais algumas cicatrizes, e dormiria antes que tivesse terminado o

Até que tenhamos rostos

jantar, e gritaria nos sonhos "Rápido, à direita ali. A Rainha está em perigo". E, na manhã seguinte — porque a Rainha é uma maravilhosa madrugadora em Glome —, a Sala das Colunas de novo. Não vou negar isto: eu tive o que você deixava dele.

Seu olhar e sua voz eram de um tipo que nenhuma mulher poderia confundir.

— O quê? — gritei. — Será possível que você tinha ciúmes?

Ela não disse nada.

Fiquei de pé e tirei meu véu.

— Olhe, olhe, sua tola! — gritei. — Você tem ciúmes disso?

Ela se afastou de mim, encarando-me de um jeito que, por um momento, eu me perguntei se meu rosto a aterrorizava. No entanto, não era o medo que a movia. Pela primeira vez, sua boca reprovadora estremeceu. As lágrimas começaram a se reunir em seus olhos.

— Oh! — engasgou. — Oh! Eu nunca soube... você também...?

— O quê?

— Você o amava. Você também sofreu. Nós duas...

Ela estava chorando; eu também. Logo estávamos uma nos braços da outra. Foi a coisa mais estranha o ódio que havia entre nós ter morrido no exato instante em que ela entendeu que o marido dela havia sido o homem que eu tinha amado. Teria sido tudo muitíssimo diferente se ele ainda estivesse vivo, mas, naquela ilha desolada (nossa vida vazia sem Bardia), nós éramos as duas únicas sobreviventes. Falávamos uma língua, por assim dizer, que ninguém mais, no imenso e insensível mundo, seria capaz de entender. No entanto, era uma língua composta apenas de soluços.

Um

Não conseguíamos sequer encontrar palavras para falar dele; isso teria desembainhado ambas as adagas de uma vez.

A brandura não durou muito tempo. Já vi coisas assim acontecerem nas batalhas. Um homem vinha em minha direção e eu ia na sua, para matar. Vinha então uma repentina rajada de vento que jogava nossas capas sobre nossas espadas e quase sobre nossos olhos, de modo que nada podíamos fazer um ao outro, senão lutar contra o próprio vento. E essa disputa ridícula, tão estranha à tarefa na qual estávamos envolvidos, nos fazia rir, um diante do outro — amigos por um instante —, e então éramos de novo inimigos, para sempre. Era o que estava acontecendo aqui.

Logo estávamos separadas novamente (não tenho lembrança como); eu havia voltado ao meu véu, o rosto dela duro e frio.

— Bem! — disse eu. — Você fez de mim pouca coisa melhor que a assassina do lorde Bardia. Seu objetivo foi torturar-me. E escolheu muito bem o tipo de tortura. Dê-se por satisfeita; você se vingou. Mas, diga-me, você falou apenas para me ferir ou realmente acredita no que disse?

— Se acredito? Não, eu não acredito. Eu tenho certeza de que o seu reinado bebeu o sangue dele ano após ano e também comeu a vida dele.

— Então, por que você não me disse isso? Uma palavra sua teria sido suficiente. Ou você é como os deuses, que falam somente quando já é tarde demais?

— Falar com você? — indagou ela, olhando para mim com certa admiração orgulhosa. — Falar com você? E tirar dele o seu trabalho, que era a sua vida (pois, afinal de contas, o que significa uma mulher diante de um homem e de um soldado?), e toda a sua glória e as suas façanhas? Transformá-lo em uma criança, em um velho caduco? Mantê-lo ao

Até que tenhamos rostos

meu lado a esse custo? Torná-lo meu a ponto de ele não mais pertencer nem mesmo a si próprio?

— Mas assim... ele teria sido seu.

— Mas eu era dele. Eu era sua esposa, não sua amante. Ele era meu marido, não meu cachorro de estimação. Ele deveria viver a vida que achasse melhor e mais adequada a um grande homem, não a vida que mais agradasse a mim. E agora você também me tomou Ilerdia. Ele vai dar as costas para a casa da mãe, cada vez mais; vai buscar terras estranhas e ocupar-se de coisas que eu não compreendo, e ir para onde não posso ir e, dia após dia, ser menos meu, mais de si mesmo e do mundo. Você acha que eu ousaria levantar meu dedo mindinho, se isso pudesse impedi-lo?

— E você conseguiria, consegue suportar isso?

— Você me pergunta isso? Ah, Rainha Orual, começo a achar que você não sabe nada a respeito de amor. Ou não, não vou dizer isso. O seu amor é de Rainha, não de plebeus. Talvez você, que tem origem divina, ame como os deuses. Como o Bruto das Sombras. Eles dizem que amar e devorar são a mesma coisa, não dizem?

— Mulher — disse eu —, eu salvei a vida dele. Sua tola ingrata! Você teria enviuvado muito mais cedo se eu não estivesse naquele dia no campo de Ingarn, e arrumado aquela cicatriz que ainda me dói toda vez que o tempo muda. Onde estão as *suas* cicatrizes?

— Estão onde ficam as cicatrizes de uma mulher que gerou oito filhos. Sim, você salvou a vida dele. Ora, a vida dele lhe foi útil. Foi economia, Rainha Orual. Uma espada boa demais para ser jogada fora. Arre! Você está completamente satisfeita. Empanturrada da vida de outros homens e de mulheres também: Bardia, eu, Raposa, sua irmã — de suas duas irmãs.

268

Um

— Basta! — gritei. O ar em seu quarto estava completamente carmesim. Passou uma terrível ideia por minha cabeça de que, se eu ordenasse que ela fosse torturada e morta, ninguém seria capaz de salvá-la. Arnom reclamaria. Ilerdia se rebelaria. Mas ela estaria se contorcendo (como um besouro) em uma estaca pontiaguda antes que alguém pudesse ajudá-la.

Algo (e, se foram os deuses, benditos sejam seus nomes) me impediu de fazer isso. De alguma maneira, consegui alcançar a porta. Então me voltei para ela e disse:

— Se você tivesse falado assim com meu pai, teria sua língua cortada.

— E daí? Você acha que eu teria medo disso? — retrucou.

Enquanto eu cavalgava de volta para casa, eu disse a mim mesma:

— Ela vai ter de volta o seu Ilerdia. Ele pode ir embora e viver em suas terras. Transformar-se em um imbecil. Engordar e ficar reclamando, entre um arroto e outro, do preço dos bois. Eu poderia fazer dele um grande homem. Agora ele não será nada. Pode agradecer à sua mãe. Ela não vai precisar dizer novamente que eu devoro os homens dela.

Mas eu não fiz nada disso a Ilerdia.

E agora aqueles Cirurgiões divinos me haviam amarrado e estavam trabalhando. Minha ira protegeu-me apenas por um curto período de tempo; a ira se esgota e, então, a verdade vem. Pois aquilo era tudo verdade — mais verdadeiro do que Ansit seria capaz de saber. Eu me alegrava quando havia bastante trabalho, quando havia amontoado tarefas desnecessárias para mantê-lo até tarde no palácio, eu o ocupava com perguntas pelo simples prazer de ouvir sua voz. Qualquer coisa que adiasse o momento no qual ele iria embora e me deixaria imersa no vazio. E eu o odiava por partir. E também

Até que tenhamos rostos

o punia. Os homens têm centenas de maneiras de zombar de um homem que tem a fama de amar demais sua mulher, e Bardia não tinha como se defender; todos sabiam que ele havia casado com uma garota sem dote, e Ansit se vangloriava de não precisar (como a maioria das mulheres) buscar as meninas mais feias no mercado para sua casa. Nunca zombei dele; mas eu tinha táticas e artifícios infindáveis (por trás de meu véu) para conduzir a conversa nessas direções, que, eu sabia, fariam com que outros zombassem dele. Eu os odiava por fazerem isso, mas sentia um prazer agridoce ao ver seu rosto fechar. Eu o odiava, então? Na verdade, acredito que sim. Um amor como esse pode chegar a ser nove décimos ódio e, ainda assim, chamar-se de amor. Uma coisa é certa: em minhas loucas fantasias à meia-noite (nas quais Ansit estava morta ou, ainda melhor, tinha comprovadamente se transformado em uma prostituta, bruxa ou traidora), quando ele, enfim, estivesse buscando meu amor, eu sempre fazia com que começasse implorando por meu perdão. Às vezes, ele tinha dificuldade em obtê-lo. Eu primeiro o levaria a um passo de se matar.

Mas o resultado disso, quando todas essas horas amargas passaram, foi estranho. O desejo que eu sentia por Bardia tinha acabado. Ninguém acreditará nisso a menos que tenha vivido bastante e parecido forte para saber como uma paixão que, durante anos, esteve enrolada em seu coração, repentinamente seca e murcha. Talvez, na alma, como no solo, esses brotos que exibem as cores mais brilhantes e que exalam os aromas mais predominantes nem sempre tenham as raízes mais profundas. Ou talvez seja a idade que faz isso. Mas, acima de tudo, acho que seja isto. Meu amor por Bardia (não o próprio Bardia) se transformara, para mim, em algo doentio. Eu havia sido arrastada para cima e para baixo até os

Um

cumes e os precipícios da verdade, a ponto de chegar a uma atmosfera em que não era possível viver. E fedia; uma ganância insaciável por alguém a quem eu não podia dar nada e a quem pedia tudo. O céu sabe quanto nós o atormentamos, Ansit e eu. Pois não é preciso haver nenhum Édipo para adivinhar que, por muitas e muitas noites, o ciúme que ela sentia em relação a mim o recebia em casa, após chegar tarde do palácio, ao pé de uma lareira amarga.

Mas, quando o desejo acabou, praticamente tudo que eu considerava ser acabou também. Foi como se toda a minha alma fosse um dente que, agora, havia sido arrancado. Eu era um vazio. E agora achava que havia chegado ao fundo do poço e que os deuses não poderiam me dizer nada pior.

Dois

Alguns dias depois de eu ter estado com Ansit, chegou a época do rito do nascimento do Ano. É quando o Sacerdote é trancado na casa de Ungit ao pôr do sol e, ao meio-dia do dia seguinte, luta para sair e se diz, então, que nasceu. Mas, obviamente, como todas as outras questões sagradas, nasceu e não nasceu (de modo que era fácil para Raposa mostrar as muitas contradições do rito). Pois a luta se dá com espadas de madeira e, em vez de sangue, vinho é derramado sobre os combatentes, e embora digam que o sacerdote está trancado na casa, somente a grande porta que se abre para a cidade e a do lado oeste estão fechadas, e as duas portas menores, do outro lado, estão abertas, e os adoradores comuns entram e saem à vontade.

Quando há um Rei em Glome, ele tem de entrar com o Sacerdote ao pôr do sol e permanecer na casa até o Nascimento. Entretanto, é proibido que uma virgem presencie o que é feito na casa nessa noite. Por isso, eu entro, pela porta norte, somente uma hora antes do Nascimento. (Os outros que devem estar lá são um dos nobres, um dos anciãos e um dentre o povo, todos escolhidos por meio de uma maneira sagrada que eu não tenho permissão para descrever.)

Dois

Naquele ano, fazia uma manhã fresca, muito doce, com um vento leve soprando do sul; e, por causa desse frescor lá fora, achei, mais do que nunca, horrível ter de entrar na escuridão sagrada da casa de Ungit. Eu já disse (acho) que Arnom a deixara mais clara e mais limpa. Porém, ainda assim, era uma espécie de lugar opressor e sufocante, especialmente na manhã do Nascimento, quando incensavam e sacrificavam, e derramavam vinho e derramavam sangue, e dançavam e se banqueteavam e abusavam das meninas, e queimavam gordura, durante toda a noite. Havia tanta mancha de suor e mau cheiro quanto seria necessário para que (na casa de um mortal) até mesmo a mais preguiçosa porcalhona abrisse as janelas, limpasse e varresse.

Entrei e sentei sobre uma pedra lisa, que era o lugar no qual eu deveria ficar, bem em frente à pedra sagrada, que é a própria Ungit; a nova imagem em forma de mulher um pouco à minha esquerda. O assento de Arnom, à minha direita. Ele usava sua máscara, é claro, a cabeça caindo, em completa fadiga. Batiam os tambores, mas não muito alto, e, quando paravam, fazia-se silêncio.

Vi as terríveis meninas sentando-se em fileiras, de ambos os lados da casa, cada qual à porta de seu quarto, de pernas cruzadas. Elas sentavam assim ano após ano (e geralmente ficavam estéreis depois de algumas temporadas), até se transformarem em velhas desdentadas, mancando, alimentando fogueiras e varrendo — às vezes, depois de uma rápida espiada ao redor, inclinavam-se repentinamente, como um pássaro, para apanhar uma moeda ou um osso meio ruído e escondê-los em suas vestes. E eu pensava como a semente dos homens, que poderia ter gerado meninos fortes e meninas férteis, era drenada por essa casa, e nada era dado em troca; e como a prata que os homens haviam ganhado com

Até que tenhamos rostos

suor, e da qual necessitavam, também era drenada ali, e nada era dado em troca; e como as próprias garotas eram devoradas, e nada era dado em troca.

Então, olhei para Ungit. Ela não havia, como muitas pedras sagradas, caído do céu. A história dizia que, no princípio, ela havia aberto seu caminho para a superfície terra — uma amostra ou um embaixador de seja lá quais coisas que possam viver e trabalhar lá embaixo, umas embaixo das outras, o caminho todo sob escuridão e peso e calor. Eu disse que ela não tinha rosto; mas isso significava que ela possuía mil rostos. Pois ela era irregular, encaroçada e enrugada, de modo que, como quando olhamos para o fogo, sempre é possível ver um rosto ou outro. Agora ela parecia mais irregular do que nunca, por causa de todo o sangue que haviam derramado sobre ela, à noite. Em meio aos pequenos coágulos e rastros, criei um rosto; imaginado em um primeiro momento, mas depois, uma vez que já visto, não dava para perdê-lo. Um rosto que você poderia ver em um pão, inchado, sombrio, infinitamente feminino. Era um pouco como Batta, segundo me lembro dela em alguns de seus bons momentos. Batta, quando éramos muito pequenas, tinha seus momentos amorosos, até mesmo comigo. Eu me refugiava no jardim, para me libertar — e para, por assim dizer, refrescar-me e limpar-me — dos seus abraços enormes, quentes, fortes e flácidos, de sua tenacidade sufocante e envolvente.

"Sim", pensei, "Ungit está muito parecida com Batta hoje."

— Arnom, quem é Ungit? — perguntei sussurrando.

— Eu acho, Rainha — respondeu ele (sua voz soava estranha por causa da máscara) —, que ela representa a terra, que é o útero e a mãe de todos os seres vivos. — Essa era uma nova maneira de falar sobre os deuses, que Arnom, e outros, haviam aprendido com Raposa.

Dois

— Se ela é a mãe de todas as coisas, de que outra forma ela é a mãe do deus da Montanha? — perguntei.

— Ele é o ar e o céu, pois nós vemos as nuvens saindo da terra em névoas e exalações.

— Então, por que as histórias às vezes dizem que ele é marido dela também?

— Isso significa que o céu, com sua chuva, torna a terra frutífera.

— Se isso é tudo o que querem dizer, por que a embrulham numa forma tão estranha?

— Sem dúvida — respondeu Arnom (e eu poderia dizer que ele estava bocejando por trás da máscara, cansado por sua vigília) —, para ocultar isso do que é comum.

Eu não o perturbaria mais, mas disse a mim mesma: "É muito estranho que nossos pais primeiro achassem válido nos dizer que a chuva cai do céu, e então, por temer que um segredo tão notável como esse fosse revelado (por que não fechar a boca?), o embalam em uma fábula vil, para que ninguém entenda a narrativa".

Os tambores continuavam. Minhas costas começaram a doer. Então, a pequena porta à minha direita se abriu e uma mulher, uma camponesa, entrou. Dava para notar que ela não viera para a festa do Nascimento, mas por causa de um assunto mais urgente e pessoal. Ela não havia feito nada (considerando-se que até mesmo os mais pobres se planejam para essa festa) para se animar, e as lágrimas encharcavam seu rosto. Parecia ter chorado a noite inteira e, em suas mãos, ela trazia um pombo vivo. Um dos sacerdotes subalternos foi logo em sua direção, tomou a minúscula oferenda dela, abriu-a com sua faca de pedra, salpicou o pequeno volume de sangue sobre Ungit (onde ele virou uma espécie de baba na boca que eu vi nela) e deu o corpo a um dos

275

Até que tenhamos rostos

escravos do templo. A camponesa afundou o rosto aos pés de Ungit. Ficou ali por muito tempo, tão trêmula que qualquer um conseguia dizer quão intensamente chorava. O choro, no entanto, cessou. Ajoelhou-se, afastou os cabelos do rosto e inspirou profundamente. Em seguida, levantou-se para ir embora e, ao se virar, eu pude olhar em seus olhos. Ela estava bastante séria; ainda assim (eu estava bem perto dela e não tinha nenhuma dúvida), foi como se uma esponja tivesse passado sobre ela. O problema se amenizara. Ela estava calma, paciente, capaz de fazer o que tivesse de ser feito.

— Ungit a consolou, filha? — perguntei.

— Ah, sim, Rainha — disse a mulher, com seu rosto quase se iluminando. — Ah, sim. Ungit deu-me grande conforto. Não há deusa como Ungit.

— Você sempre ora a *essa* Ungit — perguntei (apontando com a cabeça para a pedra sem forma) — e não para *essa*? — Então, apontei para nossa nova imagem, elevando-se alta e ereta em seus mantos (independentemente do que Raposa dissesse a esse respeito), a coisa mais bela que nossa terra já viu.

— Ah, sempre para essa, Rainha — respondeu. — Essa outra, a Ungit grega, ela não entenderia meu discurso. Ela é apenas para nobres e cultos. Não há consolo nela.

Logo depois disso, era meio-dia, e a luta simulada na porta ocidental tinha de ser feita e todos nós saímos para a luz do dia, depois de Arnom. Eu já vira muitas vezes antes o que nos aguardava ali: a grande multidão gritando "Ele nasceu! Ele nasceu!" e sacudindo seus chocalhos e lançando sementes de trigo no ar, todos suados, e se acotovelando e escalando as costas uns dos outros para conseguir ver Arnom e o restante de nós. Naquele dia, a cerimônia me surpreendeu de uma maneira nova. Era a alegria do povo que me

Dois

surpreendia. Eles estavam em pé ali, onde haviam esperado por horas a fio, tão apertados que mal podiam respirar, cada um, sem dúvida, com dezenas de preocupações e cuidados sobre si (quem não os tem?), ainda assim, todo homem e toda mulher e até mesmo as crianças olhavam como se tudo no mundo estivesse bem porque um homem vestido como um pássaro saíra por uma porta, depois de desferir alguns golpes com uma espada de madeira. Até mesmo os que foram derrubados no tumulto para nos ver consideravam isso algo sem importância e riam mais alto que os outros. Vi dois agricultores que eu conhecia bem por sua aguda inimizade (eles desperdiçavam o meu tempo, quando eu me sentava para julgá-los, mais do que toda a outra metade do povo) batendo palmas e chorando "Ele nasceu!" — eram como irmãos naquele momento.

Fui para casa e para o meu próprio quarto descansar, pois, agora que estou velha, sentar naquela pedra lisa me deixa terrivelmente cansada. Mergulhei em profunda meditação.

— Levante-se menina — disse uma voz.

Abri os olhos. Meu pai estava de pé ao meu lado. Em instantes, todos os longos anos do meu reinado encolheram como um sonho. Como pude ter acreditado neles? Como pude ter pensado que escaparia do Rei? Levantei da minha cama obedientemente e fiquei diante dele. Quando fiz que ia colocar meu véu, ele falou:

— Nada dessa tolice, está me ouvindo? — e obedientemente eu o deixei de lado. — Venha comigo para a Sala das Colunas — disse.

Eu o segui escada abaixo (o palácio inteiro estava vazio) e entramos na Sala das Colunas. Ele olhou à sua volta e fiquei com muito medo, porque tinha certeza de que procurava por aquele seu espelho. Eu, no entanto, o dera a Redival, quando

277

Até que tenhamos rostos

ela se tornou Rainha de Phars; e o que ele faria comigo quando soubesse que eu havia roubado seu tesouro preferido? Ele, no entanto, foi para um canto da sala e ali encontrou (coisas estranhas de se achar em um lugar como aquele) duas picaretas e uma alavanca.

— Para o trabalho, duende — disse ele, e me fez apanhar uma das picaretas.

Ele começou a quebrar o chão no centro da sala, e eu o ajudei. O trabalho me parecia muito pesado, por causa da minha dor nas costas. Quando já tínhamos retirado quatro ou cinco das grandes lajotas de pedra, encontramos debaixo delas um buraco escuro, como um poço largo.

— Jogue-se aí — disse o Rei, agarrando-me pela mão.

Embora eu me debatesse, não conseguia me soltar, e ambos saltamos juntos. Ficamos caídos por um bom tempo e então pousamos em pé, sem nenhum ferimento causado pela queda. Era mais quente ali e o ar era difícil de respirar, mas não era tão escuro que eu não pudesse ver o lugar onde estávamos. Era outra Sala das Colunas, exatamente como a que havíamos deixado, exceto por ser menor e toda feita (chão, paredes e colunas) de terra batida. E aqui também meu pai olhou ao redor e, mais uma vez, tive medo de que me perguntasse o que eu tinha feito com o espelho dele. No entanto, ele foi para um canto da sala de terra e ali encontrou duas pás, colocou uma em minha mão e disse:

— Agora, trabalhe. Você pretende ficar com preguiça, jogada na cama sua vida inteira?

Então, tivemos de cavar um buraco bem no centro da sala. E dessa vez o trabalho foi mais difícil do que antes, pois o que cavávamos era argila dura e compactada, de modo que seria melhor parti-la em blocos com a pá do que cavá-la. E o lugar era sufocante. Mas, por fim, tanto fizemos que outro buraco negro se abriu abaixo de nós. Dessa vez, eu sabia o

Dois

que ele queria fazer comigo, portanto tentei manter minha mão longe da dele. No entanto, ele a apanhou e disse:

— Quer ser mais esperta do que eu? Jogue-se.

— Ah, não, não, não; mais para baixo não; tenha misericórdia! — pedi.

— Não tem nenhum Raposa para ajudá-la aqui — disse meu pai. — Estamos muito abaixo de qualquer toca que as raposas possam cavar. Há centenas de toneladas de terra entre a mais profunda delas e você.

Então, saltamos no buraco e caímos mais do que antes e novamente caímos de pé, ilesos. Era mais escuro ali, embora eu pudesse ver que estávamos em outra Sala das Colunas; mas essa era escavada em rocha, e escorria água em suas paredes. Embora fosse muito parecida com as duas salas acima, essa era a menor de todas. E, enquanto eu olhava, podia ver que ela ficava ainda menor. O teto estava se aproximando de nós. Tentei gritar para ele:

— Se você não for rápido, seremos sepultados! — mas eu estava sufocando e a minha voz não saía. Então, pensei: "Ele não se importa. Não significa nada para ele ser sepultado, pois ele já está morto".

— Quem é Ungit? — perguntou, ainda segurando a minha mão.

Ele então me fez atravessar a sala; e, muito antes de chegarmos ao outro lado, eu vi o espelho na parede, onde sempre tinha estado. Ao vê-lo, meu terror aumentou, e lutei com todas as minhas forças para não seguir adiante. Mas a sua mão, agora, era muito maior e se tornara tão macia e flácida quanto os braços de Batta, ou como a argila dura que havíamos cavado, ou como a massa de um pão enorme. Fui arrastada ou, melhor dizendo, sugada naquela direção até que estivéssemos bem em frente ao espelho. E nele eu o

Até que tenhamos rostos

vi, olhando como me olhara naquele outro dia, quando me levou até o espelho, muito tempo atrás.

No entanto, meu rosto era o rosto de Ungit, tal como eu o havia visto naquele dia em sua casa.

— Quem é Ungit? — perguntou o Rei.

— Eu sou Ungit.

Minha voz saiu aguda e eu descobri que estava à fresca luz do dia, e em meus próprios aposentos. Eu tivera o que chamamos de sonho. Devo lembrar, no entanto, que, desse momento em diante, eles me inundaram com visões que não consigo discernir muito bem entre sonho e realidade, nem dizer qual é o mais verdadeiro. Essa visão, de todo modo, não podia ser negada. Sem dúvida, era verdadeira. Eu era a própria Ungit. Aquele rosto dilapidado era o meu. Eu era aquela coisa-Batta, aquela coisa que devorava tudo, à semelhança de um útero, ainda que estéril. Glome era uma teia — eu, a aranha inchada, agachada em seu centro, empanturrada com as vidas roubadas dos homens.

— Eu não serei Ungit — disse eu.

Levantei-me da cama, tremendo como se estivesse com febre, e cruzei a porta. Peguei a minha velha espada, a mesma que Bardia me ensinara a usar, e a ergui. Ela parecia uma coisa tão alegre (e era, de fato, uma lâmina muito verdadeira, perfeita, afortunada) que lágrimas me vieram aos olhos.

— Espada — disse eu —, você teve uma vida feliz. Você matou Argan. Você salvou Bardia. Agora, rumo à sua obra-prima.

No entanto, isso era bobagem. Agora, a espada era pesada demais para mim. Minha pegada — pense em uma mão cheia de veias, parecida com uma garra, as articulações magras — era quase como a de uma criança. Eu jamais conseguiria atingir meu objetivo; e tinha visto um número suficiente de

Dois

guerras para saber qual o resultado de um golpe fraco. Essa maneira de deixar de ser Ungit era agora dura demais para mim. Sentei-me — a coisa fria, pequena e desamparada que eu era — na beira da cama e continuei pensando. Deve haver, quer os deuses vejam, quer não, algo grandioso na alma mortal. Pois o sofrimento, ao que parece, é infinito, e nossa capacidade, ilimitada.

Das coisas que se seguiram, não sou capaz de dizer se foram o que os homens chamam de real ou o que chamam de sonho. Quanto ao que posso dizer, a única diferença entre elas é que o que muitas pessoas veem nós chamamos de real, e o que somente uma pessoa vê chamamos de sonho. Mas as coisas que são vistas por muitas pessoas podem não ter nenhum sabor nem importância, e as que são reveladas apenas a uma pessoa podem funcionar como lanças e trombas d'água da verdade, algo que vem das profundezas da própria verdade.

De um jeito ou de outro, o dia passou. Todos os dias passam e isso é um grande consolo; a menos que, na terra dos mortos, haja alguma região terrível na qual o dia nunca passe. Então, quando a casa toda adormeceu, eu me vesti com uma capa escura e apanhei um cajado para me servir de apoio; pois acho que a fraqueza da qual agora o meu corpo padece deve ter começado a me acometer nessa ocasião. Então, um novo pensamento me ocorreu. Meu véu não era mais um meio para ser desconhecida. Ele me revelava; todos os homens conheciam a Rainha velada. Agora, meu disfarce seria ter o rosto descoberto; quase ninguém tinha me visto sem véu. E assim, pela primeira vez em muitos anos, saí com o rosto descoberto; mostrei aquele rosto do qual muitos haviam dito, mais verdadeiramente do que poderiam imaginar, que era medonho demais para ser visto. Não teria me

Até que tenhamos rostos

envergonhado mais se saísse completamente nua. Pois eu pensava que eu pareceria para eles tão Ungit quanto eu me enxergara, naquele espelho sob a terra. Como Ungit? Eu *era* Ungit; eu nela e ela em mim. Talvez, se alguém me visse, me adorasse. Eu me tornara o que o povo e o velho Sacerdote chamavam de santa.

Saí, como muitas vezes havia feito, pela pequena passagem oriental, que dá no jardim de ervas. E daquele lugar, com um cansaço que parecia não ter fim, segui pela cidade adormecida. Pensei que não dormiriam tão profundamente se soubessem que coisa obscura mancava sob suas janelas. Ouvi uma criança chorar uma vez; talvez ela tivesse sonhado comigo. "Se o Bruto das Sombras começar a se aproximar da cidade, o povo ficará com muito medo", disse o velho Sacerdote. Se eu era Ungit, poderia também ser o Bruto das Sombras, pois os deuses agem dentro e fora uns dos outros, bem como de nós.

Assim, finalmente, esmorecendo de cansaço e longe da cidade, fui me aproximando do rio, que eu mesma havia tornado mais profundo. O velho Shennit, como era antes das minhas obras, não teria afogado, exceto numa enchente, nem mesmo uma velha má.

Tive de caminhar mais um pouco adiante ao largo do rio, até um lugar que eu sabia que a margem era alta, para eu poder atirar-me dela; pois duvidava de minha coragem para caminhar pela água e sentir a morte primeiro até o meu joelho, e então até minha barriga, e então até meu pescoço e ainda continuar. Quando cheguei à margem alta, peguei meu cinturão e amarei nos meus tornozelos, com medo de que, mesmo em minha idade avançada, eu ainda tentasse salvar a minha vida ou retardar a minha morte, nadando. Então, endireitei-me, ofegante por causa do esforço, e me levantei, com os pés amarrados, como um prisioneiro.

Dois

Depois fui saltitando — que misto de miséria e comédia seria se eu pudesse ter visto! — com os pés amarrados, para um pouco mais próximo da margem.

Uma voz veio do outro lado do rio:

— Não faça isso.

Instantaneamente — até então, eu estava congelada —, uma onda de calor passou sobre mim, chegando aos meus pés dormentes. Era a voz de um deus. Quem saberia mais do que eu? A voz de um deus, certa vez, destruiu a minha vida inteira. Não há como confundi-la. Pode muito bem ser que, por trapaça de sacerdotes, os homens, às vezes, tomem uma voz mortal pela voz de um deus. Mas o contrário não acontece. Ninguém que ouve a voz de um deus a tomaria pela de um mortal.

— Senhor, quem é você? — perguntei.

— Não faça isso — disse o deus. — Você não pode escapar de Ungit indo às terras dos mortos, pois ela também está lá. Morra antes de morrer. Não há chances depois.

— Senhor, eu sou Ungit.

No entanto, não houve resposta. Isso é outra coisa a respeito das vozes dos deuses: quando cessam, embora se tenha passado menos de segundo, e as duras sílabas agudas, os pesados acordes ou os obeliscos poderosos do som ainda reverberam em seus ouvidos, é como se elas tivessem se calado há mil anos, e esperar que voltem a falar é quase como pedir por uma maçã de uma árvore que deu fruto no dia em que o mundo foi criado.

A voz do deus não havia mudado ao longo de todos aqueles anos, mas eu, sim. Não havia mais uma rebelde dentro de mim. Eu não deveria afogar-me e, se tentasse, certamente não conseguiria.

Fui rastejando para casa, mais uma vez perturbando a cidade quieta com a minha aparência obscura de bruxa e o

Até que tenhamos rostos

meu cajado ritmado. E, quando deitei a cabeça sobre o travesseiro, pareceu haver passado não mais que um momento antes que minhas criadas viessem me acordar, talvez porque toda a viagem tenha sido um sonho, ou talvez porque o meu cansaço (o que não seria de se admirar) me tenha lançado em um sono profundo.

Três

Os deuses, então, me deixaram em paz por alguns dias, para que eu digerisse o estranho pão que me tinham dado. Eu era Ungit. O que isso significava? Os deuses fluem para dentro e para fora de nós como fluem para dentro e para fora uns dos outros? E, de novo, eles não me permitiriam morrer até que eu tivesse morrido. Eu sabia que havia certas iniciações, na distante Elêusis, nas terras gregas, segundo as quais diziam que um homem morria e voltava a viver, antes que a alma abandonasse o corpo. Mas como eu poderia ir até lá? Então, lembrei-me daquela conversa que Sócrates teve com seus amigos antes que ele bebesse a cicuta e como ele disse que a verdadeira sabedoria é a arte e a prática da morte. Acho que Sócrates compreendia melhor esses assuntos do que Raposa, pois, no mesmo livro, ele havia escrito sobre como a alma "é arrastada de volta pelo temor do invisível"; de modo que cheguei a me perguntar se ele mesmo não havia provado desse horror como eu o provara no vale de Psique. Mas, por meio da morte, que é a sabedoria, supus que ele estivesse fazendo referência à morte de nossas paixões e desejos e opiniões vãs. E imediatamente (como é horrível ser tolo) pensei ter visto

Até que tenhamos rostos

meu caminho aberto e possível. Dizer que era Ungit significava que eu era tão feia de alma quanto ela; gananciosa, ávida por sangue. No entanto, se praticasse a verdadeira filosofia, como Sócrates a entendia, eu deveria trocar minha alma feia por uma bela. E isso, com a ajuda dos deuses, eu conseguiria fazer. Começaria a fazê-lo imediatamente.

Com a ajuda dos deuses... mas eles me ajudariam? Independentemente disso, devo começar. E, a mim, parecia que eles não me ajudariam. Eu começaria determinada a cada manhã a ser justa, calma e sábia em todos os meus pensamentos e ações; mas, antes mesmo que terminassem de me vestir, eu descobriria que havia voltado (sem saber havia quanto tempo eu tinha voltado) à mesma velha ira, ao ressentimento, à fantasia perturbadora e à amargura mal-humorada. Não resisti por meia hora. E tomava minha mente uma horrível lembrança daqueles dias em que eu havia tentado corrigir a feiura do meu corpo com novas estratégias no modo como arrumava o cabelo ou nas cores que vestia. Senti um medo congelante de que tivesse voltado ao mesmo esforço. Eu não era capaz de corrigir minha alma mais do que meu rosto. A menos que os deuses me ajudassem. Mas por que os deuses não me ajudavam?

Babai! Um pensamento terrível, diáfano e enorme como um penhasco ergueu-se diante de mim, e era infinitamente provável que fosse verdadeiro. Nenhum homem vai amá-la, mesmo que você dê a sua vida por ele, a menos que você tenha um rosto bonito. Assim (não poderia ser?), os deuses não vão amá-la (a despeito de quanto tente agradar a eles, a despeito do que sofra), a menos que você possua toda essa beleza em sua alma. Em ambas as lutas, pelo amor dos homens e pelo amor de um deus, os vencedores e os perdedores estão definidos desde o nascimento. Nós carregamos

Três

conosco a nossa feiura, dos dois tipos, mundo afora e, com ela, o nosso destino. Em que medida esse caminho é amargo, toda mulher desfavorecida sabe. Todos nós tivemos nosso sonho de alguma outra terra, de algum outro mundo, de algum outro modo de conquistar prêmios que nos colocaria como os vencedores; deixe os corpos lisos e bem torneados, e os pequenos rostos de um tom rosa-claro, e o cabelo como ouro polido bem para trás; o dia deles acabou, e o nosso chegou. Mas o que fazer, se as coisas não são assim? O que fazer, se fomos feitos para ser escória e refugo em toda a parte e de todas as maneiras?

Mais ou menos nessa época, eu tive outro sonho (se é que podemos chamar assim). Mas não foi exatamente um sonho, pois fui para meus aposentos uma hora depois do meio-dia (nenhuma de minhas criadas estava lá) e, sem ter me deitado ou me sentado, caminhei para dentro de uma visão assim que abri a porta. Vi-me de pé à beira de um rio brilhante e largo. E, mais adiante, vi um rebanho — de ovelhas, pensei. Então, eu as observei mais de perto e vi que eram carneiros, altos como cavalos, com chifres majestosos, e sua lã como ouro brilhante, a ponto de eu não conseguir olhar fixamente para eles. (Acima deles, havia um céu profundo e azul, e a grama era de um verde luminoso como esmeralda e havia uma poça de uma sombra muito escura, claramente demarcada, debaixo de cada árvore. O ar daquele país era suave como música.) "Aqueles", pensei, "são os carneiros dos deuses. Se eu puder roubar somente um tufo dourado de seus flancos, conquistarei a beleza. Os cachos de Redival não eram nada comparados àquela lã". E, em minha visão, eu me vi capaz de fazer o que não tive coragem de fazer à beira do Shennit: entrei na água fria, até os joelhos, até a barriga, até o pescoço, e então meus pés não alcançaram o

Até que tenhamos rostos

fundo e eu nadei até encontrar novamente o chão e sair do rio para as pastagens dos deuses. E segui adiante, sobre aquele terreno sagrado, com o coração em paz e alegre. Mas todos os carneiros dourados vieram até mim. Aproximaram-se uns dos outros à medida que sua arremetida os trazia para mais perto de mim, até se tornarem uma parede sólida de ouro vivo. E, com uma força terrível, seus chifres encaracolados me atingiram e me derrubaram, e seus cascos me pisotearam. Eles não faziam isso com fúria. Precipitavam-se sobre mim em sua alegria — talvez não me tenham visto — e certamente eu não era nada na mente deles. Entendi isso muito bem. Eles me golpearam e me pisotearam porque sua alegria os movia; a Natureza Divina nos fere e eventualmente nos destrói apenas por ser o que é. Costumamos chamá-la de ira dos deuses; como se a grande catarata de Phars sentisse raiva de toda e qualquer mosca que ela abate em seu verde trovejar.

Eles, no entanto, não me mataram. Quando saíram de cima de mim, eu estava viva e reconheci a mim mesma, e consegui imediatamente ficar de pé. Então, vi que havia no campo, ao meu lado, outra mulher mortal. Ela parecia não me ver. Caminhava lenta e cuidadosamente, ao longo da margem que emoldurava aquele gramado, examinando-a como uma respingadeira, apanhando algo dali. Então, eu vi o que era. Ouro reluzente enroscado, em tufos, entre os espinhos. É claro! Os carneiros haviam deixado neles parte de sua lã dourada enquanto passavam. E ela tomava para si, punhado após punhado, uma rica colheita. O que eu tinha buscado em vão ao encontrar os terríveis e alegres brutos, ela colhera durante o passeio. Conseguira sem esforço o que o esforço extremo não me permitira conseguir.

Eu agora havia perdido a esperança de, um dia, deixar de ser Ungit. Embora fosse primavera, em mim havia um

Três

inverno que, ao meu ver, parecia ser eterno, acorrentando todos os meus poderes. Era como se eu já estivesse morta, mas não como o deus, ou como Sócrates, me dissera para morrer. No entanto, o tempo todo eu era capaz de cuidar do meu trabalho, fazendo e dizendo o que quer que fosse necessário, e ninguém desconfiava que houvesse algo errado em mim. Na verdade, as sentenças que proferi, sentada no meu trono de juíza, nessa época, eram consideradas até mais sábias e mais justas do que antes; era um trabalho em que eu me esforçava muito e sei que o fiz bem. No entanto, os prisioneiros e queixosos e as testemunhas e todos os outros agora me pareciam mais como sombras do que como homens reais. Eu não me importava (embora eu ainda tentasse discernir) quem tinha direito ao pequeno campo ou quem havia roubado o queijo.

Havia somente uma coisa que me consolava. Embora eu possa ter devorado Bardia, eu tinha, pelo menos, amado Psique de verdade. Nesse ponto, se em nenhum outro, eu estava certa e os deuses estavam errados. E, da mesma forma como um prisioneiro na masmorra ou um homem doente sobre sua cama prezam demais a menor migalha de prazer de que ainda podem dispor, eu também prezei isso. E um dia, quando meu trabalho havia sido extremamente cansativo, peguei este livro, assim que fiquei livre, e fui para o jardim a fim de me consolar, e me empanturrar desse consolo, ao ler sobre como eu havia cuidado de Psique e lhe ensinado coisas e, por amor a ela, tentado salvá-la e ferido a mim mesma.

O que ocorreu a seguir foi certamente uma visão, e não um sonho, pois me sobreveio antes que eu me sentasse ou abrisse o livro. Fui caminhando para dentro da visão com meus olhos físicos bem abertos.

Eu andava sobre areias ardentes, carregando uma tigela vazia. Eu sabia muito bem o que teria de fazer. Precisava

Até que tenhamos rostos

encontrar a fonte que brota do rio e que flui na terra dos mortos, enchê-la com a água da morte e trazê-la de volta sem desperdiçar nenhuma gota sequer e entregá-la a Ungit. Pois, nessa visão, eu não era Ungit; era escrava ou prisioneira de Ungit, e se eu fizesse todas as tarefas que ela me havia ordenado, talvez ela me deixasse livre. Assim, caminhei com a areia seca até meus tornozelos, branca de areia até a cintura, com a garganta áspera de areia — com o sol escaldante do meio-dia acima de mim, tão a pino que eu não tinha nenhuma sombra. E eu ansiava pela água da morte, pois, por mais que fosse amarga, certamente estaria gelada, vinda de um país sem sol. Caminhei por cem anos. No entanto, o deserto finalmente terminou aos pés de grandes montanhas, precipícios, pináculos e penhascos que homem algum conseguiria escalar. As rochas se soltavam o tempo todo e caíam das alturas; seu estrondo e clangor à medida que pulavam de uma saliência para outra, e o golpe quando caíam sobre a areia, eram os únicos sons ali. Ao olhar para os pedregulhos, primeiro achei que o local estivesse vazio, e que o que tremeluzia sobre sua superfície quente era as sombras das nuvens. Mas não havia nuvens. Então, eu vi o que realmente era. Aquelas montanhas estavam vivas com inúmeras serpentes e escorpiões deslizando e se arrastando continuamente sobre elas. O lugar era uma enorme câmara de tortura, mas os instrumentos estavam todos vivos. E eu sabia que a fonte que eu procurava brotava bem do centro dessas montanhas.

— Nunca vou conseguir chegar lá — disse a mim mesma.

Sentei-me sobre a areia olhando fixamente para elas, até sentir como se minha carne queimasse e se desgrudasse de meus ossos. Então, por fim, surgiu uma sombra. Ah, misericórdia dos deuses, seria uma nuvem? Olhei para o céu e

Três

quase fiquei cega, pois o sol ainda estava bem acima da minha cabeça; eu havia chegado, ao que parece, ao país em que o dia nunca se esgota. No entanto, embora a terrível luz parecesse perfurar meu globo ocular, atingindo meu cérebro, finalmente vi algo — negro contra o azul, mas pequeno demais para ser uma nuvem. Pelos seus giros, sabia que era um pássaro. Então, a ave circulou e foi baixando, e finalmente, vi que era uma águia, mas uma águia dos deuses, muito maior que as dos planaltos de Phars. Ela pousou sobre a areia e olhou para mim. Seu rosto parecia um pouco com o do velho Sacerdote, mas não era ele; ela era uma criatura divina.

— Mulher, quem é você? — perguntou.

— Orual, Rainha de Glome — respondi.

— Então, não é a você que fui enviada para ajudar. O que é esse rolo que você carrega em suas mãos?

Nesse momento, percebi, com grande consternação, que o que eu estivera carregando todo esse tempo não era uma tigela, mas um livro. E isso estragou tudo.

— É a minha queixa contra os deuses — respondi.

A águia bateu as asas e levantou a cabeça, clamando em alta voz:

— Ela chegou, enfim. Eis a mulher que tem uma queixa contra os deuses.

Imediatamente uma centena de ecos soou na face da montanha:

— Eis a mulher... uma queixa contra os deuses... contra os deuses.

— Venha — disse a águia.

— Aonde?

— Venha até o tribunal. Seu caso será ouvido.

E, mais uma vez, clamou bem alto:

— Ela chegou. Ela chegou.

Até que tenhamos rostos

Então, de todas as fendas e buracos nas montanhas, saíram coisas escuras como homens, de modo que, antes que eu pudesse fugir, havia uma multidão deles à minha volta. Eles se apoderaram de mim, me sacudiram e me jogaram de um lado para outro, cada um deles gritando, em direção à montanha: — Aqui vai ela. Aqui está a mulher. E as vozes (como pareciam ser) de dentro da montanha lhes respondiam: — Tragam-na para dentro. Tragam-na para o tribunal. Seu caso será ouvido. Fui arrastada, empurrada e, às vezes, erguida por entre as rochas, até que, enfim, um grande buraco negro se abriu diante de mim. — Tragam-na para dentro. O tribunal a aguarda — diziam as vozes. E, com um choque repentino de frio, fui levada às pressas da luz do sol ardente para os interiores escuros da montanha, e então mais e mais adentro, sempre com pressa, sempre sendo passada de mão em mão, e sempre em meio àquela gritaria: — Aqui está ela. Finalmente ela chegou. Para o juiz, para o juiz. Então, as vozes mudaram e foram se silenciando; e agora diziam: — Soltem-na. Façam-na se levantar. Silêncio no tribunal. Silêncio para ouvirmos sua queixa.

Agora eu estava livre de todas as mãos, sozinha na escuridão silenciosa (assim eu pensava). Então, acendeu-se uma espécie de luz cinza. Eu estava sobre uma plataforma ou uma coluna de rocha, em uma caverna tão grande que eu não conseguia ver nem suas paredes nem seu teto. Ao meu redor, embaixo de mim e até as pontas da pedra sobre a qual eu me encontrava, agitava-se uma espécie de escuridão inquieta. No entanto, logo meus olhos conseguiram enxergar coisas à meia-luz. A escuridão estava viva. Era uma grande assembleia, todos olhando fixamente para mim e eu erguida, sobre o meu posto, acima de suas cabeças. Nunca, na paz ou na guerra, vi tamanha afluência. Havia dezenas de milhares deles, todos em silêncio, todos os rostos me olhando. Entre eles, vi Batta e o Rei, meu pai, e Raposa e Argan. Todos eles eram fantasmas. Em minha tolice, eu não havia pensado antes quantos mortos havia. Os rostos, uns acima dos outros (pois o lugar era disposto dessa forma), se erguiam e se esvaíam no tom cinza até que a simples ideia de tentar contá-los — não os rostos, isso seria uma loucura, mas apenas as fileiras — era perturbadora. O lugar todo estava cheio, em sua lotação máxima. O tribunal se havia reunido.

Mas, no mesmo nível que eu, embora distante de mim, sentou-se o juiz. Era um homem ou uma mulher, quem poderia dizer? Seu rosto estava velado. Estava coberto da coroa até os pés, totalmente preto.

— Descubram-na — ordenou o juiz.

Mãos vieram por trás de mim e rasgaram meu véu — depois, cada trapo que eu vestia. A velha má com rosto de Ungit ficou nua diante desses incontáveis observadores. Não havia nenhum fio para me cobrir, nenhuma tigela em minha mão para coletar a água da morte; somente o meu livro.

— Leia a sua reclamação — disse o juiz.

Olhei para o rolo em minha mão e logo vi que não era o livro que eu havia escrito. Não poderia ser; era pequeno demais. E velho demais — uma coisa pequena, surrada e amarrotada, em nada parecida com meu grande livro, no qual eu trabalhara dias inteiros, incessantemente, enquanto Bardia estava morrendo. Pensei em arremessá-lo ao chão e pisar nele. Eu lhes diria que alguém havia roubado minha queixa e colocado, em vez dele, essa coisa em minha mão. No entanto, eu me vi desenrolando-o. Por dentro, ele estava todo escrito, mas a letra que escrevera não era a minha. Era tudo um rabisco horroroso — cada traço louco e ainda agressivo, como o rosnado na voz do meu pai, como os rostos

Até que tenhamos rostos

destruídos que poderíamos perceber na pedra de Ungit. Um grande terror e um intenso nojo abateram-se sobre mim. Eu disse a mim mesma: "O que quer que façam a mim, nunca vou ler essa coisa em voz alta. Devolvam-me meu Livro". Mas logo me ouvi lendo-o. E o que eu lia em voz alta era algo assim:

— Sei o que vocês vão dizer. Vão dizer que os deuses reais não são em nada parecidos com Ungit, e que haviam mostrado a mim um deus real e a casa de um deus real, e que eu deveria saber isso. Hipócritas! Eu sei. Como se isso curasse minhas feridas! Eu poderia ter suportado se vocês fossem como Ungit e o Bruto das Sombras. Vocês bem sabem que realmente nunca os odiei até Psique começar a falar do seu palácio e de seu amante e seu marido. Por que mentiram para mim? Vocês disseram que um bruto a devoraria. Bem, por que ele não a devorou? Eu teria chorado por ela, sepultado o que restasse de seu corpo e erguido um túmulo e... e... Mas roubar o amor que ela sentia por mim! Será que vocês não entendem? Vocês acham que nós, mortais, acharemos mais fácil suportar vocês, deuses, se forem belos? Pois eu lhes digo que, se isso for verdade, nós os acharíamos mil vezes piores. Pois, se for assim (eu sei do que a beleza é capaz), vocês vão atrair e seduzir. Não vão nos deixar nada; nada que valha a pena ser preservado por nós ou tomado por vocês. Aqueles a quem mais amamos — quem quer que seja mais digno de amor —, esses são exatamente os que vocês escolhem. Ah, eu consigo ver isso acontecendo, geração após geração e piorando cada vez mais à medida que vocês vão revelando sua beleza: o filho dando as costas à mãe, e a noiva, ao seu noivo, arrebatada por esse eterno chamado, o chamado dos deuses. Levados para onde não podemos segui-los. Seria muito melhor para nós se vocês fossem feios e vorazes. Prefeririamos que bebessem

Três

o sangue deles a que roubassem seus corações. Preferiríamos que eles fossem nossos e que estivessem mortos a que fossem seus e transformados em imortais. Mas roubar o coração dela de mim, fazê-la ver coisas que eu não conseguia ver... ah, vocês dirão (vocês têm sussurrado isso para mim nesses quarenta anos) que tive sinais suficientes de que o palácio era real, que eu poderia ter conhecido a verdade, se quisesse. Mas como eu poderia querer conhecê-la? Digam-me isso. A menina era minha. Que direito vocês tinham de roubá-la e levá-la para suas terríveis alturas? Vocês vão dizer que fui ciumenta. Eu, com ciúmes de Psique? Não enquanto ela era minha. Se vocês tivessem agido de outra forma — se fossem meus olhos que vocês tivessem aberto —, logo teriam visto como eu teria mostrado a ela e contado a ela e ensinado a ela e a trazido ao meu nível. Mas receber uma petição de uma menina que não tinha (ou não deveria ter) em sua mente nenhum pensamento que eu não tivesse colocado ali, transformando-a em uma vidente e uma profetisa e depois em uma deusa... como alguém suportaria isso? Por isso digo que não faz nenhuma diferença se vocês são belos ou feios. Que haja deuses, enfim, essa é nossa miséria e nossa amarga injustiça. Não há espaço para vocês e para nós no mesmo mundo. Vocês são uma árvore à cuja sombra não podemos crescer. Queremos pertencer a nós mesmos. Eu era minha, e Psique era minha, e ninguém mais tinha direito sobre ela. Ah, vocês dirão que a levaram para uma felicidade e uma alegria que eu jamais poderia proporcionar a ela, e que eu deveria ficar feliz por ela. Por quê? Como eu poderia admirar uma felicidade horrível e nova que eu não lhe dera e que a separava de mim? Vocês acham que eu queria que ela fosse feliz assim? Teria sido melhor se eu tivesse visto o Bruto rasgá-la em pedaços diante dos meus olhos. Vocês a roubaram para fazê-la feliz,

Até que tenhamos rostos

é isso? Ora, qualquer patife adulador, sorridente, gatuno que alicia a mulher ou o escravo ou o cachorro de outro homem poderia dizer o mesmo. Isso, cachorro. Vem bem a propósito. Eu lhes serei grata por permitirem que eu consiga alimentar meu povo; ele não precisaria das migalhas da sua mesa. Vocês não se lembram mais de quem era essa menina? Ela era minha. *Minha.* Vocês sabem o que significa essa palavra? Minha! Vocês são ladrões, sedutores. Esse é o meu erro. Eu não vou reclamar (não agora) de vocês serem bebedores de sangue e devoradores de homens. Já superei...

— Basta! — exclamou o juiz.

Houve silêncio absoluto ao meu redor. E agora, pela primeira vez, eu sabia o que estivera fazendo. Enquanto lia, mais uma vez tive a estranha sensação de que a leitura levou tempo demais, pois o livro era pequeno. Agora eu sabia que o havia lido repetidas vezes — talvez umas doze. Eu teria lido para sempre, o mais rápido que pudesse, recomeçando pela primeira palavra praticamente antes de a última ter saído da minha boca, se o juiz não tivesse me interrompido. E a voz com que eu lia parecia estranha aos meus ouvidos. Foi-me dada uma certeza de que essa, enfim, era minha verdadeira voz.

Fez-se silêncio na assembleia escura, um silêncio tão longo que teria dado tempo de ler meu livro inteiro novamente.

Por fim, o juiz falou:

— Você teve a resposta?

— Sim — disse eu.

Quatro

A queixa era a resposta. Ter-me ouvido fazendo-a significava obter a resposta. Os homens falam levianamente sobre suas intenções. Geralmente, quando me ensinava a escrever em grego, Raposa dizia: — Filha, dizer o que realmente se pretende, integralmente, nada mais nem menos ou diferente do que realmente se pretende: essa é toda a arte e toda a alegria das palavras. Um dito pouco sincero. Quando chega a hora em que se é finalmente forçado a expressar o discurso que jaz por anos no centro de sua alma, tempo em que você, como idiota, repetiu-o várias e várias vezes, você não vai falar sobre a alegria das palavras. Entendi bem por que os deuses não falam conosco abertamente, nem nos dão respostas. Até que essas palavras sejam arrancadas de nós, por que vão ouvir o balbucio que achamos que traduz o que pretendemos dizer? Como eles podem nos encontrar face a face até que tenhamos rostos?

— Melhor deixar a menina comigo — disse uma voz bem conhecida. — Eu a ensinarei. — Era o espectro que havia sido meu pai.

Até que tenhamos rostos

Então, uma nova voz falou, abaixo de mim. Era a voz de Raposa. Pensei que ele também fosse apresentar alguma prova terrível contra mim. Mas ele disse:

— Ah, Minos, ou Radamanto, ou Perséfone, ou qualquer que seja o nome pelo qual é chamado, eu devo ser responsabilizado por grande parte disso e devo receber a punição. Eu a ensinei, como os homens ensinam um papagaio, a dizer "mentiras de poetas" e "Ungit é uma falsa imagem". Eu a levei a pensar que isso encerrava a questão. Eu nunca disse "Uma imagem muito real do demônio interior". E então o outro rosto de Ungit (ela tem mil)... algo vivo, de certo modo. E os deuses reais, mais vivos. Nem eles, nem Ungit, meros pensamentos ou palavras. Eu nunca disse a ela por que o velho Sacerdote colhia algo da casa escura que eu nunca colhi de minhas sentenças adornadas. Ela nunca me perguntou (eu ficava satisfeito por ela não perguntar) por que as pessoas colhiam algo da pedra disforme que ninguém colhia da boneca pintada de Arnom. É claro, eu não sabia; mas eu nunca disse a ela que não sabia. Eu ainda não sei. Somente que o caminho para os deuses verdadeiros é mais como a Casa de Ungit... ah, é improvável também, mais improvável do que possamos imaginar, mas esse é o conhecimento fácil, a primeira lição; somente um tolo permaneceria ali, exibindo-a e repetindo-a. O Sacerdote sabia pelo menos que deveria haver sacrifícios. Eles terão sacrifício, terão o homem. Sim, e o coração, o centro, a base, as raízes de um homem; escuro e forte e custoso como sangue. Envia-me, Minos, até mesmo a Tártaro, se Tártaro puder curar a eloquência. Eu a fiz pensar que um punhado de máximas resolveria, todas transparentes e límpidas como água. Pois, é claro, a água é boa; e não custava muito, não onde eu cresci. Assim, eu a alimentei com palavras.

Quatro

Eu queria gritar que aquilo tudo era mentira, que ele me havia alimentado não com palavras, mas com amor; que ele tinha dado, se não aos deuses, então a mim, tudo de mais importante. Contudo, não tive tempo. O julgamento, ao que parecia, havia terminado.

— Paz — disse o juiz. — A mulher é uma queixosa, não uma prisioneira. Os deuses é que foram acusados. Eles responderão a ela. Se eles, por sua vez, a acusarem, um juiz maior e um tribunal mais excelente devem julgar o caso. Deixem-na ir.

Para que lado devo me voltar, em pé naquela coluna de rocha? Olhei para todos os lados. Então, para acabar logo com aquilo, lancei-me no mar negro de espectros. No entanto, antes que eu atingisse o chão da caverna, alguém correu e apanhou-me em seus braços fortes. Era Raposa.

— Vovô! — gritei. — Mas você é real e quente. Homero disse que ninguém poderia abraçar os mortos... que eles eram apenas sombras.

— Minha filha, minha amada — disse Raposa, beijando meus olhos e minha cabeça à moda antiga. — Uma coisa que eu lhe disse era verdade. Os poetas quase sempre estão errados. Mas quanto a todo o resto... ah, você me perdoa?

— Eu perdoar você, vovô? Não, não, eu preciso falar. Eu sabia, na época, que todas aquelas boas razões que você alegou para permanecer em Glome depois de se tornar livre eram apenas disfarces para seu amor. Sei que você ficou apenas por compaixão e amor a mim. Sabia que estava partindo seu coração pelas terras gregas. Eu deveria tê-lo mandado embora. Sorvi tudo o que você me deu como um animal sedento. Ah, vovô, Ansit está certa. Eu prosperei à custa da vida dos homens. É verdade. Não é?

— Ora, filha, sim. Eu quase poderia me alegrar, isso me dá motivos para perdoar. Mas não sou seu juiz. Devemos ir aos seus verdadeiros juízes agora. Devo levá-la até lá.

Até que tenhamos rostos

— Meus juízes?

— Ora, sim, filha. Os deuses foram acusados por você. Agora é a vez deles.

— Não posso esperar por misericórdia.

— Esperanças infinitas e temores infinitos: que ambos sejam seus. Tenha certeza de que, seja lá o que receber, você não receberá justiça.

— Os deuses não são justos?

— Ah, não, filha. O que seria de nós se eles fossem justos? Mas venha e veja.

Ele estava me levando a algum lugar e a luz se tornava mais forte enquanto andávamos. Era uma luz esverdeada, veranil. No fim, eram raios de sol atravessando as folhas de uma vinha. Estávamos em uma câmara fria, com paredes em três lados, mas, no quarto, somente colunas e arcos, com uma vinha crescendo sobre eles, do lado de fora. Além e entre as claras colunas e as folhas macias, avistei um gramado plano e água resplandecente.

— Devemos esperar aqui até que você seja chamada — disse Raposa. — Mas há muita coisa aqui que vale a pena ser estudada.

Então, eu vi que as paredes daquele lugar estavam todas pintadas com histórias. Temos pouca habilidade com pintura em Glome, de modo que é pouco dizer que todas elas pareciam maravilhosas aos meus olhos. Mas acho que todos os mortais se teriam admirado com elas.

— Elas começam aqui — disse Raposa, tomando-me pela mão e levando-me até uma parte da parede. Por um instante, tive medo de que ele estivesse me levando até um espelho, como meu pai havia feito duas vezes. Mas, antes que chegássemos suficientemente perto da imagem para compreendê-la, a simples beleza da parede colorida tirou isso da minha cabeça.

Quatro

Agora estávamos diante dela e eu pude ver a história que contava. Vi uma mulher chegando à margem do rio. Quero dizer que, por sua postura pintada, eu podia ver que era a imagem de alguém andando. Isso à primeira vista. Mas, tão logo eu a compreendi, ela se tornou viva, e as ondas de água estavam se movendo, os juncos agitados pela água, e a grama agitada pela brisa, e a mulher continuou se movendo e chegou à margem do rio. Ali ela parou e se agachou, e parecia estar fazendo algo — num primeiro momento, não pude dizer o quê — com seus pés. Estava atando seus tornozelos com seu cinturão. Olhei para ela bem de perto. Não era eu. Era Psique.

Estou velha demais e não tenho tempo para começar a escrever tudo de novo sobre a beleza dela. No entanto, nada menos serviria, e nenhuma palavra servirá mesmo então, para lhe dizer quão bela ela era. É como se nunca antes eu a tivesse visto. Ou como se tivesse esquecido... não, eu nunca poderia me esquecer de sua beleza, de dia ou de noite, por um segundo sequer. Mas tudo isso foi um pensamento muito rápido, engolido imediatamente em meu horror ao que ela tinha ido fazer naquele rio.

— Não faça isso. Não faça isso — gritei loucamente, como se ela pudesse me ouvir. No entanto, ela parou, desatou seus tornozelos e foi embora. Raposa levou-me à próxima imagem. E ela também ganhou vida, e ali, em algum lugar escuro, caverna ou masmorra, quando olhei atentamente para dentro da escuridão, pude ver que o que se movia nela era Psique — Psique, com trapos e algemas de ferro, separando as sementes por tipo. Porém, o mais estranho é que não vi em seu rosto a angústia que eu esperava ver. Ela estava séria, a testa franzida como eu a via franzir diante de uma lição difícil quando ela era criança (e aquela

Até que tenhamos rostos

aparência lhe caía bem; e qual aparência não cairia?). No entanto, achei que não havia nenhum desespero em seu olhar. Então, é claro, percebi por quê. As formigas a ajudavam. O chão estava forrado delas.

— Vovô — disse eu —, eu...

— Shhh — disse Raposa, colocando seu velho dedo grosso (a sensação daquele dedo novamente, depois de tantos anos!) sobre meus lábios. Ele me levou à próxima parede.

Aqui estávamos de volta à pastagem dos deuses. Vi Psique gatinhando, cuidadosa como um felino, ao longo da cerca viva; então se levantando, com o dedo nos lábios, perguntando-se como poderia fazer para apanhar um cacho daquela lã dourada. E agora, de novo, porém ainda mais que da última vez, fiquei maravilhada com o rosto dela. Pois, embora ela parecesse confusa, foi apenas como se estivesse confusa com algum jogo; como quando ela e eu ficávamos confusas com o jogo que Poobi costumava jogar com suas contas. Era até como se ela risse um pouco por dentro, diante de sua própria perplexidade. (E isso também eu havia visto nela antes, quando se embaralhava em suas tarefas de criança; ela nunca perdia a paciência consigo mesma, não mais do que com o professor.) Entretanto, ela não ficou confusa por muito tempo, pois os carneiros sentiram o cheiro de um intruso e voltaram as costas para Psique, e todos ergueram suas cabeças terríveis e depois as abaixaram novamente para a batalha e dispararam juntos para o outro lado da campina, aproximando-se uns dos outros à medida que iam se aproximando de seu inimigo, de modo que uma onda contínua ou um muro de ouro a soterrou. Então, Psique sorriu, bateu palmas e recolheu sua colheita brilhante na cerca viva, facilmente.

Na cena seguinte, vi a mim mesma e Psique, mas eu era apenas uma sombra. Nós nos arrastávamos juntas sobre

Quatro

aquelas areias ardentes, ela com sua tigela vazia, eu com o livro cheio do meu veneno. Ela não me via. E, embora seu rosto estivesse pálido com o calor, e seus lábios, rachados de sede, ela não estava mais deplorável que quando eu a via, quase sempre empalidecida de calor e sede, voltar com Raposa e comigo de um passeio num dia de verão nas velhas colinas. Estava alegre e animada. Acredito, pela forma como seus lábios se movimentavam, que ela estava cantando. Quando se aproximou dos precipícios, eu desapareci. Mas a águia veio até ela e tomou sua tigela e a trouxe de volta, cheia até a boca com a água da morte.

Agora, havíamos passado por duas das três paredes e restava a terceira.

— Filha, você entendeu? — perguntou Raposa.

— Mas essas imagens são verdadeiras?

— Tudo aqui é verdadeiro.

— Mas como ela poderia... ela realmente... fez essas coisas e foi a esses lugares... e não...? Vovô, ela saiu ilesa de tudo isso. Ela estava quase feliz.

— Outra pessoa carregou quase toda a sua angústia.

— Eu? É possível?

— Essa foi uma das coisas verdadeiras que eu costumava lhe dizer. Não se lembra? Somos todos membros e partes de um Todo. Portanto, uns dos outros. Homens e deuses fluem para dentro e para fora e se misturam.

— Ah, eu agradeço. Bendigo aos deuses. Então, fui realmente eu...

— Quem carregou a angústia. Mas ela realizou as tarefas. Em vez disso, você gostaria de ter recebido justiça?

— Você está zombando de mim, vovô? Justiça? Ah, eu tenho sido rainha e sei que o clamor do povo por justiça deve ser ouvido. Mas não o meu. Um resmungo de Batta, um

Até que tenhamos rostos

lamento de Redival: "Por que não posso?", "Por que ela deveria?", "Não é justo". E várias e várias vezes. Arre!

— Está bem, filha. Mas agora seja forte e olhe para a terceira parede.

Nós olhamos e vimos Psique caminhando sozinha em uma ampla e longa estrada, debaixo da terra — uma ladeira leve, mas sempre para baixo, sempre para baixo.

— Essa é a última das tarefas que Ungit deu a ela. Ela precisa...

— Então, há uma Ungit verdadeira?

— Tudo, mesmo Psique, nasceu na casa de Ungit. E tudo deve ficar livre dela. Digamos que a Ungit em cada um deve carregar o filho de Ungit e morrer no parto; ou mudar. E agora Psique precisa descer à terra dos mortos para receber a beleza em um baú por parte da Rainha da Terra dos Mortos, da própria morte; e levá-lo de volta para entregá-lo a Ungit, para que Ungit se torne bela. Mas essa é a lei de sua jornada. Se, por algum temor ou favor, amor ou piedade, ela falar com alguém pelo caminho, então nunca mais voltará às terras iluminadas pelo sol. Ela deve seguir adiante, em silêncio, até estar diante do trono da Rainha das Sombras. Tudo está em jogo. Agora, assista.

Ele não precisava me dizer isso. Nós dois estávamos assistindo. Psique continuou e continuou, descendo cada vez mais para o interior da terra, mais frio, mais profundo, mais escuro. No entanto, por fim, surgiu uma luz gélida de um lado de seu caminho e, ali (eu acho), o grande túnel ou galeria em que ela viajava se abriu. Pois lá, naquela luz gélida, havia uma grande multidão de plebeus. O modo como falavam e suas roupas mostraram-me imediatamente que eram gente de Glome. Eu vi o rosto de alguns conhecidos.

304

Quatro

— Istra! Princesa! Ungit! — gritavam eles, estendendo as mãos em sua direção. — Fique conosco. Seja a nossa deusa. Governe-nos. Revele-nos oráculos. Receba nossos sacrifícios. Seja nossa deusa.

Psique seguiu adiante e não olhou para eles em nenhum momento.

— Quem quer que seja o inimigo, não é muito inteligente se pensa que ela vacilaria por isso — disse eu.

— Espere — disse Raposa.

Psique, com seus olhos fixos à frente, continuou descendo cada vez mais e, de novo, no lado esquerdo da estrada, surgiu uma luz. Uma figura emergiu nela. Fiquei assustada dessa vez e olhei do meu lado. Raposa ainda estava comigo; mas quem emergia na luz gélida para se encontrar com Psique na beira da estrada também era Raposa — porém, mais velho, mais grisalho, mais pálido que o Raposa que estava comigo.

— Ah, Psique, Psique — disse Raposa na imagem (quero dizer naquele outro mundo; não era algo pintado) —, que tolice é essa? O que você está fazendo, vagando por um túnel debaixo da terra? O quê? Você acha que esse é o caminho para a terra dos Mortos? Acha que os deuses a enviaram para lá? Tudo mentiras de sacerdotes e de poetas, filha. Trata-se apenas de uma caverna ou de uma mina desativada. Não existe a terra dos mortos como você sonha, e não existem tais deuses. Será que todo o meu ensino não lhe serviu? O deus dentro de você é o deus a quem você deve obedecer: razão, calma, autodisciplina. Que vergonha, filha, você quer ser uma bárbara todos os dias de sua vida? Eu teria lhe dado uma alma clara, grega, madura. Mas ainda há tempo. Venha a mim e vou tirá-la de toda essa escuridão; de volta ao gramado por trás das pereiras, onde tudo era claro, concreto, limitado e simples.

305

Até que tenhamos rostos

Mas Psique continuou caminhando sem olhar para ele em nenhum momento. E logo chegou a um terceiro lugar, onde havia uma pequena luz do lado esquerdo da estrada escura. No meio daquela luz, algo como uma mulher emergiu; sua face me era desconhecida. Quando olhei para ela, senti uma pena que quase partiu meu coração. Ela não chorava, mas era possível ver, por seus olhos, que havia chorado até secar as lágrimas. Desespero, humilhação, súplica, repreensão sem-fim: tudo isso estava nela. E agora eu tremia por Psique. Sabia que aquela figura estava ali somente para enredá-la e desviá-la de seu caminho. Mas será que ela sabia? E, se sabia, poderia, tão amorosa e cheia de compaixão, passar por ela? Era um teste muito difícil. Seus olhos continuaram olhando para frente; mas, é claro, ela a vira de soslaio. Um arrepio percorreu seu corpo. Seu lábio tremeu, ameaçado por um choro. Ela fincou os dentes nos lábios para mantê-los firmes. — Ah, grandes deuses, protejam-na — disse para mim mesma. — Rápido, passe rápido.

A mulher estendeu suas mãos a Psique e eu vi que seu braço esquerdo sangrava. Então, veio sua voz, e que voz! Tão profunda, ainda que tão feminina, tão cheia de paixão, que teria emocionado você mesmo que falasse de coisas felizes ou sem importância. Mas, agora (quem resistiria a ela?), ela teria quebrado um coração de ferro.

— Ah, Psique — gemeu ela. — Ah, minha própria filha, meu único amor. Volte. Volte. Volte ao velho mundo no qual éramos felizes juntas. Volte para Maia.

Psique mordeu o lábio até sangrar e chorou amargamente. Achei que ela sentia mais tristeza que aquela Orual chorosa. Mas aquela Orual tinha apenas de sofrer; Psique tinha de se manter em seu caminho. E ela continuou, continuou até não ser mais vista, viajando sempre adiante, rumo à morte. Essa foi a última das imagens.

Quatro

Raposa e eu estávamos novamente a sós.

— Nós realmente fizemos essas coisas a ela? — perguntei.

— Sim. Tudo aqui é verdade.

— E nós dizíamos que a amávamos.

— E nós a amávamos. E ela não tinha inimigos mais perigosos que nós. E, naquele dia bem distante, quando os deuses se tornarem totalmente belos, ou quando nós, por fim, virmos quão belos sempre foram, isso acontecerá mais e mais. Pois os mortais, como você disse, se tornarão mais e mais ciumentos. E mãe e esposa e filho e amigo estarão todos juntos em aliança para impedir que uma alma se una à Natureza Divina.

— E, Psique, naquele velho e terrível tempo, quando pensei que ela fosse cruel... teria ela sofrido mais que eu, talvez?

— Ela suportou muito por você naquela época. E você tem suportado coisas por ela desde então.

— E os deuses irão um dia ficar assim belos, vovô?

— Eles dizem... mas, mesmo eu, que estou morto, não entendo mais que algumas palavras fragmentadas da língua deles. Eu só sei isso. Essa nossa geração será, um dia, parte de um passado distante. E a Natureza Divina pode mudar o passado. Nada ainda está em sua forma verdadeira.

Mas, enquanto ele dizia isso, muitas vozes que vinham de fora, doces e a serem temidas, começaram a gritar: — Ela vem vindo. Nossa senhora retorna à sua casa; a deusa Psique, de volta da terra dos mortos, trazendo o baú da beleza da parte da Rainha das Sombras.

— Venha — disse Raposa. Acho que eu não tinha mais nenhuma força de vontade em mim. Ele me tomou pela mão e levou-me para fora por entre as colunas (as folhas da vinha pentearam meus cabelos), à luz morna do sol. Ficamos em um lindo pátio, todo gramado, com o céu azul e fresco bem acima de nós; céu de montanha. No centro do pátio, estava

Até que tenhamos rostos

uma piscina de água limpa na qual muitos poderiam nadar e se divertir juntos. Então, houve um movimento e um ruído de pessoas invisíveis, e mais vozes (agora um pouco mais calmas). A seguir, eu estava com o rosto em terra; porque Psique havia chegado e eu estava beijando seus pés.

— Ah, Psique, ah, deusa — disse eu. — Nunca mais eu a chamarei de minha; mas tudo o que é meu será seu. Ai, você sabe agora o que vale. Eu nunca lhe desejei o bem, nunca tive um único pensamento altruísta em relação a você. Eu era uma egoísta.

Ela se inclinou para me erguer. Então, quando tentei permanecer no chão, ela disse:

— Mas, Maia, querida Maia, você precisa ficar de pé. Eu não lhe dei o baú. Você sabe que eu fiz uma longa viagem para buscar a beleza que tornará Ungit bela.

Então me levantei, toda molhada por um tipo de lágrima que não corre nesse país. Ela ficou diante de mim, estendendo algo para que eu pegasse. Agora eu sabia que ela era verdadeiramente uma deusa. Suas mãos me queimaram (uma queimadura sem dor) quando encontraram as minhas. O aroma que vinha de suas roupas, de seu corpo e de seu cabelo era selvagem e doce, a juventude parecia entrar em meu peito enquanto eu o inalava. E, no entanto (e isso é difícil de dizer), com tudo isso, ou até mesmo por causa de tudo isso, ela ainda era a velha Psique; mil vezes mais ela mesma do que havia sido antes da Oferenda. Pois tudo que havia então, e que era percebido em um vislumbre ou em um gesto, tudo que mais se pretendia dizer quando seu nome era pronunciado, estava agora totalmente presente, não para ser montado a partir de pistas, nem em pedaços, não uma parte em um momento e outra parte em outro. Deusa? Eu nunca vira uma mulher de verdade antes.

Quatro

— Eu não lhe falei, Maia — disse ela —, que estava chegando o dia em que você e eu nos encontraríamos em minha casa, sem nenhuma nuvem entre nós? A alegria me silenciou. E eu pensei que agora havia chegado à plenitude mais elevada e suprema do ser que a alma humana é capaz de conter. Mas, agora, o que era isso? Você já viu as tochas empalidecerem quando os homens abrem as persianas e uma plena manhã de verão reluz na sala de banquetes? Então veja agora. De repente, a partir de um olhar estranho no rosto de Psique (eu podia ver que ela sabia de algo sobre o que não havia falado), ou da gloriosa e sublime profundeza do céu azul acima de nós, ou de uma profunda respiração, como um suspiro articulado ao nosso redor por lábios invisíveis, ou de uma profunda, duvidosa e instável desconfiança em meu próprio coração, eu sabia que tudo isso havia sido apenas uma preparação. Uma questão muito maior estava diante de nós. As vozes voltaram a falar; mas, dessa vez, não muito alto. Elas estavam temerosas e trêmulas. — Ele está chegando — disseram elas. — O deus está entrando em sua casa. O deus vem julgar Orual.

Se Psique não tivesse me segurado pela mão, eu teria caído. Ela agora me levava à borda da piscina. O ar estava cada vez mais claro à nossa volta; como se algo lhe tivesse ateado fogo. Cada respiração lançava para dentro de mim novo terror, nova alegria, uma doçura avassaladora. Eu era perfurada em cada canto por suas flechas. Eu estava sendo desfeita. Eu não era ninguém. Isso é dizer pouco: pelo contrário, a própria Psique era, de certo modo, ninguém. Eu a amei como um dia, talvez, pensasse ser impossível amar, a ponto de ter morrido qualquer morte por ela. No entanto, não era, pelo menos agora, ela que realmente importava. Ou, se importava (e, sim, ela importava gloriosamente), era em

Até que tenhamos rostos

favor de outro. A terra e as estrelas e o sol, tudo o que era ou será, existia por causa dele. E ele estava chegando. O mais terrível, o mais belo, o único terror e a única beleza que há estava chegando. As colunas do outro lado da piscina ficaram expostas com a aproximação dele. Eu abaixei os olhos.

Duas figuras, dois reflexos, seus pés voltados para os pés de Psique e para os meus, estavam de ponta-cabeça na água. Mas de quem eram elas? Duas Psiques, uma vestida, a outra, nua? Sim, ambas Psiques, ambas belas (se isso tinha alguma importância agora) além de toda a imaginação e, ainda assim, não exatamente a mesma.

— Você também é Psique — disse uma grande voz. Então, olhei para cima, e é estranho que eu tenha ousado fazê-lo. Mas não vi nenhum deus, nenhum pátio com colunas. Eu estava nos jardins do palácio, com meu livro tolo nas mãos. A visão, acho, desapareceu aos meus olhos um momento antes de o oráculo desaparecer de meus ouvidos. Pois as palavras ainda estavam ressoando. Isso foi há quatro dias. Eles me encontraram deitada na grama e eu fiquei sem fala por muitas horas. O velho corpo não vai suportar mais muitas visões; talvez (mas quem poderá dizer?) a alma não mais precise delas. Eu extraí a verdade de Arnom: ele acha que estou muito perto da minha morte agora. É estranho que ele chore e que minhas criadas também o façam. O que fiz para agradar a eles? Eu deveria ter tido Daaran aqui e aprendido a amá-lo e ensiná-lo, se eu pudesse, a amá-los.

Terminei meu primeiro livro com as palavras *sem resposta*. Sei agora, Senhor, por que você não me deu nenhuma resposta. Você é a própria resposta. Diante do seu rosto, as perguntas morrem. Que outra resposta seria suficiente? Somente palavras, palavras; que devem ser levadas para lutar com outras palavras. Eu te odiei por muito tempo, te temi por muito tempo. Eu poderia...

310

Quatro

(*Eu, Arnom, sacerdote de Afrodite, guardei este rolo e colo-quei-o no templo. Pelos sinais que existiam depois da palavra "poderia", achamos que a cabeça da Rainha deve ter tombado no momento em que ela morreu, e nós não conseguimos ler. Este livro foi todo escrito pela Rainha Orual de Glome, que foi a mais sábia, justa, valente, afortunada e misericordiosa entre todos os prínci-pes conhecidos em nossa parte do mundo. Se qualquer estrangei-ro que tiver a intenção de viajar para a Grécia encontrar este livro, deixem-no levá-lo consigo até a Grécia, pois é isso o que ela parece ter mais desejado. O Sacerdote que vier depois de mim tem como responsabilidade dar o livro a qualquer estrangeiro que jure levá-lo à Grécia.*)

NOTA

A história de Cupido e Psique foi contada pela primeira vez em um dos poucos romances latinos que sobreviveram, *Metamorfoses* (também às vezes chamado de *O Asno de Ouro*), de Lúcio Apuleio, nascido por volta de 125 d.C. As partes relevantes são as seguintes:

> Um rei e uma rainha tiveram três filhas, das quais a mais jovem era tão bonita que os homens a adoravam como a uma deusa e, por causa dela, negligenciaram o culto a Vênus. O resultado foi que Psique (como era chamada a mais nova) não tinha pretendentes; os homens reverenciavam demais a sua suposta deidade para pleitear sua mão. Quando seu pai consultou o oráculo de Apolo a respeito do casamento dela, recebeu a seguinte resposta: "Não espere um genro humano. Você deve expô-la em uma montanha, a fim de que se torne presa de um dragão". Ele fez isso, em obediência.
>
> Entretanto, Vênus, com ciúme da beleza de Psique, já havia articulado uma punição diferente para ela. Tinha ordenado a seu filho, Cupido, atormentar a garota com uma paixão irresistível pelo mais baixo dos homens. Cupido saiu para fazer isso, mas, ao ver Psique, apaixonou-se ele mesmo por ela. Tão logo ela foi deixada na montanha, ele a fez ser carregada pelo Vento Oriental (Zéfiro) até um lugar secreto, onde ele havia preparado um majestoso palácio. Lá, ele a visitava de noite e desfrutava do seu amor; mas a proibia de

Até que tenhamos rostos

ver seu rosto. Em pouco tempo, ela passou a lhe implorar para que pudesse receber a visita de suas duas irmãs. Com relutância, o deus consentiu, fazendo-as flutuar até o palácio. Lá, foram majestosamente recebidas e demonstraram enorme satisfação em relação a todo o esplendor que viram. Internamente, porém, estavam se corroendo de inveja, porque seus maridos não eram deuses e suas casas não eram elegantes como a da irmã.

Elas, então, conspiraram para destruir a felicidade da irmã. Na visita seguinte, elas a convenceram de que seu misterioso marido deveria ser, na verdade, uma serpente monstruosa. "Você deve levar ao seu quarto hoje à noite", disseram, "um lampião coberto com um manto e uma faca afiada. Quando ele dormir, descubra o lampião — veja o horror que está deitado em sua cama — e mate-o a facadas".Tudo isso a crédula Psique prometeu fazer.

Quando ela descobriu o lampião, viu o deus adormecido, e olhou-o intensamente com um amor insaciável, até que uma gota de óleo quente pingou do lampião e caiu no ombro dele, acordando-o. Levantando-se, ele estendeu suas asas, repreendeu-a e desapareceu de sua vista.

As duas irmãs não conseguiram divertir-se por muito tempo com sua maldade, pois Cupido tomou providências que levaram ambas à morte. Enquanto isso, Psique vagueava, desolada e infeliz, e tentou se afogar no primeiro rio que encontrou; mas o deus Pã frustrou sua tentativa, advertindo-a a nunca mais repetir isso. Depois de muitos tormentos, ela caiu nas mãos de sua pior inimiga, Vênus, que a tomou como escrava, espancou-a e lhe atribuiu tarefas cujo cumprimento era impossível. A primeira, que era separar em diferentes montes sementes misturadas, ela cumpriu com a ajuda de algumas formigas muito prestativas. Na sequência, ela teria de pegar um rolo de lã dourada de algumas

Nota

ovelhas que matavam homens; um junco à margem do rio segredou-lhe que isso poderia ser feito removendo a lã dos arbustos. Depois disso, Psique tinha de encher uma taça com a água do Estige, que só podia ser alcançado escalando-se montanhas dificílimas, mas uma águia a encontrou, tomou a taça das mãos dela e retornou com o recipiente cheio de água. Finalmente, teria de descer até o mundo subterrâneo para trazer a Vênus, em uma caixa, a beleza de Perséfone, a Rainha dos Mortos. Uma voz misteriosa disse-lhe como ela poderia chegar a Perséfone e ainda voltar ao nosso mundo; no caminho, várias pessoas que pareciam merecer sua compaixão lhe pediriam ajuda, mas ela deveria ignorar todas elas. Quando Perséfone lhe desse a caixa (cheia de beleza), ela não deveria, sob hipótese alguma, abrir a tampa para olhar dentro. Psique obedeceu a todas as orientações e retornou ao mundo superior com a caixa; então, por fim, a curiosidade a derrotou e ela olhou dentro da caixa. E imediatamente perdeu a consciência.

Cupido então veio até ela de novo, mas, dessa vez, ele a perdoou. Ele intercedeu junto a Júpiter, que consentiu em permitir seu casamento e fez de Psique uma deusa. Vênus reconciliou-se com ela e todos viveram felizes para sempre.

A principal alteração em minha própria versão consiste em fazer o palácio de Psique invisível aos olhos normais, mortais — se fazer não é a palavra errada para algo que se impôs a mim, quase na primeira vez que li a história, como a maneira que aquilo deveria ter sido. Essa mudança de curso traz consigo um motivo ainda mais ambivalente e um caráter diferente à minha heroína, e, finalmente, modifica toda a qualidade do conto. Senti-me bastante à vontade para ir atrás de Apuleio, o qual creio ter sido quem transmitiu o conto, e não seu inventor. Nada estava mais distante do meu objetivo

Até que tenhamos rostos

do que recapturar a qualidade peculiar de *Metamorfoses* — essa estranha composição de romance pitoresco, historieta de horror, tratado de iniciação à magia, pornografia e experimento estilístico. Apuleio foi, é claro, um gênio: mas, em relação ao meu trabalho, ele é uma *fonte*, e não umainfluência ou um *modelo*.

A versão dele foi seguida muito de perto por William Morris (em *The Earthly Paradise* [O paraíso terrestre]) e por Robert Bridges (*Eros and Psyche* [Eros e Psique]). Nenhum dos poemas, na minha opinião, mostra o melhor de seus autores. *Metamorfoses* foi integralmente traduzido por último pelo Sr. Robert Graves (Penguin Books, 1950).

CSL

Até que tenhamos *rostos*

Outros livros de C. S. Lewis pela
THOMAS NELSON BRASIL

A abolição do homem
A anatomia de um luto
A última noite do mundo
Cartas a Malcolm
Cartas de C. S. Lewis
Cartas de um diabo a seu aprendiz
Cristianismo puro e simples
Deus no banco dos réus
George MacDonald
Milagres
O assunto do Céu
O grande divórcio
Os quatro amores
O peso da glória
O problema da dor
Reflexões cristãs
Sobre histórias
Surpreendido pela alegria
Todo meu caminho diante de mim
Um experimento em crítica literária

Trilogia Cósmica

Além do planeta silencioso
Perelandra
Aquela fortaleza medonha

Coleção fundamentos

Como cultivar uma vida de leitura
Como orar
Como ser cristão

Este livro foi impresso pela Ipsis, em
2025, para a Thomas Nelson Brasil. O
papel do miolo é pólen bold 70g/m², e
o da capa é couchê 150g/m².